Buchbeschreibung

Spiele niemals ein Spiel, dessen Regeln du nicht beherrschst.
Schon gar nicht, wenn der Mann, der das Spiel erfunden hat, sie einfach ändert.

Cole Craft hat genauso viele Geheimnisse in seinem Leben wie Geld auf dem Konto.
Und das ist okay, denn ich möchte keines von ihnen wirklich wissen. Ich möchte nur eines von ihm.
Die Erfüllung meines tiefsten, dunkelsten Verlangens, das schon so lange in mir wütet, wie ich Dates mit Männern habe. Die Dunkelheit, die mich so lange angezogen hat, umgibt Cole wie ein gut sitzender Mantel, und ich fühle mich in seiner Gegenwart wie ein Taucher, der auf die Tiefe zuschwimmt, obwohl er weiß, dass er dort nicht mehr sehen kann. Oder atmen. Aber genau das ist es, was ich will. Und brauche.
Cole ist dafür genau der richtige Mann. Eiskalt. Dominant. Und so unglaublich heiß.

Bis ich plötzlich vor einem Problem stehe, das ich jahrelang verdrängt habe, und es nun um viel mehr geht als unser sinnliches Spiel.
Auf einmal brauche ich Coles Dunkelheit nicht nur für meine Lust. Ich brauche sie, um den Tod davon abzuhalten, mich erneut verschlingen zu wollen.

Über die Autorin

Wir schreiben das Jahr 1993. Ein braunhaariges achtjähriges Mädchen, wir nennen sie der Einfachheit halber Rose Bloom, sitzt stundenlang in ihrem Zimmer und kritzelt mit Buntstiften und viel Fantasie eine Geschichte nach der anderen in ihre Schulhefte. Sehr zum Bedauern ihres Mathelehrers, der außer seinen Zahlen und Formeln nichts anderes als Hausaufgabe gelten lässt.

In Rose Blooms Familie hatten Bücher schon immer einen hohen Stellenwert. Im Grundschulalter entdeckte sie selbst das Schreiben und konnte es nach einer längeren Pause niemals wirklich sein lassen.

Dann entdeckte Rose die weiten Möglichkeiten des Selfpublishings und im Januar 2016 entstand die erste Szene zu ihrem allerersten Liebesroman, den sie im Mai 2016 veröffentlichte.

Rose Blooms Bücher zeichnen sich vor allem aus durch viel Gefühl, Liebe und Leidenschaft in einem bildlichen Schreibstil. Sie möchte den Leser vollständig in die Geschichte saugen, genauso wie sie beim Schreiben völlig darin aufgeht.

Übrigens, heute wäre ihr Mathelehrer ganz sicher stolz auf sie.

Lost in FIRE

Rose Bloom

Printed in Germany
ISBN: 978-3-9820499-1-5

1. Auflage, 2019

Rose Bloom
c/o Papyrus Autoren-Club
Pettenkoferstr. 16-18
10247 Berlin

info@rose-bloom.de
www.rose-bloom.de

Lektorat:
Natalie Röllig, Lektorat Bücherseele
Coverdesign:
Einzigartig Buchdesign, Sandra Maier,
www.einzigartig-Buchdesign.de

Folge mir auf

www.facebook.com/rosebloomautorin

www.instagram.com/rosebloom_autorin

Um keine Neuigkeit zu verpassen,
abonniere meinen Newsletter unter
www.rose-bloom.de

Vorwort

Auch wenn die Erzählung so beginnt, die Story ist keine Ménage-à-trois.
Es geht hier nicht um eine Frau und zwei Männer, sondern alles Weitere nach der Vorgeschichte wird sich um Cole und Eve drehen. Ian darf zu einem späteren Zeitpunkt seine eigene Geschichte erzählen!
Ganz. Allein. Wie er es verdient.

Vielleicht ist das Buch ein bisschen dunkler als die, die ihr sonst in der letzten Zeit von mir kennt.
Vielleicht ist es für einige nicht so dunkel, dass die Geschichte den Namen »Dark Romance« tragen darf.
Trotzdem geht es um Kontrolle, um Hingabe, um Verlangen und um noch viel mehr als das.

Aber am besten rede ich nicht so lange um den verdammt heißen Brei und nutze Coles Worte:

»Ich mache dir einen Vorschlag, Eve, aber sag nicht, ich hätte dich nicht ausreichend gewarnt, wenn du darauf eingehst und doch erkennst, es war ein Fehler, sich auf mich einzulassen. Denn das musst du unbedingt tun. Dich vollständig und mit jeder Faser deines Körpers auf mich einlassen. Sonst funktioniert dieses Spiel zwischen uns nicht.«

»Von was sprechen wir?«

»Von deiner Lust, die sich mit meiner ergänzt. Absolut und mit deiner gesamten Seele.«

Playlist

Zu finden in Spotify:

Rose Bloom – Lost in Fire

https://open.spotify.com/playlist/6aIOLBI-PrUwHMMZz81ZkIv?si=Q2ZWk1b_TC2pE8CCzdqiwQ

Viel Spaß beim Reinhören!

Gesaffelstein, The Weekend – Lost in Fire
Lawrence Taylor – Chains
Gesaffelstein, HAIM – So Bad
Agoria, Blasé – You're Not Alone
Deorro – Wild Like The Wind
Lastlings – Deja Vu
Kaskade – On Your Mind
BANKS – Waiting Game
BANKS – Drowning
BANKS – This Is What It Feels Like
BANKS – Stick
Vasser – Blind Faith Talking
Boy Epic – Dirty Mind
Jonas Aden – Strangers Do
BANKS – Gimme
BANKS – Gemini Feed
BANKS – Haunt
BANKS – 27 Hours
Nick Peters – Heartless
Xavi – Brot & Wasser
Alexis Troy – Freak like Me
Laxcity, Ezra James – Under a Lampshade
Zip Zip Trough the Night – I Feel You
AC Sessions – Where Did You Go
SG Lewis – Flames
Flight Facilities – Need You
Justine Skye, Tyga – Collide
Daniele Di Martino, Max Joni – We Leave The Past Behind
King Princess – Prophet

Kapitel 1

Eve

New York war bekannt für gute Partys, vor allem an Silvester. An jeder Ecke tummelten sich Menschen, die den Eintritt in das neue Jahr feiern wollten. Es gab Galadinner in Fünfsternehotels, eine Riesensause am Times Square, zahlreiche private Partys in irgendwelchen Wohnungen und auch besondere Veranstaltungen, in die nicht jeder reinkam. Meine beste Freundin Delia hatte zwei Karten für solch eine ergattert und mich überredet, mitzukommen. Eigentlich war ich eher der Typ, der sich zu Hause eine Flasche guten Rotwein aufmachte und das neue Jahr in Ruhe vor dem Fernseher und mit »Dinner for One« einläutete. Mittlerweile zumindest.

Aber dieses Jahr kam ich nicht drum herum, denn im letzten hatte ich Delia schon versprochen, endlich mal wieder mit ihr einen draufzumachen. Wie mit Anfang zwanzig, als die Stadt noch uns gehörte und wir vor keinem Abenteuer oder One-Night-Stand zurückschreckten. Ja, wir hatten uns die Hörner abgestoßen, aber mittlerweile war ich einunddreißig und hatte genug von irgendwelchen wilden Partys oder fremden Betten, in denen man am nächsten Morgen mit einem gigantischen Kater aufwachte.

Außerdem bekam ich über den Jahreswechsel nie frei und musste übermorgen wieder frisch und konzentriert in der Anwaltskanzlei sein, in der ich endlich seit diesem Jahr als Partnerin eingestiegen war.

Spark & Smith. Ich war immer noch stolz, mich nach fünf Jahren harter Arbeit endlich bewiesen zu haben. Und das als Frau, die oft nur mit einem Augenzwinkern und milden Lächeln von den Männern in unserer Branche wahrgenommen wurde.

»Das wird so gut!«, sagte Delia und trippelte auf ihren Zehn-Zentimeter-Stilettos in dem Industriefahrstuhl hin und her. Das vierzig Stockwerke hohe Gebäude war erst vor einigen Wochen fertiggestellt worden und stand noch komplett leer. Außer anscheinend der oberste Stock, in dem die Party stattfand.

Ich strich mir mein knappes, rosé glänzendes Kleid glatt und checkte mein Make-up in der spiegelnden Edelstahlwand neben mir. Meine schwarzen Haare trug ich heute offen, meine blauen Augen leuchteten durch dunkle Smokey Eyes. Eigentlich war ich recht zufrieden mit meinem Aussehen, denn durch die hohen Hacken, die ich aufgrund meines Jobs sowieso gewohnt war, wirkten meine Beine meterlang. Ja. Ich konnte sagen, obwohl ich mit meinen Zwanzigern auch die Größe sechsunddreißig hinter mir gelassen hatte, fühlte ich mich besser als jemals zuvor.

Die Tür glitt auf, und wir stiegen aus. Der glänzende Steinboden reflektierte das wenige Licht, das von einzelnen Strahlern der Decke herabschien. Es roch nach frischer Farbe, und vor allem war es totenstill.

»Bist du dir sicher, dass die Party hier stattfindet?«, fragte ich.

Delia zog zwei Einladungskarten aus ihrer Handtasche. Sie waren schwarz, und es standen einseitig nur einige Buchstaben in goldener Schrift darauf.

»Ja. Hier steht ganz klar die Adresse.«

Ich ging zu einer Tür, die anscheinend zu einem Appartement führte. Dahinter hörte man nichts, und am Klingelschild befand sich kein Name. »Wie heißt der Typ, der die Party veranstaltet?«

»Calvin oder Colton oder so was, ich hab keine Ahnung, Eddie hat uns die Karten beschafft und sagte, das wäre die heißeste Party in der Stadt! Wir sollten unbedingt vorbeischauen.«

»Toll nur, dass hier überhaupt nichts ist.«

»Sie muss hier irgendwo sein.« Delia lief den Flur hinunter und winkte mich zu sich. »Komm mit!« Ich stöckelte ihr hinterher, und die Absätze unserer Schuhe hallten durch den leeren Gang.

»Moment.« Delia drehte die Karte in ihrer Hand und hielt sie gegen das Licht. »Hier steht noch was.«

»Und das wäre?« Ich spähte über ihre Schulter, und tatsächlich, aus diesem Blickwinkel erschienen noch weitere Buchstaben auf dem Papier.

»Finde die rote Tür«, murmelte Delia und sah mich an. »Was soll das heißen?«

»Keine Ahnung.« Ich zuckte mit den Schultern. »Ich komm mir vor wie Alice im Partyland.«

Delia schnaubte lachend. »Du weißt, halt dich fern von Flaschen, auf denen *Trink mich* steht.«

»Oder weißen Kaninchen mit Hut und Taschenuhr, die kryptische Versprechungen machen.«

Wir liefen weiter und gingen um die Ecke. Am Ende des immer dunkler werdenden Flurs erschien eine rote Tür.

»Ha! Siehst du!«, triumphierte Delia. Als wir sie erreicht hatten, hielten wir inne.

»Gibt es irgendein Codewort oder so was?«

»Wir sind hier nicht in einem James-Bond-Film, Eve.« Meine Freundin lachte erneut. Sie drückte die massive Klinke nach unten und schob die Tür auf. Ich half ihr, denn das Ungetüm war wirklich schwer.

»Scheiße, das Ding ist nicht gerade für Frauen gemacht!«

Ich war nun wirklich gespannt, was dahinter erschien. Enttäuschung machte sich in mir breit.

»Eine Treppe? Ich dachte, wir wären bereits ganz oben?«

»Anscheinend nicht«, antwortete Delia, und wir stiegen die Stufen nach oben. Es wurde immer wärmer, und ich war froh, dass wir unsere Mäntel in meinem Auto unten vor der Tür gelassen hatten.

Plötzlich vernahm ich etwas. Dumpfe Musik schallte durch das kleine Treppenhaus, in dem wir immer höher und höher gelangten.

»Na siehst du, ich hab doch gesagt, sie ist hier!« Delia strich sich ihren blonden Pony aus der Stirn.

Am Ende der Treppe gab es eine einzige Tür. Wir klingelten und warteten eine kleine Ewigkeit. Die Spannung in mir stieg an, und irgendwie fühlte es sich gut an, nach der letzten anstrengenden Zeit mal wieder etwas zu erleben. Viel zu lange hatte ich mich zu Hause verschanzt und war nur zwischen meiner Wohnung und dem Büro hin- und hergependelt.

Die Tür ging auf, und ein großer Typ in einem Anzug begrüßte uns. Das Einzige, was nicht passte, war das winzige Partyhütchen auf seinem kahl rasierten Schädel. Er sah so aus, als hätte man ihn dazu gezwungen, und darauf wies auch seine düstere Miene hin.

»Hi, wie gehts?«, fragte Delia. Sie stand auf breite Typen mit Glatze. Ich unterdrückte ein Kichern.

»Einladung«, brummte er nur, und Delia streckte ihm die Karten mit ihrem schönsten Lächeln entgegen.

Er nickte und ging einen Schritt zurück, damit wir eintreten konnten. Nun standen wir mittendrin.

Vor uns erstreckte sich ein riesiges, loftartiges Appartement. Es schien nur aus einem einzigen großen Raum zu bestehen. Auf der rechten Seite befand sich ein gigantischer Wohnbereich mit frei stehendem gläsernen Kamin, einer enormen cremefarbenen Sofalandschaft, einem Essbereich mit sicherlich zwanzig Stühlen und auf der anderen Seite einer offenen Küche. Dahinter war eine graue Betonwand hochgezogen worden, die auf der linken Seite offen war. Vielleicht ging es dort in ein abgetrenntes Schlafzimmer.

Überall standen, saßen oder tanzten Menschen. Die Bude war total überfüllt. Ich hätte nicht sagen können, wie viele Leute an diesem Ort heute Silvester feierten, aber es fühlte sich an, als wäre ganz Manhattan hier versammelt.

Sofort kam eine Kellnerin und hielt uns ein Tablett mit Sektkelchen entgegen, in denen rote Früchte schwammen. Wir griffen uns jeweils ein Glas und ließen den Eindruck, der auf uns einströmte, wirken.

»Wow«, sagte Delia.

»Ja.« Mehr konnte ich nicht erwidern.

»Los, lass uns ein wenig umschauen und Eddie suchen. Er muss hier irgendwo sein.«

»Den finden wir hier nie!«

»Und wenn, wir lernen ganz bestimmt andere Leute kennen, mit denen wir feiern können. Hast du die Typen gesehen?«

Oh ja, und wie ich sie gesehen hatte. Aber nicht nur sie, auch die Frauen wirkten wie aus einem Modekatalog. Alle trugen feinste Kleidung, die Frauen viel Schmuck, die Männer teure Uhren. Ich verdiente als Anwältin selbst nicht wenig, aber das hier toppte alles. Die Dekadenz strömte nur so aus jedem Gegenstand und jeder Ecke in diesem verdammt bonzigen Penthouse.

Wir stürzten uns ins Getümmel, nickten oder lächelten manchen Leuten zu und hatten, obwohl wir niemanden kannten, trotz allem Prunk und Glitzer sofort das Gefühl, dazuzugehören. Irgendwie verband uns wohl alle die Einladung, an die nicht jeder ranzukommen schien. Obwohl ich es nicht leiden konnte, wenn man seine Kohle so zur Schau stellte, war es doch ein kleines Privileg, hier dabei zu sein.

»Oh. Mein. Gott!«, rief Delia gegen die Musik an, die immer lauter wurde, je weiter wir vordrangen. »Ein Infinity Pool auf einer Dachterrasse, die größer ist als der Central Park!«

Wir durchquerten die offene Balkontür und ließen den Geruch von schwerem Frauenparfüm und süßen Getränken hinter uns. Eiskalte Luft ließ mich sofort frösteln, und ich sah mir skeptisch die Frauen und Männer an, die nur in Schwimmsachen oder Unterwäsche in dem Pool badeten.

»Es sind Minusgrade, was denken die sich dabei?«, fragte ich skeptisch.

»Vielleicht ist der Pool beheizt, schau die Dampfschwaden, die hochsteigen.«

»Beheizt oder nicht, hier zu baden ist eine Schwachsinnsidee.«

»Früher hättest du es getan«, sagte Delia und presste die dunkelrot geschminkten Lippen aufeinander. Ihre blonden Haare wirkten dazu wie ein perfekter Kontrast.

»Früher dachte ich auch noch nicht an Blasenentzündungen oder daran, dass ich übermorgen wieder arbeiten muss.«

»Langweilerin«, neckte sie mich. »Heute ist die letzte Nacht im Jahr! Die kommt nie wieder! Morgen kannst du immer noch weiter Spießer-Eve sein! Sei heute mal wieder Spaß-Eve! Ich vermisse sie!« Delia schmollte wie ein kleines Kind, und ich verdrehte die blauen Augen, musste aber trotzdem grinsen.

»Spaß-Eve?«

»Ja! Mit ihr konnte ich nächtelang durchtanzen, nackt im Hudson River baden oder Riesenrad auf Coney Island fahren! Wo ist sie hin? Sie ist mit deinem Job einfach gegangen! Sei mutig, verrückt und hab Spaß! Nur heute Nacht!«

»Meine Güte«, fluchte ich, drückte ihr meine Clutch in die Hand und schälte mich aus meinem trägerlosen, eng anliegenden Kleid. »Die Unterwäsche lasse ich aber an! Und wenn meine Haare oder mein Make-up nachher eine Katastrophe sind, bist du schuld!«

»Yeah!« Meine Freundin riss die Arme in die Luft, legte unsere Taschen auf einen Stuhl, der in der Nähe des Pools stand, und zog sich ebenfalls aus. Wir schmissen unsere Kleider daneben, nahmen uns bei der Hand und rannten schreiend auf das Wasserbecken zu. Mit einem hohen Sprung warfen wir uns ins Wasser, das an uns hochspritzte, und tauchten beide wieder lachend auf.

»Stundenlanges herrichten im Bad, und jetzt sehen wir so aus!« Delia grinste und fuhr sich mit den Fingern unter ihren mascaraverschmierten Augenrändern entlang.

Ich musste lachen. Seit Langem mal wieder so sehr, dass mir der Bauch wehtat.

»Danke.«

»Gern geschehen. Ich wusste, dass es dir danach besser geht.«

»Und der Pool ist wirklich beheizt«, stellte ich trocken fest.

»Ja, gut, nicht wahr?« Delia stieß sich ab und ließ sich einige Meter auf dem Rücken treiben, während die Leute um uns herum ebenfalls ihren Spaß hatten. Ich sah mich um, schöpfte hin und wieder das warme Wasser über meine nackte Haut.

Der Pool ragte tatsächlich einige Meter über die Hausfassade und war komplett aus Glas, sodass man die bunte Stadt direkt unter sich hatte. Es sah beeindruckend aus, wie die Lichter in der Nacht glitzerten und es manche Menschen nicht abwarten konnten und schon ein paar Feuerwerksraketen in der Luft explodieren ließen. Die Musik von drinnen dröhnte hier raus, drang mir ins Ohr und direkt in meinen Schädel, der sich mit einem Klicken abstellte. Mir ging es tatsächlich gut. Ich fühlte mich fantastisch, wagemutig und ein bisschen wie früher.

Ich wandte mich von der Aussicht ab und schaute wieder Richtung Wohnzimmer. Die Fassade bestand komplett aus bodentiefen Fenstern, und von hier hatte man einen wunderbaren Blick ins Innere und über die gesamte Terrasse. Mein Kopf bewegte sich automatisch zum eingängigen Housebeat, und meine Laune hob sich immer weiter.

Und plötzlich blieb ich an zwei dunklen Augen hängen. Mein Herz klopfte mir auf einmal bis zum Hals. Ein Mann stand draußen neben einem Stehtisch. Er trug einen anthrazitfarbenen Anzug, der seine breite Statur wie maßgeschneidert hervorhob, hatte eine Hand in seiner Hosentasche, während sich die andere lässig auf dem Tisch abstützte. Sein schwarzes Hemd war zwei Knöpfe am Hals geöffnet. Keine Krawatte. Ich biss mir auf die Unterlippe. Seine dunkle Ausstrahlung vereinnahmte, lähmte mich und beschleunigte meine Atmung, ohne dass ich es hätte kontrollieren können.

Er fixierte mich, ohne auch nur ein einziges Mal zu blinzeln. Obwohl neben ihm zwei hübsche Frauen und ein Kerl standen, die sich zu unterhalten schienen, beteiligte er sich nicht am Gespräch.

Ich sah unauffällig umher, konnte aber niemanden neben mir erkennen, den er eigentlich meinen könnte. Delia quatschte mit ein paar Typen und bekam überhaupt nichts mit.

Ich wagte erneut einen Blick, und der Mann war verschwunden. Trotz warmen Wassers lief es mir eiskalt den Rücken hinunter.

Wer war denn das gewesen?

Kapitel 2

Eve

»Eve!« Ruckartig drehte ich mich um. »Komm her!« Delia winkte mich zu sich, und ich kämpfte mich durch das Wasser zu ihr.

»Das sind Thomas, Ian und Matthew«, sagte sie und deutete auf drei Typen. Zwei davon standen ebenfalls im Pool, einer saß am Beckenrand. Er trug noch seine Klamotten, hatte jedoch die Hose ein Stück nach oben gekrempelt und ließ seine Füße ins Wasser baumeln. Anscheinend war ihm zu kalt, um schwimmen zu gehen, was ich irgendwie verstehen konnte. Mir imponierte, dass er sich nicht dem Gruppendruck seiner Freunde beugte. Nicht so wie ich.

»Das ist Eve, meine Freundin, von der ich eben gesprochen habe.«

Mit gerunzelter Stirn sah ich Delia an. Was hatte sie ihnen erzählt? Dass sie mich hierherschleifen musste oder dass ich schon ewig nicht mehr auf einer Party war?

»Du bist also Anwältin?«, fragte der Typ am Rand. Ah. Also das.

Ich nickte. »Ja, genau.«

»Cool, ich bin Ian, spezialisiert auf Verkehrsrecht.« Er hob die Hand zum Gruß.

Ich war überrascht. Während sich Delia mit den anderen beiden unterhielt, schwamm ich näher zu Ian und hielt mich am Beckenrand fest. »Scheidungsrecht.« Ich schenkte ihm ein kleines Lächeln, und er erwiderte es.

»Wollte ich auch erst machen, aber dann hab ich mich doch dagegen entschieden. Ist hart, Menschen, die sich mal geliebt haben, so zu sehen, oder?«

»Meistens gibt es einen triftigen Grund dafür, dass sie sich trennen, und oft ist es sogar besser.«

»Wetten, in siebzig Prozent ist der Mann schuld.«

»Was sonst?«

Ian lachte. Er machte wirklich einen netten, sorglosen Eindruck, hatte dunkelblonde Haare, breite Schultern und ein atemberaubendes Lächeln mit einem Grübchen auf der rechten Wange. Damit sah er ausgesprochen gut aus und wäre mir früher auf einer Party auf jeden Fall aufgefallen.

»Du kommst nicht von hier, oder?«, fragte er, und ich schüttelte den Kopf. Ich kannte die Reaktion auf meinen Dialekt hier in New York.

»Nope, ich bin keine waschechte New Yorkerin«, antwortete ich. »Meine Familie kommt ursprünglich aus Rhode Island. Ich bin des Studiums wegen mit Anfang zwanzig hierhergezogen.«

»Wusste ich es doch! Mein Cousin kommt von da. Früher haben wir ihn jeden Sommer besucht. Ich stand auf die Strände in Jamestown, vor allem auf eine ganz bestimmte einsame Bucht … Diese Erinnerung vergisst man als sechzehnjähriger pubertierender Teenie nie wieder.«

»Die Bucht oder das Mädchen, mit dem du wahrscheinlich da warst?«, erwiderte ich grinsend.

»Die Bucht natürlich.« Er hob die Hände. »Was denkst du von mir? Ich bin einer der guten Jungs.«

»Natürlich.« Wir hielten einen Moment den Blickkontakt, dann nickte er zu meiner Gänsehaut auf den Armen.

»Ist dir kalt?«, fragte er, lehnte sich zurück und nahm sich ein Handtuch von einer Liege.

»Ein bisschen, ja.« Er breitete es aus und half mir hinauszuklettern. Ich wickelte mich in das weiche Stück Stoff, das mich fast ganz verdeckte.

»Ich sollte mich anziehen, wenn ich keine Eiszapfen in meinen Haaren riskieren will.«

»Könnte ein neuer Trend werden.« Ian schmunzelte, stand ebenfalls auf und sah mich erwartungsvoll an. Eigentlich hatte ich es nicht darauf angelegt, heute eine Bekanntschaft zu machen, aber Delia hatte recht. Viel zu lange hatte ich mir ein bisschen Spaß verwehrt. Wieso diesen nicht mit einem lockeren Typen wie Ian haben?

»Delia, ich zieh mich wieder an und geh kurz rein. Bleibst du noch?«, fragte ich, und sie winkte ab.

»Ja, ich komm gleich nach.«

»Ich begleite sie«, sagte Ian, und seine zwei Freunde grinsten breit, während er sich die Schuhe wieder anzog. Egal, was sie dachten, in diesem Moment war es mir gleichgültig, und ich war einfach nur froh, aus der Kälte herauszukommen.

Auf dem Weg nach drinnen sammelte ich unsere Klamotten, Taschen und Schuhe ein, damit sie nicht doch noch geklaut oder weggeräumt wurden, und durchquerte das volle Wohnzimmer. Der schwarze Steinboden war kalt unter meinen nackten Füßen, und ich spürte Ians große Hand in meinem Kreuz, der mich sicher durch die Menge lotste.

»Weißt du, wo das Badezimmer ist?«, fragte ich laut gegen die Musik an und lehnte mich ein Stück zu ihm, damit er mich verstand. Ich spürte seine Brust an meiner

Schulter. Er war einen Kopf größer als ich, und es fühlte sich so an, als wäre er recht gut trainiert. Sein Oberkörper war hart, und sein dunkelblaues Hemd spannte leicht über seiner Brust. Außerdem roch er wirklich verdammt gut.

»Ja, den Flur da hinunter, zweite Tür links.« Er deutete in eine Richtung.

»Bin gleich wieder da«, sagte ich. »Nicht weglaufen, Yankee«, schob ich noch nach, und er zwinkerte mir zu.

»Würde ich nie wagen, Snow White.« Diese Bezeichnung hatte ich aufgrund meines Aussehens schon öfter gehört.

Während sich Ian der Menge zuwandte und im Takt der Musik mit dem Kopf nickte, lief ich den Gang entlang, warf einen Blick auf einige ausgesprochen geschmackvolle Schwarz-Weiß-Gemälde und erreichte die Tür, hinter der sich ein gigantisches Badezimmer erstreckte. Alles war aus schwarzem Marmor, bis auf die Wände, die mit großen weißen Kacheln bestückt waren. Anscheinend mochte der Typ, der hier wohnte, diese Farbkombi. Die zwei Waschbecken bestanden aus Naturstein, genauso wie die Badewanne. An der linken Seite gab es eine ebenerdige Regendusche.

Mittlerweile zitterte mein Körper vor Kälte, und meine Unterwäsche klebte durchnässt an meiner kalten Haut. Vielleicht sollte ich mich nur kurz unter den warmen Wasserstrahl stellen, um mich aufzuwärmen. Ich konnte es mir nicht leisten, krank zu werden. Also schloss ich die Tür ab, damit mich niemand überraschte, dann ließ ich das Handtuch auf den Boden sinken und schlüpfte aus meiner Unterwäsche. Ich hängte sie auf den Handtuchwärmer zum Trocknen und stieg in die Dusche.

Als das warme Wasser meine kühle Haut traf, seufzte ich wohlig auf. Meine Güte, tat das gut. Ich legte den Kopf in den Nacken und genoss den Wasserstrahl, der mir wärmend über das Gesicht und das Haar floss. Mit den Händen strich ich es mir aus dem Gesicht und sah mich um. Ich entdeckte ein Männerduschgel und ein Shampoo. Als ich die Packung öffnete, schnupperte ich daran und musste zugeben, dass es wirklich gut roch. Nach Sandelholz, Moschus und weißem Lavendel. Das zumindest stand auf der Packung.

Ich seifte mich damit ein und schloss die Augen, während ich auch meine Haare von dem Chlorwasser befreite.

Plötzlich sah ich eine Bewegung in meinem Augenwinkel und drehte mich ruckartig um. Eine weitere Tür ging auf, die mir zuvor überhaupt nicht aufgefallen war. Shit!

Hektisch stellte ich das Wasser ab und versuchte, mich zu bedecken, aber es war zu spät. Ein Mann kam herein und blieb abrupt stehen. Er sah genauso überrascht aus wie ich, und Moment … das war doch der Typ von vorhin!

Aus der Nähe sah er noch besser aus. Der Anzugstoff spannte über seinen breiten Schultern, seine dunkelbraunen Haare waren oben ein wenig länger als an den Seiten und zerzaust, als hätte soeben eine Frau ihre Hände darin vergraben, und sein Gesicht war männlich, kantig und nicht glatt rasiert. Das war ein Prachtexemplar von einem Mann, und ich stand, wie Gott mich geschaffen hatte, vor ihm.

Großartig.

Sein Blick heftete sich an mein Gesicht, glitt nur ganz kurz an meinem Körper hinab, und sofort stellten sich meine Brustwarzen auf. Vielleicht aber auch, weil die Dusche an einer Seite offen war und es mittlerweile ganz schön zog, nachdem ich das Wasser ausgestellt hatte. Wir fixierten uns durch die Glasscheibe der Dusche, an der kleine Tröpfchen und Wasserdampf die Sicht auf mich zum Glück ein wenig trübten.

»Ähm, sorry, ich wusste nicht, dass es noch eine Tür hier gibt …«, stotterte ich.

»Kein Problem«, erwiderte er, und seine Stimme war dunkel, so dunkel. Ich überkreuzte immer noch meine Beine und hielt die Hände vor meine Brüste, aber als wäre die Situation nicht peinlich genug, kam er auf einmal um die Dusche herum. Wieder schlug mir das Herz bis zum Hals, und ich spürte, wie heiße Röte in mein Gesicht schoss. Was hatte er vor?

Er nahm sich ein Handtuch von einem Haken und reichte es mir. Dabei berührten sich unsere Finger, ich nahm ihm den weichen Stoff schnell aus der Hand und schlang ihn um meinen zitternden Körper.

Hinter ihm sah ich durch die geöffnete Tür, dass es sich bei dem Raum nebenan um so etwas wie ein Arbeitszimmer handelte. Wohnte er hier? War er der Gastgeber? Wieso war er dann in seinem Büro und nicht mitten auf der Party?

»Ich wollte nicht unhöflich sein und einfach deine Sachen benutzen, aber nachdem ich im Pool war, war mir so kalt, und ich wollte nicht krank werden …«, plapperte ich drauflos.

»Fühl dich ruhig wie zu Hause. Ich hab nichts dagegen, wenn eine schöne Frau bei mir duscht.« Er sagte das in solch einem trockenen Ton, dass ich nicht wusste, ob er mich gerade verarschen wollte oder es tatsächlich ernst meinte.

»Du schmeißt also diese Party? Du hast ein wirklich schönes Appartement«, sagte ich, als führten wir eine stinknormale Unterhaltung. Ich verdrängte den Umstand, dass ich immer noch nackt unter dem dünnen Handtuch war und gerade ein fast zwei Meter großer, volltrainierter Adonis vor mir stand und mich mit seinem tiefen Blick immer noch musterte. Shit.

»Danke, ich bin erst vor einer Woche eingezogen.«

Er lächelte weiterhin nicht oder zuckte überhaupt mit den Mundwinkeln. Das irritierte mich. Er irritierte mich.

»Ja, ähm, ich unterhalte mich sehr gerne mit dir, und sorry noch mal, dass ich einfach deine Sachen benutzt habe, aber könnte ich mich vielleicht anziehen?«

»Tu dir keinen Zwang an«, erwiderte er, rührte sich jedoch nicht von der Stelle.

Ich trat einen Schritt aus der Dusche, um ihm zu zeigen, dass ich nun wieder allein sein wollte. Uns trennten nur noch wenige Zentimeter, und der Duft seines Parfüms oder Aftershaves zog zu mir. Ich roch sowieso schon durch sein Duschgel selbst nach ihm, und trotzdem musste ich flacher atmen, weil mich die Duftnote auf seiner Haut fast überwältigte.

Mit der Zunge fuhr ich mir über die Lippen, eine dumme Angewohnheit, in die ich immer dann verfiel, wenn ich nervös oder konzentriert war. Sein Blick wanderte zu meinem Mund, und nicht das erste Mal fragte ich mich, wie es wohl wäre, von ihm geküsst zu werden. Einem Fremden. Jemandem, von dem ich noch nicht mal den Namen kannte. Spontan zu sein. Verrückt. Wild.

Früher stand ich auf One-Night-Stands. Ich war sowieso nicht der Typ Frau, der sich eine Beziehung, Heirat und Kinder wünschte, also kamen mir die schnellen Nummern gerade recht. Ich brauchte das ganze Drumherum nicht, daher nahm ich mir nur, wonach sich mein Körper sehnte. Die meisten Männer hatten damit kein Problem, und auch dieses Exemplar vor mir schien der perfekte Typ dafür zu sein, denn ich nahm nicht an, dass er eine Frau zum Heiraten suchte, wenn er so eine Party hier schmiss. Aber sollte ich aufs Ganze gehen oder doch lieber einen Rückzieher machen und zurück zu Ian flüchten? Der erschien mir … harmloser. Ja, das war das richtige Wort für ihn. Er war bestimmt ungeachtet dessen ein solider Liebhaber. Außerdem war er nett und witzig und heiß.

Aber Mister Ich-verziehe-keine-Miene machte mir irgendwie Angst. Und trotzdem brachte er meinen Körper dazu, allein unter seinem dunklen Blick förmlich zu zerfließen. Er barg definitiv Gefahrenpotenzial und war ganz bestimmt keine sichere Nummer. Nein.

Ich trat wieder einen Schritt zurück und zog das Handtuch enger.

»Dürfte ich mich allein anziehen?«, fragte ich, und zum Glück nickte er beherrscht.

»Selbstverständlich.« Er drehte sich ohne ein weiteres Wort um und verließ den Raum. Entweder wusste er einfach nicht, wie man Small Talk betrieb, oder er war ein Soziopath. Aber egal, was es war, ich sollte mich besser von ihm fernhalten.

Kapitel 3

Eve

»Danke fürs Warten«, sagte ich und lief auf Ian zu. »Und sorry, dass es so lange gedauert hat, ich hab mich noch kurz unter der Dusche aufgewärmt.« Einen Föhn hatte ich nicht gefunden, dafür lagen meine vorher glatt gestylten Haare nun in wirren Wellen auf meiner Schulter.

»Kein Problem, auf dich warte ich gerne«, erwiderte er, und ich war mir wieder sicher mit meiner Entscheidung. Ian war zuvorkommend, wusste, wie man sich mit einer Frau unterhielt, und übergab mir ein Sektglas. Alles in allem genau das, was ich heute Abend brauchte, um mal wieder den Kopf abzustellen.

»Wollen wir uns ins Getümmel schmeißen und ein bisschen tanzen?«, fragte er, und ich nickte.

»Sehr gerne!«

»Deine Freundin ist auch gerade reingekommen.« Er deutete in die Menge und ich folgte seinem Blick. Delia trug ein viel zu großes Jackett von irgendeinem Kerl und tanzte sich die Seele aus dem Leib. Ich liebte an meiner besten Freundin, dass sie sich um die Meinung anderer Menschen in der Regel nicht scherte. Sie tat das, was ihr Spaß machte, und war trotzdem so rücksichtsvoll, niemanden dabei zu verletzen. Sie war wie ich gegen jede Art einer festen Beziehung zu einem Mann. Wir beide hatten nichts übrig für Händchenhalten, Fernsehabende oder gemeinsame Frühstücke, und wir hatten dafür unsere Gründe. Jede von uns. Sie war mir an einem Punkt in meinem Leben begegnet, an dem ich genau so eine Freundin gebraucht hatte. Und ihr erging es ebenso.

Ich hatte immer noch ihre Klamotten und ihre Handtasche und steuerte nun direkt auf sie zu.

»Eve! Da bist du ja!« Sie strahlte über das ganze Gesicht.

»Hier, deine Sachen«, rief ich ihr zu, und sie lächelte mich dankbar an. »Wenn du dich aufwärmen und anziehen willst, den Flur hier runter ist ein Badezimmer.« Ich dachte kurz daran, was Delia wohl machte, wenn dieser wortkarge Kerl bei ihr hereinplatzte. Sie nutzte die Chance ganz sicher.

»Ach, das geht schon«, sagte sie und winkte ab. Sie legte das Jackett ab, übergab es einem von Ians Freunden und schlüpfte ohne Umschweife vor versammelter Mannschaft in ihr Kleid und ihre High Heels. Wobei das niemanden zu stören schien, denn alle hier wollten sich anscheinend einfach nur amüsieren, außerdem hatte sie sowieso schon jeder in Unterwäsche gesehen.

Ich trank den Sekt leer, Ian nahm mir das Glas ab und stellte es einer Kellnerin auf das Tablett, danach tanzten wir zusammen. Er kam mir dabei immer näher, und ich machte keine Anstalten, seine Avancen abzuwehren. Im Gegenteil. Ich genoss die Aufmerksamkeit, die er mir schenkte, drehte mich um und drückte meinen Rücken gegen seine harte Vorderseite. Er schlang die Arme um meine Hüften, und wir bewegten uns eng umschlungen zum eingängigen Beat der Musik. Ian wusste definitiv, wie man sich bewegte, und sein Hüftschwung, der mit meinem verschmolz, ließ mich die Augen schließen und an andere Dinge denken, die wir heute noch anstellen konnten.

Auch Delia machte keinen Hehl daraus, was ihr heutiges Ziel war, und tanzte gleich mit beiden Typen, als gäbe es kein Morgen. Es wurde immer stickiger und heißer, und ich sah auf meine roséfarbene Armbanduhr. Nur noch zwei Stunden bis zwölf Uhr, und bis jetzt war der Abend wirklich toll. Ich warf Delia aus Dankbarkeit einen Kussmund zu, als sie sich zu mir umdrehte, und sie lächelte glücklich. Egal wie sehr ich mich in meinem Schneckenhaus verkroch, meine beste Freundin war immer zur Stelle, um mich wieder hervorzuziehen. Dafür dankte ich ihr mein restliches Leben.

Irgendwann hatten wir genug vom Tanzen und setzten uns gemeinsam in eine Sitzgruppe im Wohnbereich. Wir unterhielten uns darüber, was wir sonst in der Freizeit taten, dass Delia und ich zweimal die Woche zum Kickboxen gingen und die Jungs auf Spiele der New York Knicks standen. Sie waren wirklich nett, und ich rutschte tiefer in Ians Arm, den er hinter mir auf der Rückenlehne abgelegt hatte, während sein Freund davon erzählte, wie er vor zwei Wochen von einer Rooftop-Party geschmissen worden war, weil er zum ersten Mal Absinth getrunken und sich total danebenbenommen hatte. Wir lachten viel, und ich genoss den Abend, der mich immer höher trug, bis ich mich vollständig gehen lassen konnte, den Alltag vergaß und mich fast wieder so fühlte wie damals. Als Delia und ich noch jedes Wochenende die Bars und Partys der Stadt unsicher gemacht hatten.

Irgendwann bekam ich Durst, und die Kellnerinnen ließen sich nicht mehr in unserer Ecke blicken. Ich sah hinüber zu der Küche, in der auf der Arbeitsplatte zahlreiche Getränke und sogar kleine Kanapees standen. Mein

Magen rumorte, als mich der Hunger übermannte. Ich musste unbedingt etwas essen, wenn ich nicht noch vor Mitternacht sturzbetrunken in einer Ecke liegen wollte.

Ich sagte Ian Bescheid, der zustimmte, mich zu begleiten. Kurz bevor wir bei der Küche waren, bog er ab zur Toilette, und ich ging vor. Dort angekommen nahm ich mir ein Tomaten-Mozzarella-Spießchen und schob mir noch einige Cracker mit einer roten, würzigen Creme in den Mund. Ich spürte einen warmen Körper hinter mir und lehnte mich gegen ihn.

»Hab ich dir schon gesagt, dass du von hinten wirklich fantastisch aussiehst?«, vernahm ich Ians Stimme in meinem Ohr und musste lächeln. Seine Hände fuhren vor zu meinem Bauch, ein wenig nach unten in Richtung meiner Oberschenkel und hoben ein Stück den Stoff meines Kleides an. Die Mischung aus seinen festen Berührungen, seinem warmen Atem auf meiner sensiblen Haut und dem leichten Anflug von Betrunkenheit ließ mich angespannt und kribbelig werden. »Komm mit«, flüsterte er, und ich drehte mich zu ihm um.

»Wohin?«

»Das wirst du gleich sehen«, sagte er und hatte ein atemberaubendes Grinsen auf den Lippen, das alle meine Bedenken zum Stillschweigen zwang. Seine Finger fanden meine Hand, und er zog mich von der Küche weg, um die Ecke und hinter die Wand, die den Wohnbereich abtrennte. Dahinter lag wie vermutet ein Schlafbereich mit breitem, kniehohem Doppelbett, das mit schwarzer Satinbettwäsche bezogen war. Darüber hing ein gemaltes Schwarz-Weiß-Bild von einem tosenden Meer bei Sturm. Ich konnte kaum den Blick davon abwenden. Irgendetwas zog mich unfassbar daran an. Es war dunkel, tiefgründig und wild.

»Wir sollten nicht hier sein«, sagte ich leise, aber Ian drückte mich mit dem Rücken gegen die Wand neben einer hellen Kommode. Ich stellte mir vor, wie Mister Wortkarg sich hier morgens fertig machte, nachdem er aus dem Bett aufgestanden war. Nur in Shorts.

»Wer sagt das?« Ians blaue Augen funkelten dunkel vor Lust.

»Derjenige, dem das Schlafzimmer gehört, wird bestimmt nicht begeistert sein, wenn er uns hier erwischt.«

Ian begann meinen Hals zu küssen, und seine Hände fuhren meine Seiten hinauf zum Ansatz meiner Brüste. Mist, das machte er verdammt gut. Sein Knie schob sich zwischen meine Beine, und ich öffnete die Schenkel ein Stück für ihn, sodass mein knappes Kleid nach oben rutschte und kitzelnd über meine Haut strich.

»Stehst du nicht ein bisschen darauf, wenn man erwischt werden könnte?«, flüsterte er in mein Ohr und biss mir leicht ins Ohrläppchen. Die Geräusche der Party waren fast so laut wie vor der Wand. Jederzeit könnte jemand vorbeilaufen und sehen, was wir hier trieben. Und trotzdem hatte Ian recht. Es machte mich wahnsinnig an, das Gefühl zu haben, erwischt zu werden.

Ian schob mein Kleid noch weiter hoch und streichelte sanft die Außenseiten meiner Oberschenkel. Ich stöhnte unterdrückt und krallte mich in den Stoff über seinem breiten Rücken. Ja, er fühlte sich definitiv gut an.

»Du bist verdammt heiß, weißt du das? Seitdem ich dich in Unterwäsche gesehen habe, kann ich nur daran denken, wie eng du bist, wenn ich dich ficke«, wisperte er rau, und sein Finger fuhr weiter zarte Kreise, bis er zu meiner Mitte fand und leicht über mein Höschen strich. Ich drängte mich seiner Hand entgegen und unterdrückte mein Stöhnen, indem ich fest den Mund gegen den Stoff seines Hemdes presste.

Er leckte und saugte weiter an meinem Hals, meiner Schulter und meinem Ohr, während ich den Kopf gegen die Wand lehnte und mich rhythmisch seiner Hand entgegenschob, die immer wieder gegen meine Mitte drückte. Es war zu wenig. Viel zu wenig. Ich wollte gerade zu ihm sagen, dass er schnell machen sollte, als tatsächlich eine dunkle Gestalt hinter ihm auftauchte. Ich erstarrte, krallte mich tiefer in Ians Rücken, aber der hörte nicht auf, sondern schob den Stoff meines Höschens zur Seite. Während ich spürte, dass ich immer feuchter wurde, tauchte Ian mit zwei Fingern in mich ein und stöhnte leise in mein Ohr. Und ich konnte den Blick einfach nicht von dem Mann mit der dunklen Aura abwenden, der immer noch hinter ihm stand und uns dabei beobachtete, wie Ian es mir in seinem Schlafzimmer mit den Fingern besorgte. Seine Miene wirkte genauso unbeweglich wie vorhin, als er mich im Badezimmer überrascht hatte. Der einzige Unterschied war, dass ich an der Beule in seiner Hose und seinem aufgewühlten Blick eindeutig erkannte, was er in diesem Moment fühlte. Er war angeturnt, genauso sehr wie ich.

Ich stöhnte lauter, dachte nicht mehr an die Partymeute, die uns hören könnte, öffnete die Schenkel noch ein Stück, sodass auch unser Beobachter sah, wie sehr ich mich nach mehr verzehrte. Ian hob meinen linken Oberschenkel an und legte ihn um seine Hüfte, um noch besseren Zugang zu mir zu haben, während ich weiterhin in die dunklen Augen des Mannes hinter ihm sah. Das Kribbeln in meinem Unterleib wurde stärker, übernahm meinen gesamten Körper. Ich genoss Ians Liebkosungen und die Blicke unseres Beobachters und verlor mich in ihnen. So tief. So dunkel. Wie das tosende Meer auf dem Bild über seinem Bett. Auf den ersten Blick wirkte er blass, schwarzweiß, aber in seinem Inneren herrschte eine Wildheit, die mir den Atem nahm. Er unterdrückte sie, das konnte man fühlen. Seine Hände ballten sich zu Fäusten, seine Lippen pressten sich aufeinander, und sein Kiefer zuckte. Was kostete ihn seine Beherrschung? Was würde er jetzt gerne tun? Uns rausschmeißen oder Ian von mir wegziehen und es mir selbst besorgen?

Mein Körper bebte, meine Atmung wurde immer schneller, Ian flüsterte mir ins Ohr, wie heiß ich war, wie sehr er es genoss, in meine feuchte Hitze zu tauchen, und wie sehr sich sein Schwanz danach sehnte, es seinen Fingern gleichzutun. Ich sehnte mich genauso, aber nicht nur nach ihm. Meine gesamte Vernunft schaltete sich ab und wollte zwei Dinge auf einmal. Ian und noch jemand anderen, von dem ich nicht mal den Namen wusste. Ich wusste nur, dass mir allein seine Anwesenheit den Atem raubte und sich eine extreme Sehnsucht brennend durch meine Nerven fraß.

Wie konnte ein einziger Blick so etwas in mir hervorrufen?

Während Ian seine Finger nun schneller in mich schob, drückte er den Handballen gegen meine Klit, und es war um mich geschehen. Ich kam. Heftig. Gleichzeitig versuchte ich immer noch, die Lider offen zu halten und den Mann zu fixieren, dessen Blick dunkel vor Leidenschaft wurde.

Ich kam für ihn. Ich kam für Ian. Ich kam für mich. Und ich empfand keinerlei Scham dafür, es fühlte sich an wie ein Befreiungsschlag. Als würde sich die richtige Eve mit jedem Zucken, jedem Pulsieren, jedem Stöhnen an die Oberfläche kämpfen und das Ruder wieder übernehmen. Es fühlte sich richtig an, verrucht, ekstatisch.

Ians warmer Atem strich schnell über meine Haut, als er sich aus mir herauszog und einen Schritt zurückging. Fast wäre er gegen unseren dunklen Beobachter gestoßen, und ich hielt die Luft an. Was würde er nun mit uns machen?

»Was sagst du, Cole, haben wir die richtige Wahl getroffen?«, fragte Ian auf einmal, hielt mich immer noch gefangen in seinem lusterfüllten Blick. Seine Stimme klang rauer, irgendwie tiefer, und ich drückte mich enger gegen die Wand, wusste auf einmal nicht mehr, was ich fühlen sollte.

Dieser Cole ging einen Schritt an ihm vorbei, während Ian immer noch nicht seine Augen von mir abwandte und mir mein Herz bis zum Hals schlug.

Cole legte seinen Finger unter mein Kinn und hob es bestimmend an. Ich musste schlucken. Sein Blick und diese winzige Berührung waren so intensiv, dass mir der Atem stockte. Er verzog immer noch keine Miene, aber ich sah ihm die Erregung in seinen Augen an. Sein Duft umfing mich, ließ mich flacher atmen, weil er viel zu intensiv war. Ian roch gut, männlich, frisch und leicht. Aber Coles Duft sprach die tieferen, dunkleren Sinne in mir an, von deren Existenz ich nicht einmal etwas geahnt hatte.

Dann küsste er mich. Plötzlich. Hart. Besitzergreifend. Alles in mir begann zu summen, zu kribbeln und sich zu drehen. Seine Zunge schob sich tief zwischen meine Lippen, und einen kurzen Moment wollte ich mich dagegen wehren, ihn wegschubsen und fragen, was dieses ganze Spiel eigentlich sollte, aber ich konnte nicht. Ich öffnete den Mund sogar noch weiter für ihn, stöhnte zwischen seinen Küssen, während seine Zunge fest und zielstrebig über meine strich und er mich vollständig in Besitz nahm. Ich verlor mich in ihm, dieser einzigen Berührung unserer Lippen, und vergaß alles um mich herum. Wo wir uns befanden, wer uns sah, mit wem ich hier war, sogar wie ich hieß. Es zählte nur er.

Cole. Cole. Cole. Immer wieder kreiste sein Name durch meine Gedanken.

Dann löste er sich von mir, und ich hatte das Gefühl, als hätte mich etwas Bedeutendes verlassen. Meine Knie wurden weich, und ich presste die Handflächen eng gegen die kalte Betonwand.

»Ich bin noch nicht sicher«, raunte er so leise, dass es eigentlich nur ich verstehen konnte. Ich hörte das Geräusch eines sich öffnenden Gürtels, und mein Puls beschleunigte sich ein weiteres Mal, als er ihn aus den Schlaufen seiner Anzughose zog. »Aber ich werde es herausfinden«, wisperte er, und ich wusste, was er damit meinte.

Aus einem mir unbekannten Grund wollte ich nichts lieber, als ihn davon zu überzeugen, dass ich die richtige Wahl war.

Die einzige.

»Geh zur Fensterfront und lehne dich dagegen. Rücken zu mir.«

Ohne ein einziges Mal darüber nachzudenken, es nicht zu tun, befolgte ich seine Anweisung, und während ich den Countdown der Menschen vor der Wand hörte, schoben zwei raue Hände mein Kleid nach oben und hakten sich in dem Bund meines Höschens ein.

Und ich wusste, das Feuerwerk würde dieses Jahr ein ganz besonderes werden.

Kapitel 4

Cole

Der Anblick ihres hübschen Gesichtes, das sich vor Lust durch ihren Orgasmus verzog, als Ian es ihr besorgte, hatte mir gefallen.

Aber sie nun so zu sehen, ließ mich fast direkt in meine Hose kommen. Und ich war normalerweise das komplette Gegenteil von unbeherrscht oder ungeduldig. Doch dieses Mal konnte ich es kaum erwarten, bis ich sie vollständig nehmen konnte. Alles von ihr.

Ihre schlanken Finger lagen gespreizt gegen die Fensterscheibe gedrückt. Von hier hatte man einen fantastischen Ausblick über New York, den Central Park und die Hochhäuser bis zum Hudson River. Doch der interessierte mich in diesem Moment kein bisschen.

Ihr knappes Glitzerkleid bauschte sich um ihre Hüften, und ihr hübscher String steckte mittlerweile in meiner Tasche. Ihr Arsch war rund, fest und das Beste, was ich seit Langem gesehen hatte.

Ian hatte recht gehabt, dass ich zu viel arbeitete und nach dem ganzen Stress der letzten Zeit endlich mal wieder ein wenig Spaß verdiente. Zu unseren Collegezeiten hatten wir so etwas öfter gemacht, uns Frauen für eine einzige Nacht geteilt. Bis Donna kam.

Der Gürtel in meiner Hand schnellte auf meine rechte Handfläche und brachte mich wieder zurück ins Hier und Jetzt.

Ian trat an meine Seite, und ich nickte meinem längsten und besten Freund zu. Auch wenn er so aussah und sich so benahm, als wäre er der perfekte, scheußlich höfliche Schwiegersohn, hatte er es faustdick hinter den Ohren. Ich besaß meine Neigungen, die rein gar nichts mit langweiligem Blümchensex oder dergleichen zu tun hatten, aber selbst ich war manchmal überrascht, was Ian den Frauen abverlangte. Und was sie völlig bereitwillig mit ihm taten.

Aber nicht unsere Schöne hier. Zumindest nicht heute. Ihr Arsch gehörte heute ganz allein mir.

Meine Finger kribbelten, wenn ich daran dachte. Sie wurde nervös, bewegte sich unruhig hin und her, während die Menge draußen gerade angefangen hatte, den Countdown zum neuen Jahr herunterzuzählen.

Zehn.

Ganz sachte, zum Warmwerden, ließ ich den Gürtel auf ihre helle Haut schnalzen, und sie zuckte kurz zusammen.

Neun.

Ein weiteres Mal, und ich bewunderte den Anblick der dezenten Röte auf ihren prallen Backen. Mein Herz raste und pumpte weiteres Blut in meinen Schwanz.

Acht.

Stärker, und sie hatte sich an den überraschenden Überfall gewöhnt und drückte sich mir entgegen. Ich stöhnte gepresst. Sie war perfekt. Unsere perfekte kleine Snow White mit ihren schwarzen Haaren, den hellblauen Augen und der weißen, anbetungswürdigen Haut. Als sie einen Fuß in mein Appartement gesetzt und wir sie gesehen hatten, stand fest, dass wir sie haben mussten.

Sieben.

Ein weiteres Mal traf das Leder ihre Haut. Sie legte den Kopf in den Nacken und stöhnte. Fuck. Ich hätte stundenlang so weitermachen können, aber wir hatten nicht viel Zeit.

Ich warf den Gürtel in die Ecke und ging zu ihr. Ruckartig drehte ich sie an der Hüfte um und küsste sie, schmeckte ihr Verlangen, als sie stürmisch ihre Arme um meinen Nacken schlang. Scheiße, normalerweise küsste ich nicht, zumindest nicht so, aber ihre Zunge und ihr Geschmack brachten mich fast zum Explodieren. Ich wollte die Küsse. Ich wollte sie.

Sechs.

Sie keuchte überrascht, als sie Ian hinter sich spürte. Wir fuhren über ihren Körper, konnten nicht genug von ihr bekommen. Ian biss sie in den Nacken, während ich immer noch ihren Mund in Besitz nahm. So arbeiteten wir uns vor bis zu meinem Bett.

Fünf.

Wir ließen von ihr ab, drückten sie hinunter, bis sie vor uns saß. Sie sah zu uns auf, leckte sich über die perfekten, roten Lippen.

»Dreh dich um«, sagte Ian rau und sie befolgte, ohne zu zögern, den Befehl. Wir sahen uns an, und wieder konnte ich an dem Blick meines Freundes das Gleiche ablesen, was ich dachte. Sie war wie für unser Spiel heute Nacht geschaffen.

Vier.

Ian trat hinter sie, schob sie so, dass sie am Rand des Bettes auf allen vieren kniete. Ich trat vor ihr Gesicht, strich mit dem Daumen über ihren hübschen Mund. Ian zog ein Kondom aus seiner Tasche und öffnete seine Hose, während ich ihr wieder in die blauen Augen sah.

Drei.

»Wie heißt du?«, flüsterte ich, obwohl es mich sonst kein Stück interessierte, was die Frauen für einen Namen hatten. Es änderte doch nichts an dem Umstand, dass sie in wenigen Stunden wieder aus meinem Leben verschwanden.

»Eve«, wisperte sie rau. Ihre Stimme war heiß, und wie sie fast unschuldig zu mir aufsah, war noch um einiges heißer.

»Hattest du schon mal einen Dreier, Eve?«, fragte ich.

Sie schüttelte den Kopf, und ich sah im Augenwinkel, wie Ian mir einen überraschten Blick zuwarf, weil ich mich sonst ganz und gar nicht mit unseren Auserwählten unterhielt. Okay. Genug gequatscht. Zeit, ihren hübschen Mund zu füllen und den Zweck ihrer Anwesenheit endlich einzufordern.

Zwei.

Ian strich über ihren Rücken, schob ihr Kleid noch ein kleines Stückchen weiter hoch, und sie begann zu stöhnen, als er ihren Kitzler streifte. Ich öffnete die Hose und bemerkte ihren Blick auf meinen Schwanz, als ich ihn herausholte und noch einen Schritt auf sie zuging. Fuck, ich konnte es kaum noch erwarten, ihre vollen Lippen gespannt um mich zu sehen.

Ihr Keuchen wurde lauter, und wir spürten, dass sie mehr als bereit für uns war.

Eins.

Ich pumpte einige Male in meine Hand, um den immensen Druck ein wenig loszuwerden, aber es nützte nichts.

Der Jubel im Wohnzimmer stieg an, irgendetwas knallte laut, Lachen und begeisterte Rufe erklangen durch mein Penthouse und schluckten jeden anderen Laut. In genau diesem Moment drangen wir gleichzeitig in sie. Tief. Sie spannte sich kurz vor Überraschung an, begann dann aber mit voller Hingabe meinen Schwanz zu lutschen. Sie umkreiste die Spitze mit ihrer Zunge und stöhnte zwischendurch unterdrückt, als Ian sich immer wieder in sie schob und sie gleichzeitig mit dem Finger verwöhnte. Er war gut darin, eine Frau schnell an den Rand ihres Höhepunktes zu bringen, denn ich war meistens der Part, der so zügig wie möglich zum Ende kommen wollte. Ich wollte Erleichterung, einen heißen Quickie, laut und dreckig. Keine stundenlange Vögelei.

Meine Finger fanden in ihre Haare, schlossen sich darin zur Faust, und ich drückte sie mir rhythmisch entgegen. Sie öffnete noch weiter den Mund, saugte stärker, und ich stöhnte, weil sie anscheinend keinen Würgereiz besaß. Tief drang ich in ihre Kehle, spürte den Widerstand und zog ihn wieder heraus, um direkt danach erneut zuzustoßen. Und keine einzige Sekunde unterbrachen wir unseren Blickkontakt. Die Pupillen in ihren schönen blauen Augen waren vergrößert, aus ihrem Augenwinkel drangen winzige Tränen, weil ich immer heftiger zustieß, aber sie drehte nicht den Kopf weg oder unterbrach diesen Blowjob. Es wirkte fast so, als wäre sie eher darauf bedacht, es mir so gut wie möglich zu besorgen, als selbst zu kommen.

Als ich das verräterische Ziehen in meinen Hoden und eiskalte Schauer mein Rückgrat hinab spürte, sah ich kurz Ian an, der mir mit einem einzigen Blick zu verstehen gab, dass auch er so weit war. Ich stieß nicht mehr ganz so tief zu, damit sie sich auf sich selbst konzentrieren konnte und wie Ian sie fickte. Sie stöhnte lauter, keuchte, und ich genoss den Anblick ihres vor Lust verzogenen Gesichts.

Das Jubeln vor meinem Schlafzimmer ebbte ab. Wir mussten uns beeilen, damit man uns draußen nicht hörte. Glücklicherweise war die Musik immer noch so laut, dass sie fast alles überdeckte. Bis Eve ihre Lider schloss und ich mich ganz zurückzog. Sie senkte den Kopf, ihr Körper zitterte, und Ian stöhnte immer wieder »*Fuck*«. Aber ich wollte sie sehen, in ihr hübsches Gesicht und diese tiefen Augen, während sie für uns kam. Also legte ich meine Finger unter ihr Kinn, drückte ihren Kopf nach oben, und sie öffnete sofort die Lider. Es wirkte, als würde sie ewig kommen, es genießen, dass sie zwischen uns und unser Mittelpunkt war.

Und ich hielt es keine Sekunde mehr aus, ich nahm erneut ihren Mund in Besitz und pumpte in sie, kam heftig. Mein gesamter Körper spannte sich an, und dieses unbeschreibliche Gefühl fand überhaupt kein Ende. Ohne mit der Wimper zu zucken, schluckte sie alles, was ich ihr gab. Es fühlte sich an wie eine Ewigkeit, bis ich mich von ihr löste und meine Hose schloss. Sie sank erschöpft auf mein Bett und sah uns mit einem zufriedenen Gesichtsausdruck an. Ihre Brust hob und senkte sich schnell, und ihre Lider schlossen sich immer wieder.

Ian legte sich zu ihr, zog sie an seine Vorderseite, und sie schmiegte sich in seine Umarmung. Auch das war nicht mein Ding. Kuscheln danach gab es bei mir nicht. Wozu auch? Um der Frau falsche Hoffnungen zu machen, dass mehr daraus würde als ein One-Night-Stand?

Auf gar keinen Fall.

Also richtete ich meine Kleidung, nickte Ian ein weiteres Mal zu und verließ mein Schlafzimmer. Doch obwohl mich meine Füße in Richtung meines Arbeitszimmers trugen, blieb ein Teil von mir immer noch bei ihnen.

Und ich hoffte, dass es nicht der winzige Teil meines dunklen Herzens war, der noch bestand.

Kapitel 5

Eve

Es klopfte leise an meiner Bürotür. Ich schreckte in Gedanken versunken auf und spürte, wie die Röte in meine Wangen kroch. Was war nur mit mir los?

Eine Woche war die Silvesterparty und meine unbeschreibliche Begegnung mit Ian und Cole inzwischen her. Zwei Männer, die unterschiedlicher nicht sein konnten und mich beide auf ihre Art faszinierten. Und seit dieser Nacht konnte ich an nichts anderes mehr denken als an das Gefühl, zwischen ihnen zu kommen. Ians raue Hände auf mir zu spüren, während mich Coles dunkler Blick in Brand setzte.

Jeden Abend vorm Schlafengehen hatte ich mich mit der Erinnerung an dieses Erlebnis selbst befriedigt, und trotzdem war es nicht genug. Ich konnte sie einfach nicht vergessen.

Während Cole nach unserem phänomenalen Sex ohne ein Wort gegangen war, hatte Ian mir ein wenig über sich und seinen Freund erzählt. Sie hatten so etwas öfter gemacht, und obwohl Ian nicht gegen ein zweites Mal war, hatte Cole eine eiserne Regel, nie mehr als eine Nacht mit einer Frau zu verbringen.

In diesem Moment hatte ich es akzeptiert, obwohl ich durch meinen heftigen Orgasmus immer noch in Sphären jenseits von Gut und Böse geschwebt hatte. Aber jetzt bereute ich, dass ich einfach gegangen war.

Doch was hätte ich tun sollen? Sie anbetteln, es mir noch ein zweites Mal zu besorgen? Lächerlich. Ich war eine erwachsene emanzipierte Frau und besaß ein eigenes, durchgetaktetes Leben. Ich hatte überhaupt keine Zeit für Beziehungen oder so etwas in der Richtung. Mal ganz davon abgesehen, dass ich an so etwas wie die Liebe sowieso nicht glaubte. Es war die reine Lust, die immer noch durch meinen Körper rauschte und meinen Kopf vernebelte, und es war Zeit, diesen Nebel endlich abzuschütteln und weiterzumachen. Wie immer.

»Eve?« Bianca, meine Assistentin, steckte ihren blonden Kopf durch die Tür. »Dein Termin fängt in fünf Minuten an, Besprechungsraum vier.«

»Oh verdammt!« Ich sprang von meinem Schreibtischstuhl auf, raffte meine Unterlagen auf meinem Glasschreibtisch zusammen und strich meinen engen Bleistiftrock glatt. Das war noch ein Punkt, der mir ganz und gar gegen den Strich ging. Männer waren eine viel zu große Ablenkung, die ich mir in meinem Job nicht leisten konnte. Zu hart hatte ich für all das gearbeitet, denn es hatte viele Steine auf meinem Weg hier herauf gegeben!

»Du kommst noch pünktlich! Ich habe schon alles vorbereitet.« Bianca grinste mich an und hielt mir die Tür auf.

»Du bist die Beste! Dafür lade ich dich nach Feierabend auf einen Drink ein!«

»Oh ja, gerne!«

Ich winkte ihr und rannte den Flur entlang. Vor der Tür stand meine Mandantin und tippte mit dem Fuß in ihren hohen Louboutins auf unseren Marmorboden. Ihr enges, knielanges Kleid saß perfekt, genauso wie ihre professionell gestylte Frisur. Sie war ausgesprochen hübsch, aber an ihrem Charakter musste sie eindeutig noch arbeiten. Doch wenn wirklich stimmte, was sie mir über ihren zukünftigen Ex-Mann erzählt hatte, musste dieser um einiges herrischer als sie selbst sein. Was eindeutig an ein Wunder grenzte, denn meine Mandantin war nicht gerade sehr solidarisch, wenn es um ihre Bedürfnisse ging.

»Sie sind zu spät!«, keifte sie, und ich hielt ihr die Hand hin.

»Es tut mir leid, Mrs Craft, mir kam etwas dazwischen!«, log ich.

»Nennen Sie mich ab heute bitte wieder bei meinem Mädchennamen Howard. Ich möchte nicht einen Tag länger den Namen dieses Mannes tragen!«

»Selbstverständlich! Treten Sie ein!« Ich hielt ihr die Tür zum Besprechungsraum auf, und der gegnerische Anwalt sah von seinen Unterlagen auf. John Powell. Ich verachtete den Typen und sein verschlagenes Aussehen. Er war ein Frauenhasser und bekannt dafür, nur Männer zu vertreten. Meistens sogar recht wohlhabende, was seine überzogene Villa, seinen Maserati und seine derzeit zweiundzwanzigjährige Frau finanzierte.

»Guten Tag, Mister Powell«, sagte ich geschäftig und sah hinüber zu seinem Mandanten. Und mein Herz hörte auf zu schlagen. Meine Knie drohten einzusacken und ich klammerte mich an meinen Unterlagen fest.

Seine dunklen Augen, das männlich kantige Gesicht, das keine seiner Gefühlsregungen zeigte, der dunkelgraue Anzug, der wie für ihn gemacht über seinen breiten Schultern spannte … Cole. Ich schluckte. Shit!

Er stand auf und knöpfte sein Jackett zu, bevor er mir geschäftig die Hand hinhielt. Während ich seinen kräftigen Händedruck erwiderte, ließ er mich nicht aus den Augen. Erinnerungen fluteten meinen überforderten Geist.

»Craft, freut mich, Sie kennenzulernen«, sagte er mit seiner tiefen Stimme, die Blitze durch mein Innerstes schickte. Okay, wir taten also so, als würden wir uns nicht kennen. Das kam mir in Anbetracht unserer Lage äußerst gelegen.

»Mich ebenfalls, Eve Smith.« Er ließ mich los, nicht jedoch ohne mir mit dem Daumen kurz über die Haut zu streichen. Völlig unauffällig den anderen im Raum gegenüber, aber doch so stark, dass mich erneut eine Welle von Emotionen überrannte.

Als ich mich von ihm abwandte und gegenüber Platz nahm, sickerte der Moment erst richtig in meinen Kopf.

Ich saß hier neben Donna Craft. Seiner baldigen Ex-Frau.

Während ich versuchte, unsere Begegnung zu verarbeiten, und Powell seinen Monolog startete, fixierte mich Cole, ohne seinen Blick nur einmal woandershin zu richten.

Happy New Year, Eve. Das neue Jahr fing alles andere als gut an.

Kapitel 6

Cole

Hätte ich nicht den lebendigen Beweis in Form von Donna vor mir sitzen, dass ich für Beziehungen nicht geschaffen war, hätte ich sogar überlegt, Eve nach der Verhandlung um ein Treffen zu bitten. Auch wenn sich meine Zusammenkünfte eher auf anonyme One-Night-Stands beschränkten. Sicherer für alle Beteiligten.

Während der Verhandlung, in der Donna nicht müde wurde, zu erwähnen, wie unwohl sie sich in unserem gerade mal sechs Monate andauernden Zusammenleben gefühlt hatte, rollte ich innerlich ständig mit den Augen.

Wie hatte ich mich nur dazu herablassen können, mich auf so ein sinnloses Konzept wie die Ehe einzulassen? An das ich nicht glaubte und nie glauben würde! Zwei Menschen, die sich ihr Leben lang banden und dabei glücklich waren? So etwas gab es nur bei Disney. Aber meine Vereinbarung mit Donna hatte schließlich einzig einem geschäftlichen Zweck gedient und nicht dafür, um meine Gefühle aus dem Winterschlaf zu erwecken.

»Dass ich Sie richtig verstehe, Mrs Craft …«

»Howard!«, unterbrach Donna meinen Anwalt. »Ms Horward!«

Er räusperte sich und lehnte sich noch ein Stück auf dem Tisch in ihre Richtung. Sein aufdringliches Aftershave erfüllte den gesamten Raum und ich unterdrückte das Rümpfen meiner Nase.

»Ms Howard, haben Sie sich Ihre Forderung gut überlegt?«

»Selbstverständlich!«, keifte Donna auf ihre gewohnt charmante Art. Mein Gesicht blieb ausdruckslos, denn eigentlich interessierte es mich einen Scheiß, was sie forderte. Sie würde das bekommen, was ich für richtig hielt. Dieses Treffen war nur für die Akten und weil ich eine Einigung vor Gericht möglichst vermeiden wollte.

»Sie möchten ganze fünfundzwanzig Prozent von Mr Crafts Vermögen?«

»Dreißig, wenn ich es mir recht überlege!«

»Für sechs Monate Ehe, das übliche Trennungsjahr nicht eingeschlossen?«, fragte Mr Powell erneut ungläubig. Für mich war Donnas Forderung nicht überraschend. Nachdem ich sie mit einem meiner Mitarbeiter im Bett erwischt hatte, hatte sich meine Meinung über sie nur bestätigt. Sie war auf mein Geld aus und genauso falsch wie ihr verschlagener Vater. Aber ich nahm es ihr nicht übel. Auch sie war mehr eine Marionette für mich gewesen als etwas anderes. Sie und ihre Familie dachten, sie hätten mich mit ihren Forderungen am Haken. Nun ja. Das Problem hatte sich schließlich auf andere Art erledigt.

»Sechs Monate voller seelischer Grausamkeiten!«, schrie Donna schrill und schniefte sogar ein wenig. Glanzvoller Auftritt. Wieso man sie immer noch nicht als Schauspielerin entdeckt hatte, war mir ein Rätsel.

Eve neben ihr rutschte unruhig auf ihrem Stuhl hin und her. Ihre schwarzen Haare steckten in einem strammen Pferdeschwanz, und allein der Anblick ihrer dunkelgrünen Satinbluse, die sich über ihrer üppigen Brust spannte, ließ mir das Wasser im Mund zusammenlaufen. Als sie ihren Mund öffnete, um etwas zu sagen, konnte ich an nichts anderes mehr denken als an ihre Lippen um meinen Schwanz.

»Wir können Ihnen gerne eine schriftliche Stellungnahme zukommen lassen, die meine Mandantin darüber angefertigt hat, wie Ihr Mandant sich ihr gegenüber verhalten hat.« Eves Blick huschte zu mir, nur um gleich darauf zurück zu Powell zu fliegen. Sie fühlte sich unwohl mit mir in einem Raum. Aber da war sie nicht die Einzige. Selbst mein schmieriger Anwalt, der einer der besten war, wenn es um das Thema einer Scheidung ging, stotterte, wenn ich mit ihm allein sprach.

»Ich wiederhole, Miss Smith: sechs Monate! Was kann in sechs Monaten schon alles passieren? Sind Sie sich bewusst, wie hoch die Summe wäre, die Ms Howard verlangt?«

»Ja, dessen sind wir uns durchaus bewusst, sonst hätten wir diese Forderung schließlich nicht gestellt. Die Summe ist in Anbetracht der Lage zu hundert Prozent angemessen«, erwiderte Eve in dominantem Ton und ließ sich keineswegs durch das Auftreten meines Anwalts einschüchtern. Ich mochte starke Menschen. Bei ihnen machte es mehr Spaß, sie zu brechen.

Wieder traf mich Eves Blick. Obwohl sie einen seriösen und geschäftsmäßigen Anblick abgab, sah ich das unsichere Flackern in ihren hellblauen Augen. Sah, wie schnell sich ihre Brust unter ihrer Atmung hob und senkte. Wie sie sich hin und wieder mit der Zungenspitze über die Lippen fuhr, genau wie in meinem Badezimmer, als ich sie beim Duschen erwischt hatte.

Auch wenn ich es genoss, wie sich Eve unter meiner bloßen Anwesenheit wand, musste ich diese Begegnung abbrechen. Wenn ich nicht selbst einknicken wollte.

Also verschränkte ich die Finger auf dem Tisch und wandte meine Aufmerksamkeit Donna zu.

»Du bekommst eine Million, das ist mehr, als dir dafür zusteht, dass du Anthony gefickt hast.« Sie schnappte nach Luft. »Damit ist dieses lästige Gespräch beendet und ich kann mich endlich wieder sinnvolleren Tätigkeiten zuwenden.«

Ich stand auf und knöpfte mein Jackett zu. Langsam streckte ich die Hand in Richtung Eve aus. Ich hätte einfach gehen können. Oder sie noch mal berühren. Also traf ich meine Wahl.

Sie erhob sich ebenfalls, und wir standen uns gegenüber. Nur der Tisch trennte unsere Körper, die aufeinander reagierten, als hätten sie nie etwas anderes gewollt, als sich ineinander zu verlieren.

»Wir werden uns das Angebot durch den Kopf gehen lassen«, sagte sie und ergriff endlich meine Finger. Eine Sekunde länger, und ich hätte meine Hand zurückgezogen. Niemand ließ mich warten. Noch nicht mal, wenn es um einen beschissenen Handschlag ging.

Ihre Finger waren schlank und schmal in meiner Umklammerung, und nur widerwillig ließ ich sie los. Ich musste gehen! Sie vergessen! Denn allein an sie zu denken, machte mich schwach und lenkte meine Aufmerksamkeit auf Dinge, die ich im Moment nicht gebrauchen konnte. Die ich nie gebrauchen konnte!

Also wandte ich mich ab, und Powell folgte mir, als ich den Raum verließ. Erst im Aufzug, als Eves Duft mir nicht mehr das Hirn vernebelte, traute ich mich, tief einzuatmen.

»Das war doch gar nicht so schlecht, oder?«, fragte Powell, als die Lifttüren zuglitten und ich auf das blanke Metall vor mir starrte.

Ich hätte ihm sagen können, dass ich diese Verhandlung eigentlich allein hätte führen können. Dass ich ihn nur brauchte, um all die Paragrafen einzuhalten, die nötig waren, damit ich wegen Missachtung des Gesetzes nicht vor Gericht landete. Dabei hielt ich mich sonst ganz und gar nicht an das Gesetz des Landes.

Ich hatte mein eigenes.

Aber das mussten nicht alle Menschen wissen. Und für die meisten war es sogar weitaus ungefährlicher, es nicht zu tun.

Kapitel 7

Eve

Zurück in meinem Büro teilte ich meiner Assistentin mit, dass sie die nächste halbe Stunde keine Anrufe durchstellen sollte, knallte die Tür hinter mir zu und lehnte mich dagegen.

Mein Blick schweifte gedankenverloren durch den Raum, über die hellen Büromöbel, die dunkle Ledersitzecke und die Fensterfront, hinter der man die Skyline New Yorks sah.

Verdammt. Cole. In meinem Territorium. Allein seine Anwesenheit hatte mich verbrannt, und ich spürte das Feuer auch Minuten später noch durch meine Venen lodern. Die Berührung seiner Hand hatte ausgereicht, dass ich nicht mehr klar denken konnte und nur noch flüchten wollte. An einen sicheren Ort, bei dem ich endlich wieder ich selbst sein konnte.

Ich erinnerte mich an Silvester, so intensiv, als wäre ich mittendrin. Natürlich dachte ich auch an Ian. Die gesamte Begegnung, zwischen zwei Männern zu stehen und von ihnen begehrt zu werden, war verrucht, ekstatisch und völlig einmalig gewesen.

Aber Cole schaffte es, dass mir allein beim Gedanken an seinen Namen die Röte ins Gesicht schoss und ich nichts so sehr wollte wie seine Aufmerksamkeit. Ihm zu gefallen. Dass er mich länger so ansah, wie er es eben im Besprechungsraum getan hatte. Als wäre ich alles, was er in diesem Moment wollte.

Ging es Donna einmal genauso? Sie hatte von ihrem zukünftigen Ex-Mann erzählt, als wäre er ein Monster, das nur auf seine eigenen Vorteile bedacht war. Er hatte ihr nie körperlichen Schaden zugefügt, aber mir war bewusst, dass seelische Grausamkeiten weitaus mehr auf einem lasten konnten, als wenn jemand handgreiflich wurde.

Ich kannte beides und ich würde mich jedes Mal wieder eher einem kräftigen Hieb ausliefern, als das Gefühl ertragen zu müssen, ich würde verfolgt und gedemütigt.

Aber war Cole wirklich so? Ja, er machte einen eiskalten, beherrschten und unfassbar dominanten Eindruck, aber konnte er einer Frau wirklich richtiges Leid zufügen? Abgesehen von der Art, mit der er mich vor einer Woche noch an den Rand meiner Ekstase gebracht hatte? Wenn zwei Erwachsene einvernehmlichen Sex in einer härteren Gangart hatten, konnte man nicht von Leid oder Misshandlung sprechen.

Donna hatte erzählt, dass Cole ständig unterwegs gewesen sei und ganz bestimmte Vorstellungen von ihrer Ehe gehabt habe, die sie nicht erfüllen konnte. Er war desinteressiert an ihr, gab ihr das Gefühl, nicht gut genug zu sein. Sie war einsam und wurde von ihm behandelt, als wäre sie ein Klotz an seinem Bein. Das allein war der Grund, weshalb sie sich auf einen anderen Mann eingelassen hatte. Aber wieso hatte Cole sie dann erst geheiratet, wenn nicht aus Liebe? Auch wenn ich nicht an so etwas wie die Liebe glaubte, gab es doch genug Menschen, die es taten.

Und zu guter Letzt, wie konnte es sein, dass ich auf einen Mann scharf war, von dem ich all diese Dinge wusste? Den ich kein bisschen einschätzen konnte oder nur eine winzige Ahnung hatte, wer oder was er wirklich war?

Irgendetwas war bei mir kaputt. Das musste es sein. Es mussten mehrere Sicherungen bei mir durchgebrannt sein, was anderes kam nicht infrage. Diese Vermutung hatte ich schon länger gehabt, aber nun bestätigte sie sich zu hundert Prozent.

Ich ging hinüber zu meinem Schreibtisch und setzte mich dahinter. Als mein Blick auf den Computerbildschirm fiel, entdeckte ich unzählige E-Mails in meinem Postfach, darunter eine von Delia.

Von: Delia Adams
An: Eve Smith
Betreff: Oh, yes, it's ladies night

Du, ich und haufenweise Shots im El Mucho!
Zweiundzwanzig Uhr, ich erwarte dich!

Ich seufzte. Eigentlich war mir überhaupt nicht nach Feiern zumute, vor allem, weil ich wusste, dass ich heute mindestens bis zehn Uhr im Büro bleiben und arbeiten musste.

Andererseits wollte ich unbedingt mit jemandem über meine Begegnung mit Cole sprechen und darüber, dass ich nicht wusste, was ich nun tun sollte. Delia arbeitete heute. Also war es die einzige Möglichkeit, sie am Abend zu sehen.

Von: Eve Smith
An: Delia Adams
Betreff: Arbeiten?

Verdienst du dein Geld nun mit dem Testen von Schnaps oder hat sich das El Mucho in eine Coyote Ugly Bar verwandelt?
Seit wann darf man während der Arbeitszeit Shots trinken, Pancho?

Von: Delia Adams
An: Eve Smith
Betreff: Arbeiten!

Byron ist heute Abend nicht da, irgendein Cocktail-Kongress in New Haven! Also gibt es keine Grenzen heute Nacht, Sancho!

PS: Denk an Silvester, das hat sich auch gelohnt. ;-)

Von: Eve Smith
An: Delia Adams
Betreff: Arbeiten!

Wenn Byron wüsste, dass seine Inventur nur nicht stimmt, weil er eine Alkoholikerin als Barkeeperin eingestellt hat …

PS: Apropos Silvester … Rate mal, wer heute der Mandant der Gegenseite war?
PPS: Ich geb dir einen Tipp: Ian war nicht verheiratet.

Von: Delia Adams
An: Eve Smith
Betreff: Nein!!!!

Ist das dein verdammter Scheißernst?!?!
Cole war verheiratet und wird gerade von DIR geschieden?!
Fuuuuuuck!

Von: Eve Smith
An: Delia Adams
Betreff: Doch!!!

Ja, treffender hätte ich es nicht ausdrücken können.
Fuck.

Von: Delia Adams
An: Eve Smith
Betreff: Noch ein Grund für Shots!

Also musst du UNBEDINGT heute Abend vorbeikommen, ich will nämlich ALLES wissen!!!

Bis später!!

***

Bianca arbeitete nun seit fast drei Jahren für mich und war mir mittlerweile mehr als eine bloße Assistentin geworden. Deswegen begleitete sie mich nach Feierabend und weil ich ihr wegen der Verspätung heute Morgen definitiv noch einen Drink schuldete.

Wir betraten das *El Mucho,* und der Geruch von süßen Cocktails und frittiertem mexikanischen Essen erinnerte mich sofort an die vielen Stunden, die ich hier mit Delia verbracht hatte. Wir hatten hier gefeiert, gelacht und sogar schon geweint. Das *El Mucho* war mir mehr ein Zuhause, als es mein eigentliches je sein könnte. Ich kannte jeden Winkel, jeden abgewetzten Holztisch, jede Sitzecke und jeden Zentimeter der dunkelgrün vertäfelten Theke. Delia hatte den Job an einem Punkt in ihrem Leben bekommen, an dem sie nicht mehr wusste, was sie tun sollte. Hier hatten wir unsere Sorgen ertränkt und eines Abends hatte sie den Chef Byron angequatscht, ob er eine Stelle für sie hätte.

Er stimmte sofort zu. Byron war damals schon beinahe zu so etwas wie einem großen Bruder für uns geworden. Mit seinen fast zwei Meter war er ein Riese und machte auf den ersten Blick mit stahlgrauen Augen und kurz geschorenen dunkelblonden Haaren einen beeindruckenden ersten Eindruck. Doch wir wussten, wie sanft seine Seele und sein Herz wirklich waren.

Er liebte Erdbeer-Daiquiri, Karaoke und Delia. Nur sie wollte das nicht sehen. Aber das war eine andere Geschichte.

Delia stand hinter der Bar. Sie trug ein weißes, weites Shirt, das über eine ihrer Schultern gerutscht war und den tätowierten Schriftzug in Höhe ihres Schlüsselbeins entblößte. *Be you.* Ihre langen blonden Haare hatte sie zu einem unordentlichen Messy Bun auf dem Kopf zusammengebunden. Wenn ich Snow White war, war sie das braun gebrannte Surfergirl. Wir waren vom Aussehen völlig unterschiedlich und trotzdem hätte ich mir keine bessere Freundin wünschen können, weil wir ineinander unsere Seelenverwandte gefunden hatten. Ich würde für nichts auf der Welt Delia im Stich lassen.

»Hey!«, rief ich. Sie hob den Kopf und hielt damit inne, einen roten Cocktail vorzubereiten.

»Süße, da bist du ja! Und hey, Bianca!«, erwiderte sie lächelnd, lehnte sich über die Theke und gab uns beiden ein Wangenküsschen. »Ich freue mich, dass ihr endlich da seid, denn ich brauche unbedingt Ablenkung. Eddie hat mal wieder eine Scheißlaune und lässt sie an mir aus«, sagte sie und verdrehte die Augen. Bianca und ich rutschten auf zwei der Hocker vor dem Tresen und Delia stellte uns ohne Umschweife zwei kleine Gläschen vor die Nase.

»Wieso? Klappt diese Datingsache, die er seit zwei Monaten ausprobiert, nicht?«

Delia lachte. »Nein! Dabei sollte man meinen, die Frauen würden Schlange stehen, wenn sie erfahren, dass Eduardo ein sechsunddreißigjähriger Kellner in einer mexikanischen Bar ist, der noch zu Hause wohnt und trotzdem gerade so über die Runden kommt, weil er auf teure Onlinespiele steht.«

Wir mussten lachen. Eddie war es auch, der uns die Spitznamen Sancho und Pancho aus der Kindersendung verpasste, als Delia noch gar nicht in der Bar gearbeitet hatte. Ein Dummschwätzer und ein Dummfrosch, wobei er gesagt hatte, dass er nicht zuordnen könne, wer von uns welcher war. Wir fanden das ausgesprochen witzig und nutzten die Namen weiterhin als Gag.

»Von wem redet ihr?«, fragte er wie auf Kommando und tauchte auf einmal hinter uns auf, sodass wir uns ruckartig umdrehten. Seine schwarzen Haare waren wie immer nach hinten gegelt und sein weißes Hemd spannte viel zu sehr an seinem runden Bauch, sodass man Angst hatte, die Knöpfe würden in wenigen Sekunden durch den Raum springen und uns unser Augenlicht kosten. Eddie war nett, aber konnte durch sein mexikanisches Temperament auch ziemlich impulsiv und anstrengend sein. Er tat oft abgeklärt und lässig, aber in Wirklichkeit wünschte auch er sich einfach nur eine Frau und eine eigene Familie.

»Ach, jemand, den du nicht kennst! Einer meiner Arbeitskollegen«, sagte ich, winkte ab und erwiderte grinsend seine Umarmung.

»Delia, Tisch drei wartet schon seit einer halben Stunde auf ihre Getränke! Was ist heute los mit dir? Wenn Byron nicht da ist, arbeitest du noch langsamer als ohnehin schon«, fauchte er sie an, und Delia schenkte ihm ein zuckersüßes Lächeln.

»Kommt sofort, Eddie!«

Bianca und ich mussten unser Kichern verkneifen. Das hätte ihn nur noch grummeliger werden lassen, als er ohnehin war. Delia stellte die fertigen Cocktails auf ein Tablett und schob es ihm über den Tresen zu. »Hier ist es schon!«

Ohne ein Danke nahm er die Bestellung und stapfte davon.

»Oh wow, so muffig hab ich ihn selten erlebt«, sagte Bianca. Auch sie war oft mit uns hier gewesen und kannte mittlerweile alle fast genauso gut wie Delia oder ich.

»So, aber jetzt erzähl doch mal«, wechselte Delia das Thema und stützte sich auf dem Tresen ab, während sie mich fixierte. »Cole also?«

»Wer ist Cole?«, fragte Bianca und wirkte ganz aufgeregt.

»Du hast es ihr noch nicht erzählt!«, rief meine beste Freundin mit geschocktem Tonfall, und ich schüttelte schnell den Kopf. Sie holte tief Luft, und ihr Grinsen wurde doppelt so breit. »Cole, meine liebe Bianca, ist einer der heißesten und unnahbarsten Typen, die ich je in meinem gesamten Leben gesehen habe. Und unsere liebe Freundin hier hatte vor einer Woche an Silvester mit ihm und seinem Freund ein Techtelmechtel.«

Biancas Augen wurden noch größer, und sie starrte mich mit offenem Mund an, während mir die Hitze ins Gesicht schoss. Natürlich war Bianca meine Freundin, aber eben auch meine Mitarbeiterin. Sie würde niemals private Sachen im Büro ausplaudern, obwohl mein Geschäftspartner Aidan nicht unbedingt das Problem war. Wenn so etwas an die Öffentlichkeit geriet, konnte meine Karriere schneller vorbei sein als geplant. Und ich wollte das unter keinen Umständen riskieren! Nicht nachdem ich mir so den Arsch abgerackert hatte, um nach dem Renteneintritt von Aidans Dads endlich auf die Stufe seiner Partnerin in der Kanzlei gehoben zu werden.

»Eve! Das hätte ich dir gar nicht zugetraut!«, erwiderte Bianca anerkennend. »Welche Frau träumt nicht mal von einem Dreier mit zwei heißen Kerlen?«

»Ich auf jeden Fall«, sagte Delia und hob die Hände.

»Aber Moment!«, kreischte Bianca, und ich zog den Kopf wie eine Schildkröte ein, weil sie ruckartig und ziemlich fest meine Schultern umfasste. »Der heiße Typ heute in der Kanzlei? War das … einer davon? Gott, deswegen bist du nach dem Termin so schnell in dein Büro geflüchtet und warst völlig durch den Wind? Ich fasse es nicht! Mein Gott! Er. War. So. So. So. Heiß!«

Ich kniff die Augen zu, griff nach dem Shotglas, das immer noch vor mir stand, und kippte den Inhalt hinunter. Als das Brennen des Zimt-Tequilas in meiner Kehle nachließ, fand ich endlich ein wenig Mut, darüber zu sprechen.

»Ja, das war Cole. Und ich kann unmöglich noch seine Scheidung begleiten! Ich muss den Fall wegen Befangenheit abgeben, also werde ich ihn auch nicht wiedersehen.«

»Wer sagt denn, dass ihr euch nicht wiederseht?« Delia schnalzte mit der Zunge.

»Wenn er an mehr Interesse hätte als an diesem einen One-Night-Stand, hätte er mich um ein Date bitten können, oder?«, fragte ich, griff nach Biancas Shotglas und kippte auch dieses hinunter. Delia füllte uns zwei weitere und stellte sie uns vor die Nase.

»Schau mal, er hatte einen Geschäftstermin mit dir und seiner Ex! Wie schräg wäre das, wenn er dich direkt danach zu einem Date einlädt?«, sagte Bianca und irgendwie ergab ihre Aussage Sinn.

»Genau, sie hat recht!«, bestätigte auch Delia. »Er macht vielleicht einen abgeklärten Eindruck, aber das ist ein absolutes Tabu! Selbst für so einen selbstsicheren Typen, wie er einer ist.«

»Vielleicht habt ihr recht«, murmelte ich und wusste selbst nicht so recht, was ich mir im Grunde wirklich von der Begegnung mit Cole erhofft hatte. »Abgesehen davon, dass ich ihm sowieso eine Absage erteilt hätte.«

»Wieso denn das?« Delia tippte mit ihren Fingernägeln auf das Holz des Tresens.

»Erstens: Weil ich seine baldige Ex-Frau vertrete und nun den Fall abgeben werde. Zweitens: Weil ich gar keine Zeit für Dates habe. Drittens: Auch wenn ich Cole nicht so einschätze, als hätte er überhaupt Lust auf eine Beziehung – ich will ihm nicht erklären müssen, dass ich etwas Lockeres bevorzuge. Erinner dich an Tom.«

»Tom war ein Waschlappen«, sagte Delia, und Bianca lachte. »Ich habe von Anfang an gewusst, dass ein Typ wie Tom nach einer Frau zum Heiraten und Kinderkriegen Ausschau hält. Aber was machst du? Steigst mit ihm aus Mitleid in die Kiste, und er denkt gleich, es wäre die große Liebe! Anfängerfehler!«

»Das war nicht aus Mitleid«, verteidigte ich mich.

»Nein? Was war es denn dann? Haben dich seine treuen Hundeaugen und der riesige Strauß roter Rosen, den er dir ins Büro gebracht hat, etwa um den Finger gewickelt? Ich kann dir eines sagen: Cole bringt dir ganz bestimmt keine Blumen, sondern viele weitere wahnsinnige Orgasmen, mit denen du eindeutig mehr anfangen kannst.«

Delia und Bianca kicherten, und ich stand seufzend auf.

»Ach, hört auf! Ich geh mal aufs Klo.«

»Siehst du! Ich hab recht, oder?«, schrie mir Delia triumphierend durch den gesamten Laden hinterher, als ich zu den Toilettenräumen lief. Ich ignorierte die Blicke der anderen Gäste, die teils neugierig, teils genervt von unserem lauten Gekicher waren.

Und ja, verdammt, sie hatte recht. Aber das musste ich ihr nicht unter die Nase binden.

Es war, wie es war. Ich würde Cole nun sowieso nie wiedersehen.

Kapitel 8

Cole

Unter den Rädern meines Lexus LS 500H knirschte der Kies, als ich in die Einfahrt einbog. Das gesamte Anwesen, das eher einem kleinen Schloss als einer Villa glich, wurde durch zahlreiche Strahler im Boden und andere Lichter rundherum in der Dunkelheit des Abends in Szene gesetzt. Das Grundstück maß sicherlich mehrere Hektar. Ein Butler stand auf dem unteren Absatz der Treppe und wartete, bis ich vor ihm hielt und ausstieg. Auf den ersten Blick sah es fast friedlich hier aus. Der Springbrunnen in der Mitte des Wendehammers plätscherte beruhigend vor sich hin. Außer diesem Geräusch, der zuschlagenden Autotür und meiner Schritte auf dem Kies hörte man nichts. Die Dunkelheit der Nacht schluckte jede Spur, die auf das hindeutete, was dieses Haus wirklich war. Kein Zuhause. Eher ein Ort des Schmerzes. Wir hatten ihn gewählt, um in der Abgeschiedenheit und in aller Ruhe und Sicherheit unsere Geschäftstermine durchführen zu können. Unsere Kunden kannten ihn und wussten, wie sehr er bewacht und geschützt wurde. Weil die Lagerung unserer Waren ein Höchstmaß an Sicherheit bedurfte und wir uns keine Fehler erlauben konnten. An jeder Ecke waren Kameras installiert, die meisten Türen ließen sich nur durch Keycards öffnen, und jeder wusste, was wir mit Eindringlingen machen würden. Kein Grund zur Sorge also. Nicht dass ich mich generell irgendwann einmal sorgte.

»Guten Abend, Mr Craft«, begrüßte mich unser Angestellter und nahm den Autoschlüssel entgegen, den ich ihm hinhielt.

»Guten Abend, William.«

»Mr Payne ist schon da und wartet im großen Salon auf Sie, bis Mr Clarke eintrifft.«

»Danke.« William war der loyalste und älteste unserer Mitarbeiter, außerdem ein langjähriger Freund der Familie. Ich würde ihm nie zurückgeben können, was er vor vielen Jahren für meine Mum und mich tun wollte. Auch wenn es nichts genutzt hatte. Und als ich ihm eine großzügige Abfindung zahlen wollte, sobald ich es konnte, hatte er abgelehnt.

Er wusste um meine Dankbarkeit, doch er wusste auch, dass ich ausschließlich so viele Worte verbrauchte wie unbedingt nötig. Also nickte ich nur, bevor ich an ihm vorbeilief. Er stieg in meinen Wagen, um ihn zu parken, und ich hörte den aufheulenden Motor. Als ich die Treppen nach oben zum Eingang hinaufstieg, warf ich noch einen letzten Blick über die Schulter und checkte die nun leer werdende Auffahrt. Alte Angewohnheit, die ich einfach nicht ablegen konnte. Meine Hand fuhr kurz in meine Hosentasche und tastete nach dem goldenen Ring, den ich dort immer aufbewahrte. Er war noch da. *In Sicherheit.*

Danach öffnete ich die Haustür. Meine Schritte hallten auf dem Steinboden des gigantischen Eingangsbereiches, als ich zu dem Salon lief, in dem Ian auf mich wartete. Wir hatten die Villa vor gut drei Jahren gekauft und restaurieren lassen. Dabei hatten wir den Altbauflair durch die stuckverzierten Decken und die zwei Meter fünfzig hohen Türen behalten, aber in manchen Räumen Wände durch raumhohe Fenster ersetzt oder die alten Holzböden gegen schwarzen Stein ausgetauscht.

Ich mochte die Farben Schwarz und Weiß, nicht nur in meinem Appartement. Auch hier. Mir gefiel der kraftvolle Kontrast. Keine anderen Farben der Erde passten besser in meine Welt als diese beiden. Es gab kein Grau. Nur Schwarz. Nur Weiß.

Ich öffnete die Tür zum Salon, und der schwere Duft von alten Büchern und Holzfeuer drang in meine Nase. Es war kalt um diese Jahreszeit, und einer der Angestellten hatte für uns ganz bestimmt wie immer im Winter den Kamin angezündet, der dem Raum durch die lodernden Flammen und das Knacken des Holzes eine heimelige und doch irgendwie unwirkliche Atmosphäre verlieh.

Ian saß auf einem der weißen Ledersofas am anderen Ende, hielt in der einen Hand einen Whiskyschwenker und in der anderen sein Tablet, während der flackernde Lichtschein des Feuers Schatten auf seinem Gesicht zeichnete. Er sah auf, als ich die Tür hinter mir schloss und meinen schwarzen Wintermantel an einen Haken des Kleiderständers an der Wand hängte.

»Hey, da bist du ja. Sonst bist du immer der Erste hier«, sagte er grinsend, und ich lief auf ihn zu.

»Ich bin pünktlich, das reicht«, erwiderte ich und nahm auf dem Sofa ihm gegenüber Platz. Er musste nicht wissen, dass ich nur deshalb zu spät losgekommen war, weil ich bei einer guten Trainingseinheit zuerst Eves Anblick aus meinem Kopf schwitzen musste und die darauffolgende Dusche auch wegen ihr länger als gewöhnlich angedauert hatte.

Ian beugte sich nach links, griff nach einem sauberen Glas und schenkte mir ein.

Ich nahm das Getränk dankend entgegen. Als der Whisky seinen Geschmack nach Honig und Datteln auf meiner Zunge verbreitete, schloss ich die Augen und seufzte kurz auf.

»Gut, oder? Ich habe die Lieferung endlich aus Irland bekommen! Fünf verdammte Monate des Wartens sind vorbei, und wir haben ein Stück meiner Heimat hier.« Seine Stimme klang zufrieden, und ich nickte zustimmend.

»Du meinst die Heimat deines Uropas. Aber ja, der ist tatsächlich ziemlich gut. Der Aufwand hat sich gelohnt.«

»Also, wieso wollte Clarke so unbedingt die Lieferung vorziehen?«

Ian hatte es wie kein anderer drauf, in Sekunden von einem Freund zu einem Geschäftspartner zu wechseln. Ich wusste, er erzählte anderen Menschen, dass er als Anwalt für Verkehrsrecht arbeite, was allerdings eine glatte Lüge war. Seine juristischen Fähigkeiten dienten dem Zweck, uns zu schützen, nachdem wir gemeinsam das Geschäft meines Vaters wiederaufgebaut und deutlich verbessert hatten.

»Das geht uns nichts an«, erwiderte ich und trank noch einen weiteren Schluck.

»Sollte es aber, wenn man Waffen in dieser Größenordnung aus dem Nichts anfordert.«

Ich hob eine Augenbraue. Auch wenn Ian einen genauso wenig ausgeprägten Sinn für die Einhaltung der Gesetze hatte wie ich, war sein Streben nach Gerechtigkeit doppelt so groß wie meines. Vielleicht ergänzten wir uns deshalb so gut. Yin und Yang.

»Frag ihn, wenn er gleich eintrifft. Wir haben immer noch selbst in der Hand, ob wir ihm unsere Ware verkaufen, das weiß er. Wir sind die Einzigen, die sie ihm in solch einer Anzahl und Schnelligkeit liefern können, und ich vertraue deinem Urteil. Wenn du Nein sagst, ziehe ich mit«, erwiderte ich, als würden wir über eine Lieferung von Zuckerwatte sprechen und nicht über hochgefährliche Dinge wie Schusswaffen, die ausreichen würden, um einen verdammten Krieg anzuzetteln.

Aber auch das beinhaltete unser All-inclusive-Service für die dunkle Seite der Stadt.

Drogen. Prostituierte. Waffen. Alkohol.

Genau genommen waren wir Schmuggler im großen Stil. Es gab nichts, was wir nicht beschaffen könnten, und das verhalf uns zu einer Position am Markt der illegalen Geschäfte, die ziemlich einmalig war.

Aber auch wir hatten unsere Prinzipien. Selbst ich. Wobei diese äußerst gering ausfielen.

»Ich hoffe, er hat eine gute Antwort parat, damit wir das Ding schnell durchziehen können. Ich bin später noch mit Matt verabredet, und wir wollten mal wieder die Stadt unsicher machen. Silvester und unsere heiße Nummer mit der scharfen Snow White ist viel zu lange her.« Ian grinste verschlagen.

Ich nippte ein weiteres Mal an meinem Glas und ließ mir nicht anmerken, dass mich der Gedanke daran und an das Treffen mit ihr heute Vormittag kurz unruhig werden ließ.

»Willst du mit? Würde dir guttun, du wirkst heute noch unentspannter als sonst.«

Ich würde ihm nicht von Eve erzählen, denn auch wenn sie meinen Geist immer wieder seit dieser Nacht beherrschte, ich hatte mich an diesem Abend nur ein einziges Mal hinreißen lassen. Ein weiteres Mal würde nicht passieren, dafür waren meine Gedanken gerade viel zu vertieft in unser Geschäft. Wir durften uns trotz unserer Stellung keinen einzigen Fehler erlauben und ich hatte mir nicht dieses Imperium aufgebaut, um es wegen einer Pussy zunichtezumachen, die mich von alldem ablenkte. War sie auch noch so verlockend.

Außerdem war ich kein Typ, der spätabends durch Clubs und Bars zog, um dort zu feiern oder Spaß zu haben. Im Grunde wusste ich nicht mal wirklich, wie ich richtigen Spaß definieren sollte.

Die Tür zum Salon öffnete sich, und William steckte seinen Kopf herein.

»Mr Clarke ist da.«

»Wir sollten gehen«, sagte ich zu Ian, ohne auf seine vorherige Frage zu antworten. Wir standen auf, richteten unsere Anzüge und liefen in Richtung der Eingangshalle. Als wir durch die Tür des Salons traten, sahen wir bereits Clarke mit fünf seiner Männer. Ich wusste, er hatte sie nicht mitgebracht, um sie gegen uns einzusetzen und uns auszurauben. Denn das wäre schlichtweg ein Selbstmordkommando gewesen. Wenn nicht Ian oder ich sie außer Gefecht setzten, würde es einer unserer Wachmänner tun, die jeden unserer Schritte in diesem Haus verfolgten.

Nein. Er fühlte sich unsicher in unserer Nähe und wollte sich einfach nur absichern, dass er lebendig wieder dieses Haus verließ.

»Cole! Ian!«, rief er und breitete die Arme aus. Der untersetzte Mann, der mindestens zwei Köpfe kleiner war als wir, lachte rau. Sein Blick flackerte ständig zu seinen Männern.

Eigentlich war es keine gute Idee, einem unsicheren Typen wie ihm so eine Lieferung zu besorgen. Andererseits war es mir scheißegal, weil er uns so gut bezahlte, dass ich nicht wirklich darüber nachdachte, was er mit den Waffen wollte.

»Clarke«, sagte Ian, und wir blieben vor ihm stehen. Ian beäugte seine Männer, und auch ich verschränkte die Arme vor der Brust. »Mit so viel Besuch heute hätten wir überhaupt nicht gerechnet.«

»Ihr wisst doch, wie es ist«, erwiderte Clarke und fuhr sich mit der Hand über seine lichte Halbglatze. »Draußen ist es dunkel und gefährlich.«

»Deswegen der Druck hinter deiner Bestellung?«, fragte Ian, während ich versuchte, aus Clarkes unsicherem Blick zu lesen. »Was hast du damit vor?«

»Ihr kommt gleich zum Geschäft, oder?« Wieder lachte er nervös auf, aber beantwortete Ians Frage nicht.

Die Anspannung in unserer Eingangshalle war fast greifbar und fuhr kribbelig durch meinen Körper. Auch wenn ich kein Problem damit hatte, mich körperlich in einem guten Kampf gegen jemand anderen zur Wehr zu setzen, trug ich keine Waffen an meinem Körper. Genauso wenig wie Ian. Wieso auch? Niemand in der gesamten Stadt würde es wagen, sich gegen uns zu richten. Das wusste auch Clarke. Wir hatten zu viele Verbündete und zu viele Dinge gesehen, die wir gegen die ganze dreckige New Yorker Unterwelt einsetzen konnten, sollte es darauf ankommen. Unsere Kontakte und unser Einfluss reichten mittlerweile weit über die Stadtgrenzen hinaus.

Einer von Clarkes Männern ging einen Schritt nach vorne. Ich hatte ihn bisher noch nie gesehen. Vielleicht plante er nicht nur, sein Lager an Waffen aufzustocken, sondern hatte auch neue Männer rekrutiert. Was fürchtete Clarke, der selbst nicht unbedingt ein kleines Licht am schwarzen Himmel war?

»So machen wir keine Geschäfte, das weißt du«, sagte Ian und nickte zu einem seiner Handlanger. »Guten Abend noch.« Er drehte sich um, aber bevor Ian einen Schritt gehen konnte, erhob Clarke das Wort.

»Moment! Bitte! Nicht!« Langsam drehte sich mein Freund wieder um. Er hatte natürlich geblufft. Aber ein Typ wie Clarke, der gerade mal den IQ eines Papptellers hatte, konnte das nicht sehen. Er ließ seufzend die Arme sinken und schnalzte mit der Zunge, sodass sein Mann wieder zurücktrat.

»Ich schulde jemandem was, okay? Einem ehemaligen Mitarbeiter. Er ist auf Rache aus.«

»Und das sollen wir dir abnehmen?«, fragte Ian.

»Ja. Jeder meiner Männer soll ausgestattet werden. Es geht hier nicht nur um mich … Es geht auch um meine Frau und meine Kinder. Also, bitte«, flehte er, und Ian warf mir einen Blick zu. Ich nickte knapp. Nicht weil ich Mitleid hatte, sondern weil mir diese Begründung schlicht ausreichte, um endlich diesen Deal abzuschließen.

»Na gut«, erwiderte Ian. »Komm mit. Aber deine Männer warten hier.«

»Okay!«, sagte Clarke schnell. Wir wandten uns ab und liefen zum Aufzug, der zwischen den Treppen links und rechts, die in den ersten Stock führten, in der Wand kaum zu erkennen war. Ian hielt seine Karte vor den Leser, und wir warteten nur zwei Sekunden, ehe die Türen aufglitten.

Wir stiegen ein und warfen uns einen Blick über Clarks Kopf zu, der zwischen uns stand, während sich der Lift nach unten in Bewegung setzte. Denn das Wertvolle an diesem Grundstück war nicht das Schloss. Es waren die Räume darunter.

Wir kamen an, und als die Türen aufglitten, begrüßte uns einer unserer Wachmänner, der anhand einer Kamera im Aufzug natürlich ganz genau gesehen hatte, dass wir auf dem Weg zu ihm waren. Unsere Schritte hallten zwischen den kahlen Wänden, als wir den mit Neonröhren bestrahlten Flur entlangliefen. Graue Betonwände und Böden säumten unseren Weg. Während die Villa prunkvoll und protzig war, waren die Räume hier unten einfach nur funktionell. Dicke Stahltüren trennten den Flur von den Lagerräumen, bis wir eine weit hinten erreichten. Auch sie öffnete Ian mit seiner Keycard, und wir gingen hinein. Clarke betrat hinter uns den Raum und schnappte nach Luft, als er sah, was vor ihm ausgebreitet auf mehreren Tischen lag.

Seine Lieferung.

»Kommen wir endlich zum Geschäft«, sagte ich zum ersten Mal an diesem Abend etwas zu Clarke und schloss die Stahltür mit einem Knall hinter uns.

Kapitel 9

Eve

Der Alkohol und die Gespräche mit Bianca und Delia über heiße Kerle hatten mich beflügelt. Wieso waren wir bis auf Silvester so lange nicht mehr aus gewesen und hatten unseren Spaß gehabt?

Wahrscheinlich weil ich das letzte Jahr fast nur im Büro verbracht und für meinen Platz als Partnerin gekämpft hatte. Aber jetzt, mit meinen Freundinnen und leckerem Zimt-Tequila, ging es mir besser denn je.

Wir lachten immer noch, als Eddie augenrollend zurück zu seinen Gästen ging, nachdem wir ihn ein weiteres Mal mit seiner heutigen Laune aufgezogen hatten.

»Ich weiß gar nicht, wieso er unsere Vorschläge, wie er sich eine Frau suchen kann, gleich so abtut. Datingapps findet doch heutzutage keiner mehr schräg«, sagte Delia kichernd und zuckte mit den Schultern.

»Ich hab mal einen Typen über Tinder kennengelernt. Auf den Fotos war er megaheiß, aber leider wusste er das auch, denn er hatte an dem Abend tatsächlich noch zwei andere Dates! In der gleichen Bar!« Bianca griff glucksend nach ihrem Glas. Der Alkohol war auch ihr schon zu Kopf gestiegen, und ihre Wangen strahlten in einem eindeutigen Purpur.

»Das hat er nicht!«, antwortete ich und riss die Augen auf. »Männer sind echt richtige Schweine!«

»Oh doch! Auf all die Vollpfosten da draußen mit ihren hübschen Gesichtern und kleinen Schwänzen!« Sie hob ihr Glas in die Höhe, und ich stieß meines dagegen.

»Cheers, Lady!« Delia hatte nach dem vierten aufgehört zu trinken. Sie musste schließlich doch noch irgendwie arbeiten. Dafür hob sie ihr Wasserglas in die Höhe.

»Ach, hab ich dir eigentlich erzählt, dass ich mit einem dieser Typen von Silvester noch Kontakt habe?«, fragte Delia und klimperte unschuldig mit den Wimpern. Ich wusste, wieso sie erst jetzt damit rausrückte. Irgendwas war im Busch.

»Nein, hast du nicht«, erwiderte ich und versuchte das Brennen, das sich von dem Tequila und meinen Erinnerungen an Ian und Cole in mir ausbreitete, zu ignorieren.

»Hups, hab ich wohl vergessen.« Sie zuckte mit den Schultern und wollte sich abwenden, bis ich sie mit meinen Worten stoppte.

»Wieso erzählst du es jetzt?«

»Wie bitte?« Langsam drehte sie sich zu mir um. Viele Männer standen auf ihren unschuldigen Augenaufschlag und ließen sich dadurch blenden. Ich nicht.

»Du hast mich verstanden, Delia.«

Ihr Blick flackerte nervös zu Bianca, die neugierig unsere Unterhaltung verfolgte.

»Vielleicht, weil Matt auf dem Weg hierher ist. Er hat gerade geschrieben.«

»Hierher?«, fragte ich piepsig und räusperte mich. »Was meinst du mit *hierher?* Kommt er allein?«

»Ich denke schon.« Ihre Mundwinkel zuckten, und sie biss sich auf die Unterlippe, dabei rümpfte sie die Nase. Sie log! »Na gut! Nein! Er bringt seinen heißen Freund mit, den du vernascht hast! Wie hieß er noch gleich?«, platzte es aus ihr heraus, und noch bevor ich Coles Namen sagen konnte, begann es in meinem Nacken zu prickeln, und heißer Atem strich über meinen Hals.

»Ian hieß er«, raunte eine tiefe Stimme, und ich drehte mich ruckartig um und sah direkt in stahlblaue Augen. Ich schluckte. Auch wenn ich mit Cole gerechnet hatte, freute es mich trotzdem irgendwie, Ian hier zu sehen. Vielleicht war ich sogar ein wenig erleichtert. Cole machte mir immer noch auf eine undefinierbare Weise Angst.

»Na, Snow White, hätte nicht gedacht, dich wiederzutreffen«, sagte Ian und drückte mir einen sanften Kuss auf die Wange, bevor er sich umdrehte und sich Bianca vorstellte. Delia war hinter der Bar hervorgekommen und Matt um den Hals gefallen. Egal, was zwischen den beiden lief, es wäre sowieso nicht von Dauer, so wie ich meine beste Freundin kannte. Trotzdem war ich froh, dass Byron heute nicht da war und das mit ansehen musste.

»Darf ich?«, fragte Ian und deutete auf den freien Hocker neben meinem.

»Selbstverständlich«, fand ich meine Stimme wieder, und als Ian neben mir Platz nahm, bewunderte ich kurz das Spiel seiner Muskeln unter dem perfekt anliegenden Anzug. Er sah wirklich gut aus. Verdammt. Gut.

»Wusstest du, dass ich hier bin?«, fragte ich ihn, und er schüttelte den Kopf.

»Nein, Matt hat erst auf der Fahrt hierher gesagt, dass er sich mit deiner Freundin trifft. Ich habe gehofft, dich zu treffen, aber es war mehr Zufall. Wie geht es dir seit Silvester?«

Er drehte sich auf dem Hocker noch näher zu mir, sodass seine Knie meine berührten. Im Hintergrund vernahm ich nur dumpf die Stimmen der anderen, die sich zu dritt prächtig amüsierten, lachten und sich unterhielten. Auch Matt war ein stattlicher Typ, wuscheliges, lockiges Haar, trainierter Oberkörper, süßes Lächeln. Vielleicht kamen alle geradewegs aus einem geheimen Katalog für feuchte Frauenträume.

»Das Leben geht weiter wie bisher«, antwortete ich und verkniff mir ein Grinsen. »Dachtest du, meine Begegnung mit dir und Cole hat mich gezeichnet und ich kann nur noch an euch denken?«, scherzte ich, obwohl es eigentlich genau so war.

Ian lachte und fuhr sich mit den Fingern durch seine dunkelblonden, dichten Strähnen. Sie waren ein Stückchen länger als Coles dunkelbraunes Haar und reichten fast bis über sein Ohr. »Ist es nicht so? Ich denke nämlich ziemlich oft daran, und ich bin mir sicher, auch Cole tut es. Selbst wenn er es niemals zugeben würde.«

Ein Prickeln entstand in meiner Mitte, wenn ich daran dachte, wie sich Cole unseren Sex vorstellte. »Dabei hat Cole mit seinem Abgang ziemlich deutlich gemacht, dass er an einem zweiten Mal nicht interessiert ist. Und seine Art mir gegenüber heute Vormittag war auch nicht gerade sehr freundlich.«

Ian zog die Augenbrauen zusammen. »Moment. Heute Vormittag?«

»Ja, ähm, der Scheidungstermin mit seiner baldigen Ex-Frau Donna.«

»Dieser miese Mistkerl. Wir haben uns eben noch gesehen, und er hat kein Wörtchen darüber verloren«, erwiderte Ian und lachte kurz auf.

Er hatte ihn eben gesehen? Ich wandte den Blick ab und drehte das leere Glas zwischen meinen Fingern.

»Vielleicht war ihm unsere Begegnung unangenehm. Vor allem vor seiner Ex. Ich weiß nicht, ob ich wollte, dass mein Ex meinen One-Night-Stand von vor noch nicht mal einer Woche trifft.«

»Nein, das wird es nicht gewesen sein. Donna und Cole waren sich egal.«

»Egal?«, fragte ich und erinnerte mich an die Tränen, die Donna während unserer Vorgespräche geweint hatte. »Das kann ich mir gar nicht vorstellen. Wieso waren sie dann überhaupt verheiratet?«

Ian lehnte sich ein Stück vor, und sein leichter und doch männlicher Duft kroch mir in die Nase. Er roch gut. Immer noch. Seine Stimme nahm einen rauen Klang an, als er sie senkte. »Vielleicht gibt es Dinge, die du dir nicht mal ansatzweise in deinem hübschen Köpfchen vorstellen kannst. Oder willst. Cole ist nicht gerade der Typ für Beziehungen oder langfristige Dinge, außer sie bringen ihm einen Nutzen. Diese Ehe war nicht das, was es nach außen hin den Anschein machte. Aber es verwundert mich nicht, dass Donna, dieses geldgeile, falsche Stück, Cole dafür ausnehmen möchte. Glaub mir, wenn ich dir sage, dass ihre Tränen alle gespielt waren. Sie wusste bereits vorher, auf was sie sich einließ.«

Er lehnte sich zurück und bestellte bei Delia ein Bier. Meine Gedanken drehten sich im Kreis. Natürlich hatte ich als Scheidungsanwältin schon einiges gesehen, vor allem viel Desinteresse oder Schmerz auf beiden Seiten, aber eine arrangierte Ehe? Wozu?

Doch meine Angst, Cole könnte Donna wirklich unterdrückt oder gedemütigt haben, löste sich nun wenigstens in Luft auf, wenn ich Ian Glauben schenken mochte. Aber wieso auch sollte er lügen?

Trotzdem war irgendetwas in Bezug auf Cole faul. Er hatte die Ausstrahlung eines Serienkillers. Und trotzdem törnte gerade das mich an und machte mich neugierig.

»Das erklärt, wieso Cole vorhin so gereizt war«, sagte Ian und zog meine Aufmerksamkeit wieder auf sich. »Weil ihr euch getroffen habt. Interessant.« Er grinste verschmitzt, und ich wusste nicht, was ich davon halten sollte.

»Wir haben kaum miteinander gesprochen. Er hat so getan, als würden wir uns nicht kennen, und ist direkt nach der Verhandlung mit seinem Anwalt abgehauen.«

»Aber es wird einen weiteren Termin geben? Ihr werdet euch also wiedersehen?«

Ich schüttelte den Kopf und wich Ians Blick erneut aus, damit er mir meine Enttäuschung nicht ansah. »Nein. Ich kann diesen Fall unter gar keinen Umständen weiter begleiten und werde ihn an eine andere Kanzlei abgeben. Wenn herauskommt, dass ich mit dem Klienten der Gegenseite etwas hatte … Dann bin ich meinen Job los.«

Als ich Ians Blick erneut erwiderte, nickte er verständnisvoll, aber mir entging nicht, dass seine Augen dunkler wurden. Auch wenn er auf den ersten Blick einen lockeren und leichten Eindruck machte – hinter Ians hübscher Schale brodelte es genauso wie unter Coles. Nur dass Cole es nach außen trug, was mir deutlich lieber war, weil man dann genau wusste, woran man war.

Irgendetwas war beängstigend an beiden Männern. Und gerade darin lag der Reiz.

Total konfus.

»Dann könnt ihr also genau da weitermachen, wo wir vor einer Woche aufgehört haben?«, fragte er, und mir entging nicht, dass er sagte, dass Cole und ich weitermachten und nicht wir zu dritt.

»Theoretisch«, antwortete ich ein wenig unsicher. »Aber praktisch gesehen habe ich keinerlei Interesse an einer Fortführung. Wir hatten uns auf einen One-Night-Stand geeinigt. Ich habe keine Zeit für mehr und habe nicht den Eindruck, dass es Cole anders geht«, sagte ich und meinte es in diesem Moment auch so.

Ian streckte die Hand nach mir aus, und ich runzelte die Stirn. »Gib mir dein Handy. Falls du einmal einsam sein solltest, kannst du mich gerne anrufen.« Ich zögerte, aber zog dann doch mein Telefon aus der Handtasche und beobachtete ihn, wie er seine Nummer eintippte.

»Also, dann lass uns jetzt in diesem Moment unseren Spaß haben. Ganz harmlos natürlich«, konterte er und gab mir mein Handy zurück.

Genau das wollte ich. Harmlosen Spaß. Aber irgendwie ahnte ich, dass ich mich mit dieser einen Silvesternacht tief in etwas verstrickt hatte, aus dem ich nicht mehr so schnell herauskam.

Kapitel 10

Cole

Ich ging mit einem Keuchen in die Knie, als ich den Medizinball auffing. Mein Körper badete nach dieser Trainingseinheit in Schweiß, und ich konnte kaum noch etwas sehen. Trotzdem hob ich mich aus meiner Position und warf Ian den Ball zurück. Die Muskeln in meinen Armen zitterten, und meine Beine drohten so langsam nachzugeben.

Ian war der perfekte Trainingspartner, wenn man an seine Grenzen gehen wollte. Keiner von uns gab sich die Blöße und hätte an dieser Stelle aufgegeben.

Das Gym in den Fordham Heights war nicht gerade ein Fitnessstudio der Luxusausführung. Es bestand aus viel Beton, abgewetzten Sportmatten, einem alten Boxring und haufenweise Männern, die sich ihre Aggressionen und den Stress aus dem Leib prügeln wollten.

Also genau das Richtige für uns. Ich brauchte nicht die neuesten Geräte, hübsche Frauen in teuren Sportoutfits oder einen Blick über die Skyline beim Trainieren auf dem Laufband.

Ich brauchte Power. Schweiß. Und musste mich bis an den Rand meiner Kräfte bringen können, um danach noch ein bisschen darüber hinauszugehen.

»Du hast mir gar nicht erzählt, dass du Eve getroffen hast«, sagte Ian, als er den Ball erneut zu mir warf und ich ihn auffing. Kurz hielt ich inne. Woher wusste er davon?

Ich stemmte das Gewicht hoch und atmete geräuschvoll aus, um es in die Luft zu bringen. »Wer behauptet das?«

»Eve«, antwortete Ian, fing den Ball und ließ ihn mit einem schweren Schlag auf dem Boden aufkommen. Er stützte sich kurz auf den Knien ab, bis er sich wieder aufrichtete. Auch mein Atem ging schnell und abgehackt. »Sie war Donnas Scheidungsanwältin?«

»Und?«, fragte ich, zuckte mit den Schultern und ging hinüber zum Wasserspender, um einen Pappbecher damit zu füllen.

Ian tauchte neben mir auf. »Nichts und. Du hast Eve wiedergetroffen und mir nichts erzählt! Matt hat mich gestern in eine mexikanische Bar geschleppt, und rate mal, wer da an der Theke saß? Unser Gespräch war sehr …« Er zögerte. Wieso verdammt noch mal zögerte er? »… aufschlussreich.«

Sein Grinsen machte mich aggressiv. Was wollte er mit seinen Worten bezwecken?

»Raus mit dem, was du sagen willst, oder lass es. Ich hab keine Ahnung, wieso es wichtig war, dir zu erzählen, dass ich sie wiedergetroffen habe. Wir haben uns früher nie danach über die Frauen unterhalten, und auch diesmal bedeutet es nichts.« Ich warf den leeren Pappbecher in den Papierkorb auf dem Boden neben dem Trinkspender.

»Nein?«, fragte Ian und folgte mir in die Ecke mit den Sandsäcken. Ich fischte die fingerlosen Trainingshandschuhe aus meinem Hosenbund und zog sie über, während sich Ian hinter dem Boxsack in Position stellte. »Wieso wirst du dann gerade so pissig? Also warum hast du nichts gesagt?«

Ich nahm meine Stellung ein und kombinierte die ersten Schläge. Meine Arme waren immer noch schlapp von dem Training mit dem Medizinball, aber genau dieses Gefühl, völlige Verausgabung und darauffolgende Ruhe, hieß ich willkommen. Ich erreichte es nur noch bei einer einzigen Tätigkeit und das auch schon länger nicht mehr. Weil mir die passende Partnerin dazu fehlte.

»Es war nicht wichtig.«

Ian stolperte einen Schritt zurück, weil die Wucht, die ich in meine Schläge setzte, ihn und den Sack nach hinten drückte. »Das hast du schon behauptet. Aber ich nehm dir das nicht ab.«

Ich antwortete nicht.

»Sie wird den Fall aus Befangenheit abgeben.«

Kurz hielt ich inne, dann schlug ich wieder auf den Sack vor mir ein.

»Du wirst sie sowieso nicht wiedersehen, also ist doch alles gut.«

Gar nichts war gut.

»Aber vielleicht werde ich sie noch mal treffen. Wir haben gestern Nummern ausgetauscht.«

Mein Herz pumpte heftig gegen meinen Brustkorb und das nicht nur aufgrund der Trainingseinheit. Ein Schlag folgte dem nächsten. Ohne Pause. Ohne Verstand. Was überhaupt nicht gut war, denn ohne meinen Kopf handelte ich impulsiv. War nicht rational. Was ich unbedingt brauchte, um die Kontrolle behalten zu können. Die Kontrolle, die mir mein schwer erkämpftes Leben rettete. Ich stoppte und ließ die Arme sinken.

Ian trat hervor und grinste mich dümmlich an. »Du stehst auf sie.«

»Nein, verdammt. Ich stand drauf, wie sie mir einen geblasen hat, und jetzt hör auf mit dieser Scheiße. Es war eine einmalige Sache, und du solltest es auch dabei belassen.«

»Wieso? Ich kann sie doch einfach mal kennenlernen.«

Ich ballte die Hände immer wieder zu Fäusten. »Sie ist Anwältin. Denkst du nicht, sie könnte uns an den Eiern packen? Wir sollten uns keinen verdammten Wolf ins Haus holen.«

Ian lachte, und auch ich fand den Vergleich lächerlich. »Du meinst, wir sollten kein Schaf zu den Wölfen bringen. Ich bin auch Anwalt und ganz bestimmt nicht für Verkehrsrecht. Ich sicher uns ab, das weißt du, und würde niemals irgendetwas gefährden. Glaub mir, wenn ich dir sage, dass sie harmlos ist.«

Sie war alles andere als harmlos. Denn sonst würde sie meine Gedanken nicht so beherrschen und mich auf diese Art durcheinanderbringen, dass es mir schwerfiel zu atmen. Doch das war etwas, das ich Ian unter gar keinen Umständen unter die Nase reiben konnte.

»Hast du gestern Abend also noch mal deinen Spaß mit ihr gehabt?«, schlussfolgerte ich, aber Ian schüttelte grinsend den Kopf.

»Nein.«

»Wieso nicht?« Meine Frage hörte sich fast wie ein Knurren an.

»Weil sie die gesamte Zeit über dich reden wollte.«

Ich schluckte hart. Das war genau die Antwort, die ich mir gleichzeitig überhaupt nicht und unbedingt erhofft hatte.

»Stell dich hin, ich bin noch nicht fertig«, sagte ich und deutete auf den Boxsack. Ians Grinsen würde ich ihm heute noch aus dem Gesicht prügeln. Das war wenigstens eines, das sicher war.

Kapitel 11

Eve

Der Abend gestern war noch richtig lustig gewesen, auch wenn mich Ians Aussagen in Bezug auf Cole ein wenig rätseln ließen. Aber der Schwindel und die Kopfschmerzen kamen definitiv vom Zimt-Tequila und nicht davon, wie durcheinander meine Gedanken seit Silvester waren.

Es klopfte an der Tür, und ich sah von meinen Unterlagen auf. »Hey, hier ist dein Mittagessen«, sagte Bianca und kam in mein Büro, um mir eine braune Papiertüte auf den Schreibtisch zu stellen.

»Wie geht es dir?«, fragte ich, legte den Stift zur Seite und griff nach dem Essen. Ich hatte heute Morgen nichts runterbekommen und nun einen riesigen Appetit.

»Ein bisschen Kopfschmerzen, aber ich muss schon zugeben, ihr habt wirklich heiße Freunde.«

Ich brummte und öffnete die Plastikschüssel, in der mein Caesar Salad eingepackt war. Bianca war wie Delia und ich ebenfalls single, mit dem Unterschied, dass sie sich die große Liebe wünschte. Delia und ich hatten schon zu viel gesehen, als dass wir noch daran glaubten.

»*Freunde* ist ein bisschen zu viel gesagt. Konntest du mit Ms Howard sprechen?«, schaltete ich zurück in den geschäftlichen Modus. Ich wollte das Thema um Coles Scheidung so schnell wie möglich abhaken.

»Ja. Sie war ein wenig verstört, dass du den Fall so plötzlich abgeben willst. Sie hat gefragt, ob du ein Problem mit ihrem Ex hast, weil bei der Verhandlung irgendwelche Schwingungen im Raum standen, die sie nicht deuten konnte. Natürlich habe ich alles abgestritten, also denke ich nicht, dass sie damit an Aidan herantritt.«

Wegen meines Geschäftspartners machte ich mir keine Sorgen, denn auch er war nicht gerade dafür bekannt, etwas anbrennen zu lassen. Es ging eher um den Ruf in der Öffentlichkeit, den so ein Gerücht nach sich zog. »Ich spreche gleich nach dem Essen mit ihm«, sagte ich und pikste ein Salatblatt auf.

»Gut, und lass es dir schmecken.« Bianca machte auf ihren hohen Absätzen kehrt und lief aus meinem Büro. Während meine Gedanken schon wieder abschweiften und ich versuchte, nicht ständig über all das nachzudenken. Aber es ging nicht. Immer wieder kehrte ich zu den letzten Tagen zurück und vor allem dem Gefühl, das ich in Coles Gegenwart gehabt hatte. Dieses Dunkle zog mich unwahrscheinlich an. Das war schon immer so gewesen, und bisher hatte ich mir untersagt, diesem Verlangen nachzugeben. Es hatte sich falsch angefühlt, aber diesmal war es anders. Noch niemals zuvor war es greifbarer, wirklicher gewesen als jetzt. Und mittlerweile konnte ich den Drang, dieser Sehnsucht nachzugehen, kaum noch unterdrücken.

Ian hatte gesagt, ich solle mich melden, wenn ich Lust zum Reden hätte. Er hatte gestern Abend eindeutig klargemacht, dass er mich zwar weiterhin attraktiv fand, aber es eher mit einer Freundschaft versuchen wollte. Wieso auch immer. Obwohl mir das gelegen kam. Ian war heiß und ziemlich sexy, keine Frage. Aber es gab eine Ecke in meinem Inneren, die sich schon ewig nach etwas anderem sehnte.

Etwas Dunklem. Etwas, das sich vollständig meiner Kontrolle entzog und das ich trotzdem wollte.

Normalerweise reagierte ich nicht unkontrolliert. Alles, was ich mir erarbeitet hatte, war geplant gewesen. Mein Leben war geordnet, meine Entscheidungen rational. Ich war ein völlig anderer Typ als meine Mutter, die sich immer schon aus dem Bauch heraus für etwas entschied. Ein spontaner Umzug in einen anderen Staat? Kein Problem! Eine neue Einrichtung, obwohl wir bis zum Hals in Schulden steckten? Aber absolut! Die Trennung von meinem Vater, nur um kurz darauf wieder mit ihm zusammenzukommen? Wieso nicht?! Sie hatte ein flatterhaftes Wesen, und meine Eltern waren das schlechteste Paar in der Weltgeschichte der Beziehungen. Zum einen, weil ich mir sicher war, dass Monogamie auf Dauer sowieso nicht funktionierte. Zum anderen, weil meine Mum eben Probleme damit hatte, sich festzulegen, und mein Dad im Gegenzug ein spielsüchtiger Säufer war, der andere Menschen nur manipulierte.

Es hätte ganz bestimmt nicht funktioniert, auch wenn sie nicht sie selbst gewesen wären. Verkorkst, chaotisch und völlig fernab jeder Realität, in der man seine Rechnungen bezahlte oder regelmäßig den gleichen Job antrat.

Deshalb wollte ich die Kontrolle. Ich brauchte sie sogar, denn wenn ich mir eines nicht vorstellen konnte, dann so zu werden wie meine Eltern. Also war vielleicht auch die logische Schlussfolgerung, dass ich meine dunklen Fantasien mit jemand auslebte, bei dem ich wusste, er wollte keine Beziehung. Er wäre dafür sogar überhaupt nicht geschaffen. Ich hätte die emotionale Kontrolle und könnte die meines Körpers gleichzeitig beruhigt abgeben.

Ohne mir weiter den Kopf darüber zu zerbrechen, nahm ich mein Handy und wählte Ians Nummer. Er musste mir mehr über Cole erzählen können. Meine Gedanken würden nicht eher stillstehen, bis ich noch einige Details wusste, die mir zeigten, ob Cole der Richtige dafür war. Denn auch das machte mich aus. Hartnäckigkeit. Ohne diese Charaktereigenschaft wäre ich nicht die Anwältin geworden, die ich nun war.

Es klingelte einige Male, bis ein Klicken erklang und ich die Luft anhielt.

»Craft.« Das Wort kam eher als ein knurrendes Bellen durch die Leitung, und ich atmete mit einem Mal ein.

»Ähm … hier ist …« Verdammt, hatte ich nicht eben darüber nachgedacht, dass ich eine Frau war, die wusste, was sie wollte, und kein stotterndes, schwaches Mädchen wie früher? »Hier ist Eve.« Stille am anderen Ende. Ich hörte nur an dem Geräusch seines schweren Atems, dass Cole noch dran war. »Ian hat mir diese Nummer gegeben, ich dachte, es wäre seine.«

»Ich kann sie dir geben«, sagte er, und es hörte sich so an, als würde er die Zähne aufeinanderpressen. Wollte er so wenig mit mir sprechen? War mein Vorhaben, mehr über ihn und diese Seite zu erfahren, die mich so anzog, eigentlich zum Scheitern verurteilt?

»Nein, schon gut. Es ist okay, dass es nicht seine, sondern deine Nummer ist.« Es war sogar viel mehr als das.

Enger presste ich mein Handy an mein Ohr. Cole sagte immer noch nichts. Er war wirklich kein Mann vieler Worte. Eher der Taten. Die ich überall auf meinem Körper spüren wollte. »Aber wenn du keine Zeit hast, dann verstehe ich das und möchte dich nicht aufhalten. Wir sehen uns … Vielleicht … Oder auch nicht …«, stotterte ich doch wieder.

»Eve«, unterbrach er mich, und allein der raue Klang seiner Stimme und wie er meinen Namen aussprach, ließ Anspannung in meinen Körper fahren. Ich presste die Beine zusammen und versuchte die Erinnerungen an seinen Geschmack auf meiner Zunge niederzuringen.

»Wie geht es dir?«

»Ausgezeichnet. Und dir?«

»Viel zu tun, aber ich kann mich nicht beklagen.«

»Dann will ich dich wirklich nicht aufhalten!«

»Wenn du das tun würdest, würde ich es dir sagen. Ich steh nicht auf Spielchen, Eve.« Wieder mein Name von seinen Lippen. Wieder mein Herz, das fast durch meinen Brustkorb brach. »Außer sie sind zu unser beider Vergnügen«, schob er heiser nach. Wieso sagte er so etwas? Dieser Mann war so undurchsichtig wie Beton.

Ich biss mir auf die Unterlippe. »Welche zum Beispiel?«, hauchte ich und wunderte mich, dass unser Gespräch innerhalb von so kurzer Zeit auf eine völlig andere Schiene gerutscht war. Aber zu einem hohen Grad war das auch das Einzige, was uns verband. Diese knisternde Anziehung, die zwischen uns herrschte und uns zueinander zog.

Wieder zögerte Cole, und einige Sekunden dachte ich, er wäre überhaupt nicht mehr dran, bis er weitersprach. »Ich hole dich heute Abend um sieben ab.«

»Wie bitte?« Ich schnappte nach Luft. Was war das denn für ein abrupter Themenwechsel? »Wozu?«

»Zum Essen.« Der selbstsichere Klang in seiner Stimme brachte mich kurz aus dem Konzept, und ich wusste nicht, wie ich darauf antworten sollte.

»Ich habe keine Zeit.« Wieso sagte ich so etwas? Ich wollte ihn sehen, aber gleichzeitig hatte ich auch Angst vor einem Treffen. »Außerdem entscheide ich gerne selbst, ob ich mit jemandem essen gehe oder nicht.«

»Du hast schon entschieden, in dem Moment, in dem du dieses Gespräch begonnen hast. Wir sehen uns heute Abend.« Mit diesen Worten legte er auf. Und ich fragte mich einerseits, woher er wusste, wo ich wohnte, und andererseits, wieso ich mich so auf dieses Treffen freute. Obwohl mir klar war, dass ich mit einem glückseligen Lächeln direkt auf etwas zu rannte, das sich meiner Kontrolle völlig entzog. Nicht nur der über meinen Körper.

Kapitel 12

Cole

Ich ging nicht auf Dates. Aber diese Verabredung war auch weniger ein Date als mehr eine geschäftliche Angelegenheit.

Trotzdem saß ich in meinem Lexus vor Eves Haustür und überlegte, wieso ich überhaupt hier war.

Okay, wenn es eines gab, das mich neben vielen negativen Eigenschaften ausmachte, dann, dass ich nicht log. Ich sagte entweder gar nichts oder ich war ehrlich. Wieso also belog ich mich dann selbst?

Ich stand auf Eve seit dem ersten Tag unserer Begegnung. Sie war die erste Frau, bei der ich ernsthaftes Interesse entwickelt hatte. Was wäre gewesen, wäre ich an der Silvesternacht nicht auf Abstand gegangen? Hätte ich ihr den Vorschlag, den ich ihr nun machen wollte, früher unterbreitet? Hätten mich diese Fragen, diese ungewohnte Unsicherheit, dann nicht gequält?

Scheiß drauf. Ich fand es nur heraus, wenn ich endlich das loswurde, was mir auf der Zunge brannte. Also stieg ich aus meinem Auto und verriegelte es mit der Funkfernbedienung auf dem Weg zu Eves Haustür. Sie wohnte in keiner schlechten Gegend in der Upper East Side zwischen

Hotels, Hochhäusern und kleineren Bauten mit winzigen, schmiedeeisernen Zäunen. Als ich ihren vollständigen Namen wusste, war es ein Leichtes für mich gewesen, ihre Anschrift herauszufinden.

»Hey! Sie können hier nicht parken!«, stoppte mich eine männliche Stimme, und ich drehte mich langsam um. Ein Officer stand vor meinem Lexus. Als er mich erkannte, hob er abwehrend die Hände. »Mr Craft! Ich hatte ja keine Ahnung! Haben Sie einen neuen Wagen? Schickes Teil.«

»Guten Abend, Harry«, antwortete ich nur und wandte mich wieder ab, um weiterzugehen. Dies war keine Angelegenheit, der ich nachgehen musste. Das zehnstöckige, mit braunen Klinkersteinen verbaute Haus lag direkt an der Kreuzung einer Hauptverkehrsstraße. Parken war in New York sowieso ein Ding der Unmöglichkeit, wieso also nicht die Annehmlichkeiten meines Geschäfts auch in dieser Hinsicht ausnutzen? Wenn wir schon das halbe NYPD geschmiert hatten, konnten wir auch davon profitieren.

Im unteren Bereich des Wohnhauses befanden sich Geschäfte, Restaurants und Bars, die sich über die gesamte weitere Straße erstreckten. Ein Portier in einem braunen, schlecht sitzenden Anzug, der nach Käse und abgestandenem Rauch stank, öffnete mir die Tür, bevor ich den Eingangsbereich durch eine Glastür betrat und auf die Aufzüge zugehen wollte. Doch ehe ich sie erreichte, glitten die Lifttüren auf, und ihr Anblick verschlug mir die Sprache. Eve. Sie trug einen cremefarbenen, engen Wintermantel mit hohem Kragen. Ihre dunklen, dicken Haare lagen wellig auf ihren Schultern und bildeten einen kompletten Kontrast zu ihrem hellen Teint und dem dunkelroten Kussmund. Mein Atem beschleunigte sich, wenn ich daran dachte, wie ihr Arsch ausgesehen hatte, als mein Gürtel ihre Haut traf. Wie lange ihr Duft noch in meiner Nase gelegen hatte. Oder ihr Geschmack auf meiner Zunge.

Ich schluckte und besann mich zurück in diesen Moment. Sie hob den Blick und stieg aus dem Aufzug. Ihre hohen Schuhe hallten auf dem Steinboden, und als sie mich erfasste, stockte sie kurz in der Bewegung, nur um in fließender Geschwindigkeit weiter auf mich zuzugehen. Sie war die pure Verlockung. Alles an ihr.

»Hi«, hauchte sie, und allein dieses Wort von ihren roten Lippen machte es mir schwer, meine Kontrolle zu behalten. Ich umfasste fest ihr Handgelenk und zog sie zu mir, schob meinen Mund knapp vor ihr Ohr und drückte einen Kuss auf ihren Hals, der sie erschauern ließ.

»Hi.« Der Blick aus ihren hellblauen Augen, die mich neugierig musterten und in denen ein Feuer entflammte, ließ mich fast an Ort und Stelle meine Kontrolle verlieren. »Du siehst fantastisch aus.«

»Danke«, antwortete sie, und anstatt dass sie mir schüchtern auswich, wie es viele Frauen nach einem Kompliment taten, sahen wir uns immer noch fest in die Augen. Ich erlebte es nicht oft, dass mir jemand standhielt, aber Eve war stark. Doch selbst sie hatte eine andere Seite, das hatte ich an Silvester gespürt, als sie sich mir freiwillig dargeboten hatte. Eine Seite, bei der sie es genoss, die Kontrolle an jemanden abzugeben, der sie an Grenzen brachte, von deren Existenz sie nicht einmal etwas geahnt hatte. Fuck. Ich wollte dieser Jemand sein. Nun mehr denn je.

Der Duft ihres Parfüms hing mir immer noch in der Nase, als ich ihre Hand nahm und sie Richtung Ausgang führte.

»Du kannst froh sein, dass ich mich auf diese Einladung eingelassen habe«, sagte sie, während wir nach draußen und zurück zu meinem Wagen liefen.

»Wer behauptet, dass es eine Einladung ist?«, erwiderte ich ohne eine weitere Regung, und kurz spürte ich die Unsicherheit, die sie erfasste, was mich fast so etwas wie amüsierte.

»Ich habe kein Problem damit, meine Rechnung selbst zu begleichen«, sagte sie fest, und ich hielt sie vor der Beifahrertür auf und sah ihr erneut in die hellen Augen. Sanft strich mein Zeigefinger von ihrer Schläfe über ihre Wangen zu ihren Lippen. Vielleicht sollten wir dieses Essen und die ganzen unnötigen Formalitäten einfach überspringen? Wir wussten doch beide, worauf dieses Treffen hinauslaufen würde.

»Daran habe ich keinen Zweifel. Und es ist eine Einladung. Du wirst in meinem Beisein keinen Cent bezahlen, sonst lege ich dich an Ort und Stelle über mein Knie«, antwortete ich, löste mich von ihr und öffnete ihr die Tür. Ihre Augen funkelten nun dunkler, bevor sie sich ohne ein Wort auf den tiefen Sitz meines Autos schob, und während ich die Beifahrertür zuschlug, konnte ich mir ein Lächeln nicht verkneifen.

Als wir zwanzig Minuten später das *The Top of the Standard* erreichten und den Raum betraten, begrüßte uns ein Kellner in weißem Hemd und schwarzer Weste.

»Guten Abend, Mr Craft. Ihr üblicher Tisch steht für Sie bereit.« Er deutete zu seiner Linken in den hinteren

Bereich des Raumes, in dem es deutlich ruhiger zuging als hier vorne. Im Hintergrund drangen die sanften Klänge des Klavierspielers an mein Ohr, neben murmelndem Stimmengewirr und Geklapper der drei Barkeeper hinter der kreisrunden Bar, die sich mitten im Raum befand. Durch die bodentiefen Fenster konnte man einen direkten Blick auf die Skyline von New York erhaschen. Während ich Eve mit meiner Hand an ihrem unteren Rücken hinter dem Kellner herführte, bewunderte sie die Aussicht und ich ihr Profil.

Wir bekamen einen separaten Platz, der durch hohe Pflanzkübel und die Sitzlounge aus beigefarbenem Leder diskret vom Hauptraum abgetrennt wurde. Kniehohe Glastische mit goldener Umrandung schlossen das runde Gesamtbild der Lokalität ab. Ich war gerne hier. Weil die Barkeeper etwas von den Drinks verstanden und die Kellner wussten, was Privatsphäre bedeutete.

»Es ist wunderschön hier«, sagte Eve, während ich ihr aus dem Mantel half und ihn dem Oberkellner reichte. Ich ließ es mir nicht nehmen, den Anblick ihrer festen Rundungen in dem engen schwarzen Kleid zu genießen, während sie einen Schritt auf das Fenster zuging. »An die Aussicht werde ich mich wohl nie gewöhnen, auch wenn ich schon so lange hier lebe.« Ich trat neben sie. Einerseits widerstrebte es meiner verkorksten Auffassung von Beziehungen, mehr über sie zu erfahren, andererseits wollte ich nichts dringender.

»Du kommst nicht von hier?«

»Wie man unschwer an meinem Dialekt erkennen kann, nein«, sagte sie und ich erwiderte ihr sanftes Lächeln, als sie sich mir zuwandte. »Etwas außerhalb von Newport,

Rhode Island. Viel Wasser, Möwenkacke und das typische Kleinstadtgefühl mit allem, was es mit sich bringt. Tratsch, Tratsch und Tratsch. Ich mag die Anonymität der Großstadt.«

»Mir geht es genauso«, gab ich zu und war mir vollkommen bewusst, dass mich diese Anonymität sogar vor dem sicheren Untergang bewahrte. Kurz entstand ein Moment der Verbundenheit zwischen uns, den ich umgehend brechen musste.

»Wollen wir?«, fragte ich und deutete auf eines der Sofas. Eve nickte. Sie setzte sich auf das, das direkt parallel vor dem Fenster stand. Ich nahm auf dem anderen Platz, aber nicht weil ich nicht bei ihr sein wollte. Im Gegenteil. Ich traute mir selbst nicht über den Weg.

Es dauerte keine zwei Minuten, da brachte ein weiterer Kellner eine Flasche des teuersten Weines auf der Karte. Er öffnete sie und schenkte uns zwei Gläser ein.

»Haben Sie schon gewählt?«

»Geben Sie uns noch fünf Minuten«, erwiderte ich und er verließ uns wieder.

»Es hat mich ehrlich gesagt überrascht, dass du mit mir essen wolltest.«

Ich legte meinen linken Arm auf der Rückenlehne ab und ließ sie nicht aus den Augen. »Weshalb?«

Sie schlug die Beine übereinander, und ihr Kleid rutschte noch ein Stückchen über ihren nackten Oberschenkel nach oben. Ein kleines bisschen nur, aber es reichte aus, dass meine Augen kurz auf diesem Anblick verweilten. Alles, was zwischen uns stand, brachte die Luft zum Flirren und war purer Sex. Ich war ein Mann der Kontrolle. Jemand, der selbst in den Stunden mit einer

Frau nie wirklich abschalten konnte. Aber Eve hatte irgendetwas an sich, das ich nicht benennen, von dem ich aber definitiv mehr haben wollte.

»Ich bin nicht davon ausgegangen, dass du ein Mann wärst, der eine Frau zu einer Verabredung einlädt.«

Richtige Annahme. »Und ich finde es erfrischend, dass du alles aussprichst, was dir auf der Zunge liegt«, antwortete ich ihr, ohne ihr wirklich meine Gründe für dieses Treffen offenzulegen, und reichte ihr das Weinglas. Wir stießen an und tranken einen Schluck. Vielleicht eine Taktik, ihren Fragen noch etwas zu entkommen.

Sie drehte den Stiel in ihrer Hand und senkte kurz den Blick. »Ich habe gelernt, was es heißt, Lügen um mich zu haben und mit ihnen aufzuwachsen.« Noch ein Punkt, den ich zu hundert Prozent unterschreiben konnte. »Deswegen versuche ich mein Leben anders aufzubauen und bin bisher gut damit gefahren.«

»Verstehe. Mir geht es ähnlich«, erwiderte ich und war selbst darüber überrascht, wie viel ich mit dieser einfachen Aussage von meiner Vergangenheit verriet. Sie schenkte mir dafür ein kleines Lächeln, und es herrschte einige Sekunden Stille zwischen uns. Erwartete sie nun, dass ich noch weiter über meinen Schatten sprang und von meiner beschissenen Kindheit erzählte? Auch wenn ich nicht log, ich sprach trotzdem nicht über alles. Es änderte sowieso nichts an dem Vergangenen.

»Wie kommt es eigentlich, dass du wusstest, wo ich wohne?«, fragte sie. »Man könnte fast annehmen, du hast ziemlich gute Stalkerfähigkeiten.«

»Jeder in New York, der ein paar Kontakte sein Eigen nennen kann, würde einen schlichten Wohnort herausfinden.«

Sie runzelte die Stirn und wirkte nicht überzeugt.

»Aber lass uns doch lieber über etwas Interessantes sprechen.«

»Zum Beispiel?«

»Dich.«

Sie schmunzelte erneut. »Und wenn ich zuerst ein paar Einzelheiten über dich wissen möchte, bevor ich dir meine schmutzigen Geheimnisse anvertraue?«

Ich rutschte ein Stück zur Seite und räusperte mich. »Das Wort ›schmutzig‹ aus deinem Mund ist nicht gerade hilfreich, damit ich meine Beherrschung weiter aufrechterhalten kann.«

»Stimmt, was sollen die Kellner über deine Manieren denken? Ach genau, du hast ja gar keine, denn normalerweise bestimmt man nicht einfach über ein Abendessen, sondern fragt.«

»Du bist trotzdem hier«, bemerkte ich trocken, und sie betrachtete mich einige Sekunden.

Dann stand sie auf, strich sich den Rock glatt und nahm ihre Handtasche. »Bin gleich wieder da. Wenn der Kellner kommt, bestell mir einfach das Gleiche, was du nimmst«, sagte sie, umrundete die Sitzlounge und verschwand hinter einer Ecke.

Frauen waren kompliziert. Ich hatte ihr noch nicht mal mein Angebot unterbreitet, und schon war ich gefühlt im Aus gelandet. Doch wenn ich eines wusste, dann wie man wieder ins Spiel zurückkam.

Kapitel 13

Eve

Eine Wand der Toilettenräume bestand wie der Gastraum aus raumhohem Glas, und das dämmrige Licht an der Decke betonte den Ausblick, der sich dahinter erstreckte. Ich lehnte mich gegen die graue Marmorplatte des Waschtisches und sah aus dem Fenster, das sich rückseitig befand. Die Lichter der Stadt strahlten in der Dunkelheit der Nacht und wirkten in der klaren winterlichen Luft fast so, als würden sie flimmern. Normalerweise genoss ich den Anblick der Skyline, aber diesmal konnte ich mich nicht an dieser fantastischen Aussicht erfreuen. Cole brachte mich durcheinander, und ich war bereits dabei, mich auf alles einzulassen, was er mit mir vorhatte, Hauptsache, ich konnte mit diesem undurchsichtigen und trotzdem anziehenden Mann mehr Zeit verbringen.

Ich meinte meine Aussage in Bezug auf das Abendessen nicht wirklich ernst, und eigentlich wollte ich ihn nur ein wenig zappeln lassen. Ich war keine Frau, die einen gebrochenen Mann mit ihrer Liebe heilen wollte und daran dachte, ihn zu heiraten und zehn Kinder in die Welt zu setzen. Um Gottes willen, nein! Allein der Gedanke an so etwas ließ Übelkeit in mir hochsteigen.

Ich hatte eher gespürt, dass Cole genau der richtige Typ war, mit dem ich das umsetzen konnte, was schon so lange in meinem Kopf spukte und nun Gestalt annahm. Und das machte mich kribbelig, mir aber gleichzeitig auch Angst. Nicht der Umstand, dass er mir nicht viel über sich erzählte, denn eigentlich war mir das sogar ziemlich recht. Allerdings würde er auch nicht alles von mir erfahren.

Die Tür ging auf, und ich tat so, als suchte ich meinen Lippenstift in meiner Handtasche, um mich nicht dabei ertappen zu lassen, wie ich hohl ins Leere starrte.

»Hab ich es doch gewusst«, sagte eine Stimme, die mir nur zu bekannt vorkam, und ich sah auf. Scheiße.

»Guten Abend, Ms Howard«, erwiderte ich überrascht, und sie stellte sich neben mich an das Waschbecken und wusch sich die Hände.

»Meine Anwältin und mein Ex-Mann«, murmelte sie. Ich spürte ihre Blicke brennend auf meinem Gesicht. Mir wurde anders, wenn ich daran dachte, dass eine einflussreiche Frau wie sie meiner Karriere ein schnelles und schmerzvolles Aus bereiten konnte. Und nicht nur das, ich hatte dabei natürlich ebenso den Ruf der gesamten Kanzlei im Kopf. Bianca. Meinen Partner Aidan.

»Falls Sie nun falsche Schlüsse ziehen, möchte ich sagen, dass Cole und ich uns nach Ihrer Trennung völlig unabhängig von Ihrer Scheidung kennengelernt haben. Ich wusste nicht, dass er Ihr Ex-Mann ist«, versuchte ich, mich zu verteidigen und trotzdem standhaft zu bleiben. Ich war niemand, der beim ersten Konflikt vor jemandem einknickte. Sonst befände ich mich wohl im falschen Job. Allerdings musste ich diese Situation unbedingt klären.

»Jetzt also schon *Cole*. Der förmliche Handschlag bei der Verhandlung und das Drumherum waren gut gespielt. Nun wird mir klar, weswegen sie den Fall so überstürzt abgegeben haben«, sagte sie. Auch wenn ich es mir nicht anmerken ließ, trafen mich ihre Worte dennoch wie spitze Pfeile. Sie wandte sich mir zu und verschränkte die Arme vor der Brust. Heute trug sie ein paillettenbesetztes Kleid mit extrem tiefem Ausschnitt. Der Schmuck an ihren Handgelenken und an ihren Ohren war wahrscheinlich teurer als meine Wohnung. Da ich auf solche Dinge jedoch keinen Wert legte, beeindruckte mich das kein bisschen. Im Gegenteil. In meinem Job sah ich ständig diese Art von Geldverschwendung. »Aber machen Sie sich keine Sorgen um mich. Ich habe schon jemanden gefunden, der sich tatsächlich um mich kümmert.«

Es war noch nicht an der Zeit, erleichtert aufzuatmen, aber trotzdem ließ die Anspannung ein Stück weit nach. »Glauben Sie mir, wenn ich Ihnen erzähle, dass …«

Sie unterbrach mich, indem sie die Hand hob. »Ich möchte es überhaupt nicht hören, und ehrlich gesagt bin ich auch nicht zu Ihnen gekommen, um Ihnen einen Vorwurf zu machen. Cole kann mit seiner dominanten Art und seinem dunklen Blick dem ersten Anschein nach äußerst anziehend für Mädchen wie uns sein«, sagte sie und trat einen Schritt näher. Mädchen wie uns? Ich war anders als sie, und wenn es nach Ian ging, steckte ebenso etwas völlig anderes hinter der Beziehung zwischen Cole und seiner Ex. Auch wenn ich noch nicht wusste, was das genau war.

Ihre Stimme wurde leiser, fast flüsternd, und sie wirkte auf einmal nervös, was für mich noch weniger Sinn ergab.

»Sie machen mir einen vernünftigen Eindruck, und ich möchte Sie nur warnen. Cole ist nicht nur das, was er ausstrahlt. Er ist viel gefährlicher.« Sie schluckte, und ich sah den Glanz in ihren Augen. War das tatsächlich Angst? Diese Frau, die so abgebrüht wirkte, hatte Angst?

Ich lachte nervös auf, weil ich das alles für einen miesen Scherz hielt. »Danke für diese Warnung, aber er wird schon nicht der Teufel sein.«

»Nein.« Ms Howard schüttelte den Kopf. Ihre grünen Augen waren aufgerissen und auf ihrer Stirn erschienen Sorgenfalten. Dadurch wirkte ihr hübsches Gesicht fast wie eine Fratze. »Der Teufel tanzt bei Coles Tod auf seinem Grab. Passen Sie auf sich auf, Eve.«

Mit diesen Worten lief sie an mir vorbei und ließ mich verstört und allein zurück. Was sollte das denn? Irgendwie setzte sich das Puzzle um Cole aus Teilen zusammen, die einfach nicht zusammenpassten. Egal, wie oft man sie drehte.

Was sollte ich nun tun? Die Aussagen von ihr als Gehirngespinst abtun und zurück zu Cole gehen, als wäre nie etwas gewesen? Oder ihn sogar darauf ansprechen? Doch er würde mir ganz bestimmt nichts erzählen, auch wenn ich ihn fragte. Was für eine absurde Vorstellung.

Der Teufel tanzt bei Coles Tod auf seinem Grab.

Irgendwie wusste ich nun nicht, wie ich damit umgehen sollte. Es hatte einige Situationen in meinem Leben gegeben, in denen ich überfordert gewesen war, aber diese hier gehörte definitiv trotzdem zu den Top Fünf.

Ich zog mein Handy aus der Tasche und rief Delia an. Als sie dranging, vernahm ich Geräusche aus der Bar.

»Hey, Süße, was ist los?«, fragte sie ein wenig atemlos. Wahrscheinlich hatte sie verdammt viel auf der Arbeit zu tun.

»Nichts, alles gut«, log ich. »Könntest du mir vielleicht die Nummer von Ian über Matt besorgen?«

»Wieso? Ich dachte, ihr hättet sie an dem Abend in der Bar ausgetauscht?«

Ich hatte ihr noch nichts über Cole erzählt, weil ich selbst ja noch nicht mal wusste, wohin das alles führte. Aber jetzt sah die Lage irgendwie anders aus. »Nein. Er hat mir Coles Nummer gegeben.«

»Schlaues Kerlchen. Und, habt ihr miteinander gesprochen?«

»Ähm, ja … wir haben uns verabredet. Wir sind in einem Restaurant, und ich bin auf die Toilette geflüchtet.«

»Was?«, rief Delia in den Hörer. »Scheiße! Byron, verdammt, ich komme gleich!«, brüllte sie in eine andere Richtung. Sie wirkte wie ein blondes, vornehmes Mädchen aus gutem Hause, dabei hatte sie ein genauso schmutziges Mundwerk wie ein Trucker. »Byron nervt, ich darf angeblich während der Arbeitszeit nicht telefonieren.« Vor meinem geistigen Auge sah ich ihr Augenrollen. »Ich melde mich später, okay? Dann kannst du mir alles erzählen! Ich besorg dir die Nummer!«

»Alles klar, danke. Bis später, Pancho«, sagte ich und hoffte, durch Ian mehr über Cole erfahren zu können. Vielleicht brachte er ein wenig Licht ins Dunkel.

»Bye, Sancho!«

Als ich zurück bei unserem Platz war, entdeckte ich einige Kanapees, die mittig auf dem kleinen Glastisch standen. Cole hatte ein Bein auf dem anderen überkreuzt, sich tief in den Sitz geschoben und beide Arme auf der Rückenlehne ausgebreitet. Alles an ihm strahlte Macht aus. Wäre es also tatsächlich so abwegig, anzunehmen, Coles Geheimnisse wären dunkler als alle der gesamten Menschheit?

Irgendwie nicht.

Ich nahm wie zuvor auf dem anderen Sofa Platz und fuhr mir mit der Zunge immer wieder über die Lippen.

»Alles in Ordnung?«, fragte er und lehnte sich ein Stück zu mir vor.

Ich zögerte. Hatte ich nicht gerade von Ehrlichkeit gesprochen? Ich ertrug es nicht, über Dinge zu schweigen, die mich innerlich zerrissen.

»Deine Ex-Frau ist hier.«

Als würde ihn dieser Umstand kein bisschen interessieren, setzte er eine unbeeindruckte Miene auf. »Ich weiß.«

»Du weißt es?«

»Ja, selbstverständlich. Ich habe sie beim Reingehen gesehen.«

»Und das stört dich kein bisschen? Dass sie mit einem anderen Mann hier ist oder uns zu zweit hier sieht?« War er wirklich so abgebrüht? Er musste doch irgendetwas fühlen!

»Sie ist nicht wichtig und was sie denkt oder tut ebenso wenig. Allerdings interessiert es mich, was sie zu dir gesagt hat, denn anscheinend bist du dadurch verunsichert.«

Woher wusste er, dass wir miteinander gesprochen hatten? Aber nun zögerte ich doch. Cole räusperte sich und lehnte sich wieder zurück.

»Hast du großen Hunger?«

Sein plötzlicher Themenwechsel irritierte mich. Mal wieder. Dieser Mann schickte meine Gefühle auf einen wilden Ritt mit der verrücktesten Achterbahn der Welt. Er stand auf, richtete sein Jackett und streckte mir eine Hand entgegen, die ich zurückhaltend betrachtete. Seine Fingernägel waren kurz und gepflegt geschnitten, seine Handflächen wirkten kein bisschen rau, doch ich wusste, wie stark sein Griff werden konnte. »Ich möchte dir etwas zeigen.«

Irgendetwas an seinem Blick auf mich herab, der nun einen kleinen Funken weicher wurde, ließ mich wie automatisch meine Hand heben und in seine legen. Seine Finger schlossen sich warm und fest um meine, und als er mich sanft hochzog und sich unsere Vorderseiten leicht berührten, war ich mir endlich sicher. Ich wollte es wissen. Alles.

Kapitel 14

Eve

Wir verließen das Restaurant und fuhren mit Coles Wagen durch die Stadt in Richtung Brooklyn. Ich war gespannt, wohin er mich führte und was er mir zeigen wollte. Sein wahres Gesicht? Das er so erfolgreich hinter seiner harten Fassade versteckte?

Im Auto herrschte eine angespannte Atmosphäre und hin und wieder gönnte ich mir einen Blick auf Coles Profil, das abwechselnd im Licht oder im Schatten lag, während Häuser, Bäume und Menschen an uns vorbeizogen. Meine Finger spielten mit dem Reißverschluss meiner Tasche, die auf meinem Schoß lag. Genau genommen kannte ich Cole kein bisschen und war trotzdem bereit, mit ihm an einen Ort zu gehen, der mir ebenfalls völlig unbekannt war. Ich musste verrückt sein. Oder in mir löste sich endlich etwas, das ich so lange zurückgehalten hatte. Es war ein merkwürdiges Gefühl, voller Vorfreude und gleichzeitig ängstlich zu sein.

Nach einiger Zeit erreichten wir ein Anwesen, das weit entfernt anderer Häuser lag. Es wurde von einer hohen, blickdichten Mauer umgeben. Cole fuhr vor ein bestimmt fünf Meter breites schmiedeeisernes Tor und öffnete es an einem Terminal mit einer kleinen schwarzen Keycard. Als der Blick auf das Dahinter unbegrenzt frei lag, lehnte ich mich auf dem Autositz ein Stückchen vor, um besser sehen zu können.

Ich hätte mit einem großen Haus gerechnet oder sogar mit einer Villa, aber nicht mit dem, was sich vor uns erstreckte. Es war ein Schloss. Verwinkelt, mit Türmchen, Erkern, Wasserspeiern und wirkte auf mich fast wie eine kleinere Version des Schlosses aus »Die Schöne und das Biest«. Ich musste schmunzeln.

Doch trotzdem wirkte es modern. Durch hohe Fenster war es möglich, teilweise einen Blick in das Innere zu werfen. Auf der rechten Seite befand sich ein gigantischer Wintergarten aus Glas. In der Mitte des Wendehammers in der Auffahrt stand ein Springbrunnen mit einer Steinfigur, einer hübschen Meerjungfrau. Dieser Ort wirkte fast ein wenig verwunschen. Wie in einem dunklen Märchen. Obwohl Cole ganz bestimmt alles andere als ein charmanter Traumprinz war.

»Wo sind wir hier?«, fragte ich, während Cole den Wagen vor der Treppe zur Eingangstür stoppte und sich zu mir herüberlehnte. Das Leder der Sitze knarrte, als er seinen Arm ausstreckte und mir mit einer sanften Bewegung eine Locke über die Schulter zurückstrich.

»Dieser Ort dient meinen geschäftlichen Terminen«, antwortete er kühl, ganz im Kontrast zu seiner Berührung eben.

»Oh.« Was hatte ich erwartet? Ich wollte unsere Beziehung emotional so weit auf Abstand halten, wie ich konnte. Wieso also war ich enttäuscht, wenn er mich zu einem Platz mitnahm, in dem er Geschäfte abschloss? Was auch immer diese beinhalteten.

»Du hast etwas anderes erwartet«, stellte er fest, und seine Stimme hatte solch einen harten Klang, dass es mir eiskalt den Rücken hinunterkroch.

»Ehrlich gesagt war ich nur überrascht, wo du deine Geschäftstermine abhältst, das ist alles.«

Seine dunklen Augen musterten mich und ich traute mich kaum, mich zu bewegen, geschweige denn zu atmen. Bis mir im Augenwinkel ein Mann auffiel, der auf dem Treppenabsatz mit auf dem Rücken verschränkten Händen stand und geduldig zu warten schien.

»Wer ist das?«

Cole nahm den Blick von mir und wandte sich ab. »William, unser Butler.«

»Unser?« Wohnte doch jemand hier?

»Komm«, erwiderte er, ohne mir eine Antwort zu geben, stieg aus dem Wagen, umrundete ihn und half mir ebenfalls hinaus.

»Guten Abend, Mr Craft«, begrüßte uns der ältere Herr und lächelte warm. Sein graues Haar war schütter, und er war groß, dafür aber recht schmal. Neben Cole wirkte er einfach nur wie ein alter, freundlicher Mann, und ich erwiderte sein Lächeln sofort. »Guten Abend, Miss«, sagte er an mich gewandt und deutete eine knappe Verbeugung an.

»Eve, bitte.«

Er nickte und schürzte die Lippen, als müsste er sich ein Grinsen verkneifen. Cole drückte ihm seinen Schlüssel in die Hand und bedachte ihn mit einem reglosen Blick. »Danke, William, das wäre alles«, sagte er zu ihm, und ich fragte mich zum ersten Mal, ob es einen Grund gab, weshalb Cole anderen Menschen gegenüber so hart war. Bestimmt. Aber es war nicht meine Aufgabe, diesen herauszufinden.

Wir stiegen die Treppen nach oben, und als Cole auch hier die Eingangstür mit seiner Keycard öffnete, atmete ich einen Moment bewusst ein und aus, bevor ich eine Eingangshalle betrat, die fast der eines Opernhauses glich. Schwarzer Stein lag im Kontrast zu weißen Wänden und einer dunklen Treppe, die links und rechts entlang in den ersten Stock führte. Hell vertäfelte Stuckwände, dunkles Holz und flackernde Kerzenleuchter überall. Die Atmosphäre war hier noch viel verwunschener als vor der Tür.

»Woher hast du dieses Anwesen? Der Queen abgekauft?«, fragte ich, legte den Kopf in den Nacken und bewunderte die bunten Deckenmalereien, die in einer Kuppel über uns hervorstachen.

Cole trat hinter mich und nahm sanft den Saum meines Mantels, sodass er ihn mir von den Schultern ziehen konnte. Dabei streifte sein Atem meinen Nacken, und eine Gänsehaut stellte sich auf meinem Körper auf. Ich wusste bereits, wie umgehend ich auf seine Nähe reagierte.

»Nicht ganz. Es hat einem belgischen Baron gehört. Ich habe es von ihm vor drei Jahren erworben.«

»Es ist wunderschön«, sagte ich und drehte mich zu ihm um.

»Es ist zweckmäßig«, antwortete er nur, als wäre dieser Ort eher eine Last als ein Geschenk.

Mein Mantel lag über seinem Arm, und wir standen kaum zwei Handbreit voneinander entfernt. Wieder bildete sich diese knisternde Energie, die mir den Verstand raubte. Ich richtete mich ein Stück auf und sein freier Arm zuckte. Würde er mich nun genauso gerne berühren, wie ich von ihm berührt werden wollte? Um seinen Kiefer erschien wieder die gewohnte Härte, als er losging und sich von mir abwandte. Ich folgte ihm, aber meine Beine fühlten sich bei jedem Schritt weicher an.

Cole öffnete die linke Seite einer doppelflügeligen dunkelbraunen Holztür. Das Knistern und die Wärme von Kaminfeuer drang sofort zu uns, als wir einen Salon betraten. Zwei weiße Ledersofas standen vor dem Feuer, die Wände waren voller Bücherregale und der Geruch von altem Papier hing schwer in der Luft. Wieder dachte ich an Belle und das Biest.

Cole hängte meinen Mantel an einem Kleiderständer neben der Tür auf und legte seine Hand auf meinen unteren Rücken.

»Setz dich.« Er deutete auf ein Sofa, auf dem ich mich niederließ, und schenkte uns zwei Gläser ein. »Du trinkst doch Whisky?«

»Danke, und ja, er ist mir sogar von allen Alkoholsorten am liebsten.« Ich nahm einen Schluck, und der sanfte Geschmack breitete sich auf meiner Zunge aus. »Der ist köstlich.«

Cole setzte sich diesmal neben mich, sodass sein Knie meines berührte. »Ian hat dafür fast gemordet«, sagte er und nippte ebenfalls an seinem Glas. Währenddessen ließ er mich nicht aus den Augen.

»Es hat sich gelohnt.«

»Das sehe ich auch so.«

»Also, wieso sind wir hier, Cole? Was willst du mir zeigen?«, fiel ich mit der Tür ins Haus. Ich hatte es satt, zu warten, und die Neugierde in meinem Inneren machte mich verrückt.

Cole atmete stoßweise aus, nahm mir mein Glas aus der Hand und stellte es auf ein Tischchen neben der Couch.

»Zuerst möchte ich von dir wissen, wieso du überhaupt hier bist«, sagte Cole und legte den Arm auf der Rückenlehne ab, sodass er mich fast umschloss. Wie beiläufig strich er mit dem Zeigefinger über meine Schulter. »Was willst du von mir, Eve?«

Ich schluckte. Mit dieser Frage hatte ich nicht gerechnet. »Nichts«, erwiderte ich leise, und auf Coles sündigen Lippen erschien ein sanftes, aber wölfisches Lächeln. Ich hatte ihn noch nicht allzu oft lächeln sehen, doch dieses hier raubte mir den Atem.

»Du hast gesagt, du lügst nicht. Wieso bekomme ich also auf diese einfache Frage eine Lüge?«

Mein Herz raste, und Schweiß sammelte sich in meinen Handflächen. Weshalb konnte er mich so gut lesen? »Du hast recht.« Ich nahm all meinen Mut zusammen. »Du faszinierst mich.«

»Inwiefern?«

»Möchtest du jetzt nach Komplimenten fischen?«, antwortete ich und rutschte ein Stückchen unauffällig zurück. Er folgte mir nicht, sondern ließ mich ihm und seiner starken Präsenz ein wenig entkommen. Die Frage war, wie lange …

»Nein. Ich möchte wissen, woran ich bei dir bin und ob du die Richtige für das bist, was ich mit dir vorhabe.« Wieso klangen alle seine Worte zweideutig? Vielleicht aus dem einfachen Grund, weil sie es waren … »Meine

Dunkelheit zieht dich an«, beantwortete er selbst seine Frage mit diesem Fakt, den ich nicht abstreiten konnte.

»Ja«, flüsterte ich.

»Und was denkst du, wieso?«

»Ich weiß es nicht«, erwiderte ich genauso leise wie zuvor. Diesmal rutschte er doch wieder ein Stückchen näher, und seine Finger fanden meine Haare, spielten mit ihnen, zogen leicht daran, drehten meine dicken Locken um seinen Zeigefinger. Ich konnte mich dem Blick seiner Augen einfach nicht entziehen. Er hatte recht.

»Weil du dich schon länger nach dieser Dunkelheit sehnst. Ich habe es dir angesehen, Eve. Schon in meinem Appartement, an Silvester. Du fragst dich, wie es ist, noch tiefer einzutauchen? Die Kontrolle an jemanden abzugeben, der weiß, damit umzugehen. Oder?«

Ich nickte stumm. In meinen Ohren rauschte es. Mein Herz klopfte einen stürmischen Takt. Meine Mitte zog sich vor Verlangen zusammen. Ich konnte es nicht abstreiten. Nichts davon. Nicht mehr.

»Deine Ex-Freunde gaben dir nicht das, was du brauchst, liege ich richtig?«

»Ja.«

»Ich mache dir einen Vorschlag, Eve, aber sag nicht, ich hätte dich nicht ausreichend gewarnt, wenn du darauf eingehst und doch erkennst, es war ein Fehler, sich auf mich einzulassen. Denn das musst du unbedingt tun. Dich vollständig und mit jeder Faser deines Körpers auf mich einlassen. Sonst funktioniert dieses Spiel zwischen uns nicht.«

»Von was sprechen wir?«

»Von deiner Lust, die sich mit meiner ergänzt. Absolut und mit deiner gesamten Seele«, hauchte er heiser. Seine

Stimme zitterte, und ich hörte eindeutig seine Erregung heraus. Wie ein Löwe, der ein saftiges Stück Fleisch vor sich liegen hatte und noch nicht zupacken durfte. Meine Neugierde gewann den Kampf gegen die Angst.

»Okay.«

Wieder erschien dieses diabolische Lächeln auf seinen Lippen, als hätte ich endlich dem Vertrag mit dem Teufel zugestimmt. Er lehnte sich ein Stück zurück und ließ mir Raum. Zu atmen. Zu denken. Seine Nähe direkt zu vermissen.

»Gut. Es gibt Regeln.«

Natürlich gab es die … »Welche?«

»Unsere Vereinbarung ist begrenzt auf drei Monate. Wenn wir unseren gegenseitigen Vorstellungen nicht entsprechen, können wir diesen Zeitraum verkürzen, aber auf keinen Fall verlängern. Von dir gibt es keine Überraschungsbesuche, des Weiteren gehen dich meine privaten und geschäftlichen Angelegenheiten nichts an, genauso wenig wie mich deine. Es gibt keine anderen Partner in dieser Zeit, und du gibst deine Kontrolle bei unseren Treffen vollständig an mich ab.«

Seine Miene war unbeweglich, und ich überlegte kurz, ob er das Vorgeschlagene tatsächlich ernst meinte. »Soll ich dich lieber Mister Grey nennen«, scherzte ich, aber Cole fand das anscheinend überhaupt nicht witzig. Er presste die Kiefer aufeinander und lehnte sich wieder ein Stück vor zu mir. Seine Finger fanden erneut mein Haar, spielten damit, und der Kontrast seiner fast zu sanften Berührungen zu seinem harten Gesichtsausdruck raubte mir den Atem und ließ den blöden Witz in meinem Hals kratzen.

Coles Stimme wurde rau, als er begann zu sprechen. »Erhoffe dir nicht diese Kleinmädchenromantik, denn die wirst du bei mir nicht bekommen.«

Ich schluckte. »Ich weiß nicht, ob ich es kann. Ich meine, die Kontrolle komplett abgeben.«

»Nur so funktioniert es«, sagte er, lehnte sich wieder zurück und ließ mich los. »Und wenn du ehrlich zu dir selbst bist, weißt du, dass du genau das willst.«

Ich zögerte und betrachtete ihn einige Sekunden. Er machte keinen Spaß. Und ich empfand was? Erregung. Vorfreude. Definitiv. »Was ist mit einem Safeword, einer Absicherung für mich?«

»Du musst mir vertrauen. Ich werde es dir ansehen, wenn es dir zu viel wird. Das gehört für mich zu meiner Kontrolle dazu. Du wirst kein Safeword brauchen.«

»Ziemlich fahrlässig von mir, da zuzustimmen, oder?«, fragte ich und lachte kurz auf. Cole verstand anscheinend immer noch keinen Spaß, wenn es um dieses Thema ging.

»Es liegt an dir, Ja zu sagen, genauso wie du Nein sagen kannst. Ich werde dich nicht überreden, du kennst jetzt alle Fakten.«

»Wirklich alle?«

»Frag mich, wenn dir noch etwas unklar sein sollte.« Er wirkte nun lässiger, entspannter. Schließlich hatte ich nicht Nein gesagt. Aber würde ihn das tatsächlich stören? Er wollte mich letzten Endes nur genauso benutzen wie ich ihn. Keine Gefühle, keine Versprechungen, nur eine Abmachung auf Zeit.

»Triffst du diese Art der Vereinbarungen häufiger?«

»Ja und nein.«

Ich zog eine Augenbraue hoch.

»Normalerweise bevorzuge ich gewisse Etablissements, bei denen man kommen und gehen kann, wie es einem beliebt, und jeder genau weiß, dass sich die Zusammenkunft nur auf dieses Treffen beschränkt. Solch eine zeitliche Vereinbarung, wie das mit dir, habe ich bisher keiner Frau angeboten.«

»Außer deiner Ex-Frau.«

Ich sah ihm die Anspannung, die in seinen Körper fuhr, direkt an. »Das war etwas anderes.«

Also hatte er sie doch geliebt. Auf seine verdrehte Art und Weise.

»Kann ich darüber nachdenken?«

»Selbstverständlich.« Er erhob sich und bot mir erneut seine Hand an. Eines musste man ihm lassen, Manieren hatte er. »Dann fahre ich dich jetzt nach Hause.«

Ich sah zu ihm auf und musste durch den Anblick, wie er groß und stark über mir thronte, erneut schlucken. »Das ist alles?«, wisperte ich rau, weil meine Stimme mir nicht mehr gehorchte.

Auch wenn ich mich noch nicht auf seinen Vorschlag eingelassen hatte, den ganzen Abend kreisten wir umeinander wie hungrige Tiere. Ich erweckte das gleiche Interesse in ihm, das ich hatte. Und jetzt brach er das hier einfach ab? Ich sah den dunklen Glanz in seinen Augen, bemerkte die Härte seiner Kiefermuskulatur. Ihn ließ das alles ebenso wenig kalt wie mich.

»Ich habe dir gesagt, dass ich hier meine geschäftlichen Absprachen abhalte. Nichts weiter. Du hast noch nicht zugestimmt, also werde ich dich nicht anrühren, obwohl ich gerade nichts lieber tun würde.«

Langsam streckte ich die Hand nach ihm aus und gab sie ihm. Als sich seine warmen Finger darum schlossen, bereute ich für einen kurzen Augenblick, nicht direkt zugestimmt zu haben. Aber es ging nicht. Irgendetwas hielt mich noch davon ab, und das waren nicht meine Begegnung mit Ms Howard und ihre Worte.

Es war etwas anderes. Ein Erlebnis, das ich nicht vergessen konnte und das Ausleben meiner Neigung bisher verhindert hatte. Also blieb mir nur übrig, nun nach Hause zu fahren und darüber nachzudenken. Ob ich bereit für diese Art von Vereinbarung war, bei der ich keine Ahnung hatte, was sie überhaupt alles beinhaltete.

Obwohl ich die Antwort dafür eigentlich bereits kannte.

Kapitel 15

Cole

Es hatte mich meine gesamte Beherrschung gekostet, Eve nicht einfach über mein Sofa zu beugen und zu nehmen. Diese angestaute Schwere in mir loszuwerden, die mich seit Silvester erfüllte und täglich mehr anwuchs.

Verdammt. Auch noch zwei Tage nach unserem Treffen war ich rastlos und meine schlechte Laune nahm minütlich zu, sodass es Ian keine Sekunde länger mit mir ausgehalten und mich nach Hause geschickt hatte. Vor allem irritierte mich, dass ich nichts von ihr gehört hatte. Kein Anruf, keine Nachricht. Was fiel ihr so schwer? Sie wusste doch selbst, wie stark sie sich nach dem sehnte, was ich ihr angeboten hatte! So gut wie nichts hatte mich in meinem Leben so sehr und so lange beschäftigt wie meine Gedanken an Eve. Selbst hier, in meinem Atelier, das ich mir extra in meinem Appartement eingerichtet hatte, brachte mir das Malen keine Ruhe wie sonst. Immer wieder sah ich sie vor mir. Helle Haut. Dunkles Haar. Tiefer, sehnsüchtiger Blick aus hellblauen Augen. Diese fantastischen Lippen.

Das Gefühl, etwas unbedingt haben zu müssen, hatte ich recht häufig, und meist, wenn ich es besaß, nahm der

Drang rapide ab. Also gab es nur eines, was mich wieder zur Vernunft zurückbrachte. Sie musste Ja sagen und wir erlebten die kommenden drei Monate so intensiv wie möglich.

Der Pinsel fuhr über die Leinwand und hinterließ eine dunkle Linie. Ich setzte ihn ab und ließ meine Arme sinken. Mein weißes Shirt und meine Jeans waren von Farbklecksen übersät. Genauso wie der Boden, den ich allerdings vorsorglich mit einer Plastikplane abgeklebt hatte, um die schwarzen Steine darunter nicht zu versauen.

Mein Blick flog über das Bild, und ich versuchte, herauszufinden, was fehlte. Ich hatte keine verdammte Ahnung, aber irgendetwas war es. Das Gemälde war scheiße.

Das Meer wirkte unecht, die Perspektive des Horizonts stimmte nicht, die Gischt war zu dunkel. Einfach scheiße.

Plötzlich hörte ich hinter mir ein leises Geräusch. Seit meiner Kindheit war ich darauf getrimmt, Gefahren zu erkennen und vor allem sie zu eliminieren. Überall in meinem Appartement befanden sich Waffen. Also sprang ich mit einem Satz zu dem kleinen Tischchen an der Wand und zog meine Heckler hervor. Den Lauf in Richtung Tür gerichtet, ging ich einen Schritt nach dem anderen langsam auf das Geräusch zu. Mein Herz pumpte kräftig Blut durch meine Venen, und mein Körper spannte sich mit der Aussicht, gleich abzudrücken, an.

Als eine schemenhafte Gestalt aus den Schatten meines Flurs heraustrat und im Türrahmen erschien, atmete ich erleichtert aus und ließ die Waffe sinken. Ehrlicherweise mochte ich es nicht, jemanden zu erschießen. Ich konnte es. Mit einem Schuss. Aber ich empfand keinen Spaß dabei, Menschen zu töten. Ich hatte sogar eine regelrechte Abscheu gegen Waffen entwickelt, was in Anbetracht meines Geschäfts irgendwie absurd anmutete. Aber man war, was man war. Und ich war konsequent.

»Ich bin mir ziemlich sicher, dass ich die Haustür nicht offen stehen gelassen habe«, sagte ich forsch, als Bane ganz aus dem Schatten trat und das Licht der Deckenlampe auf das bärtige Gesicht meines Gegenübers fiel.

Er zuckte mit den breiten Schultern und zog eine dunkle Augenbraue nach oben.

»Ich wäre lausig in meinem Job, wenn ich nicht mal in eine Wohnung kommen würde.«

Bane war mein Mann für Dinge, die ich nicht selbst regeln wollte. Er arbeitete auf freiberuflicher Basis für Ian und mich, war sarkastisch, kaltblütig und der verdammt Beste, den man für diese Art von Jobs in New York bekam. Er war wie ein wildes Tier, das man nicht zähmen konnte, und auch wenn mich seine ironischen Sprüche unglaublich nervten, waren wir uns ähnlicher, als ich zugeben wollte. Bane hob eine Dose Cola in die Höhe, die er sich anscheinend aus meinem Kühlschrank genommen hatte, und öffnete sie zischend.

»Dann solltest du aber an der Methode arbeiten, sich lautlos zu bewegen.« Ich verstaute meine Waffe und ging zurück zu meiner Leinwand. Den Pinsel, den ich im Eifer auf den Boden geschmissen hatte, hob ich auf und sah mir erneut das Bild an. Bane trat hinter mich. Zu nah. Ich hasste das Gefühl, wenn jemand in meinem Rücken stand.

»Wenn ich gewollt hätte, dass du mich nicht hörst, wäre ich nicht extra laut gewesen. Aber glaubst du, ich hab

Bock, durch einen ängstlichen Auftraggeber in seinem Appartement draufzugehen, weil der nicht mit seiner Waffe umgehen kann? Übrigens, das Bild ist scheiße.«

Ich ignorierte seinen Spruch, legte den Pinsel auf einen Tisch neben der Leinwand und drehte mich um. Bane ging einen Schritt zurück. Er war fast so groß wie ich, und man sah seinem massigen Körper unter der abgewetzten Lederjacke, dem dunkelgrauen Ozzy-Osbourne-Shirt und der löchrigen Jeans an, dass er nur auf das Töten trainiert war. Wie gesagt, wir waren uns nicht unähnlich. Ian hatte mal im Spaß erwähnt, er würde gerne einen Kampf mit uns sehen und wüsste nicht, auf wen er setzen würde. Auch wenn Bane für so einen Scheiß zu haben war, hatte ich Besseres mit meiner Zeit anzufangen.

Ich lief an ihm vorbei und betrat mein Wohnzimmer. Bane folgte mir und ich deutete auf einen Hocker vor dem Tresen, während ich zu meinem Kühlschrank ging und eine Flasche Wasser herausnahm. »Ich muss dir wohl nichts anbieten, wenn du dich schon selbst bedient hast«, sagte ich, leerte den halben Inhalt mit wenigen Zügen und lehnte mich danach mit den Unterarmen auf der frei stehenden Kochinsel ab. Bane machte es sich auf dem Hocker bequem und stellte die leere Coladose auf der schwarzen Marmorplatte ab. Ich presste die Zähne aufeinander, als ich sah, wie der klebrige Inhalt Ringe auf der Arbeitsfläche hinterließ.

»Nein danke«, sagte Bane auf meine Aussage und lachte kurz rau, als ich einen Lappen nahm und damit über die Platte fuhr. »Du hast einen Knall, Craft, aber das weißt du, oder?«

»Ich will nicht wissen, wie es bei dir aussieht, Bane, und es interessiert mich auch nicht, aber hier benimmst du dich gefälligst.« Testosteron lag explosionsartig in der Luft. Normalerweise schaffte es Ian, uns runterzubringen. Doch er war heute nicht hier. »Du bist sicherlich bei mir eingebrochen, um mir von deinen Erfolgen im aktuellen Auftrag zu berichten, oder? Also komm zur Sache, damit du wieder verschwinden kannst.«

Einen kurzen Moment lieferten wir uns ein Blickduell, und ich richtete mich erneut auf. Verdammt, ich stand sowieso unter Strom, weil sich Eve nicht meldete, musste Bane ausgerechnet jetzt bei mir auftauchen?

Plötzlich lachte er ein tiefes, raues Lachen. Er legte sogar den Kopf ein Stück in den Nacken und schloss die Augen dabei. »Scheiße, Craft, du bist sonst schon ein riesiges Arschloch, aber kann es sein, dass dich diesmal eine Pussy so frustriert? Nur Frauen und richtig starker Absinth schaffen es, Männer wie uns umzuwerfen, was?« Er strich sich Lachtränen von den Wangen und fuhr über seinen Bart.

»Komm. Zur. Sache«, wiederholte ich diesmal unmissverständlich und Bane hob abwehrend die Hände.

»Schon verstanden.« Wie ein Kleinkind drehte er die Finger vor seinen Lippen wie einen Schlüssel und machte eine wegwerfende Handbewegung hinter sich. Meine Beherrschung war zum Zerreißen gespannt. Wenn er nicht so verdammt gut gewesen wäre, hätte ich ihn schon mehr als einmal umgelegt. Seine große Klappe war nicht auszuhalten. »Und ja, der Auftrag ist erledigt, und da ich sowieso in der Gegend war, wollte ich meine Bezahlung direkt abholen. Ich weiß ja, wie schwer es ist, bei dir einen

Termin zu bekommen.« Schon wieder ein Scherz. Bane bekam seine Zahlungen immer umgehend.

Ich nickte und lief los in Richtung meines Arbeitszimmers. Wenn das die Möglichkeit war, diesen Typen endlich loszuwerden, bekam er so schnell wie möglich, was ihm sowieso zustand. Vielleicht sollte ich ihn einfach darauf ansetzen, Eve zu entführen und zu mir zu bringen … Dann wäre ein weiteres Problem auf direktem Wege gelöst.

Kapitel 16

Eve

Mehr als einmal schwebte mein Finger über dem Display meines Handys, auf dem Coles Nummer prangte. Mehr als einmal dachte ich daran, wie es wäre, mich ihm voll und ganz hinzugeben. Ohne Angst oder Zurückhaltung.

Irgendetwas sagte mir, dass er mir nie ernsthaften Schaden zufügen würde, aber eine Stimme in meinem Kopf, die sich noch viel zu gut an die Vergangenheit erinnerte, schrie mich an, es nicht zu tun. Ihm nicht zu vertrauen. Einem Menschen, den ich eigentlich überhaupt nicht kannte.

»Darf es noch einer sein?« Der Barkeeper zwinkerte mir zu. Er war süß, hatte ein Grübchen auf der rechten Wange, blondes, wuscheliges Haar, Tattoos auf dem linken Arm und war vielleicht höchstens sechsundzwanzig. Aber genau das war es, was ich nicht mehr wollte. Süß.

»Gerne, vielen Dank«, erwiderte ich mit einem höflichen Lächeln und sah ihm dabei zu, wie er meinen Dry Martini mit schwungvollen Bewegungen mixte. Immer wieder schaute er zu mir rüber. Ganz bestimmt war das seine Masche, die er in seinem Job perfektionieren konnte. Doch ich war heute nicht auf diese Art von Bestellung aus.

»Hey, tut mir leid, dass ich zu spät bin«, vernahm ich eine Stimme hinter mir und spürte Ians Hand, die auf meinem unteren Rücken zum Liegen kam. Er beugte sich über mich und drückte mir einen Kuss auf die Wange. »Viel Arbeit.«

»Hier, bitte.« Der Barkeeper stellte das Martiniglas vor mich und betrachtete Ian skeptisch. Der zog Geld aus der Tasche und legte es ihm hin. Viel zu viel für einen einfachen Drink, aber die Message hinter dieser Geste und seinem harten Gesichtsausdruck war unmissverständlich. Nimm das Trinkgeld und lass die Frau in Ruhe. »Und mir bringst du ein Bier.« Kein Bitte. Männer wie Ian und Cole bekamen anscheinend immer das, was sie wollten. Der Barkeeper nickte nur, und ich drehte mich zu Ian. Delia hatte mir wie versprochen seine Nummer über ihren Freund Matt besorgt. Ich musste einfach mehr über Cole erfahren, und Ian war die einzige Quelle, die ich kannte.

»Hi, ist doch kein Problem«, sagte ich auf seine Aussage zum Zuspätkommen und nickte zum Barmann. »Und dieses Reviergehabe ist nicht nötig.« Ich konnte mir mein Grinsen nicht verkneifen und Ian seines ebenso wenig.

»Ich markiere hier nicht mein eigenes Revier, meine Schöne«, erwiderte er und half mir vom Hocker auf. »Komm, wir gehen dorthin, wo es etwas ruhiger ist.«

Er nahm mein Getränk und fasste mich an der Hand. Als wir eine schmale Lounge in einer Ecke erreichten, schob ich mich auf das kalte Leder der Couch und Ian setzte sich mir gegenüber auf einen Stuhl vor einem kleinen, runden Glastisch.

Ian öffnete die Knöpfe seines dunkelgrauen Hemdes an den Ärmeln und schob es seine sehnigen Unterarme hinauf. Sein Bizeps ließ dabei den Stoff spannen und ich konnte nicht verhindern, immer noch darüber nachzudenken, wie es war, ihn zu küssen. Er sah auf und schenkte mir wieder dieses Lächeln, das jede Schwiegermutter und vor allem ihre Töchter schwach werden ließ. »Du bist ein schmutziges kleines Ding, das weißt du, oder?«

Ich lachte kurz auf. »Ertappt.« Wieso etwas abstreiten, wenn es so offensichtlich war?

»Aber wir sind nicht hier wegen dir und mir, oder?«

»Nein«, antwortete ich ihm. »Du bist der Einzige, der Cole besser zu kennen scheint. Ich möchte mehr über ihn erfahren.«

Ian nickte und bedankte sich bei der Kellnerin, die sein Bier brachte und vor ihm abstellte. »Ich habe mir schon gedacht, dass da mehr zwischen euch läuft oder laufen sollte.«

»Übrigens, netter Trick mit seiner Handynummer.«

Ian lachte. »Irgendwer muss ja den Ball ins Rollen bringen, wenn ihr es nicht selbst schafft«, erwiderte er, setzte das Glas an seine Lippen und ließ die blauen Augen nicht von mir ab. »Also, was möchtest du wissen?«, fragte er und lehnte sich ein Stück zurück.

»Alles.«

»Du weißt selbst, dass das zu viel wäre.«

Ich fuhr mit der Zunge über meine Lippen und dachte nach. »Ich möchte wissen, auf was ich mich einlasse. Es gab da gewisse … Situationen in meiner Vergangenheit, die es mir erschweren, meine Kontrolle abzugeben …«

»Dabei möchtest du es. Die Kontrolle abgeben.«

Ich nickte vorsichtig, und Ian lehnte sich wieder nach vorne. Er verhakte die Finger auf dem Tisch ineinander, und seine Miene wurde auf einmal ernster. »Cole und ich stehen auf Dinge, die eine Frau vielleicht schockieren, für die andere aber genau das sind, was sie sich schon immer gewünscht hat. Man muss sich darauf einlassen, und ich kann dir nur versichern, dass Cole in solchen Dingen sehr auf die Sicherheit seiner Partnerin achtet und ihre Situation niemals ausnutzen würde.« Wieder schenkte er mir sein jungenhaftes Grinsen. »Anders als ich.«

Ich begegnete einen Moment seinem Blick. »Aber er ist so … wortkarg und ich hab das Gefühl, nicht an ihn ranzukommen.«

»Würdest du dich wohler fühlen bei jemandem, der dir verspricht, die Sterne vom Himmel zu holen, und es dann nicht tut?«

Ich überlegte kurz, aber genau das war es, was ich nicht mehr wollte.

»Mach dir keine Sorgen, Eve, ein Gentleman ist auch nur ein geduldiger Wolf. Bei Cole weißt du wenigstens, dass er ein Wolf ist, er versteckt sich nicht hinter Phrasen, und du kannst dir sicher sein, dass jedes Wort, das aus seinem Mund kommt, ehrlich ist.«

Ian lehnte sich zurück und zog sein Handy aus der Tasche. Er zwinkerte mir zu. »Wenn man vom Teufel spricht. Hey, Cole«, sagte er, als er das Telefon an sein Ohr gedrückt hatte. Ian grinste mich an, während er auf die Stimme am anderen Ende lauschte. Allein der Gedanke, dass Cole dran war, ließ mein Herz schneller schlagen und kribbelige Erregung durch meinen Körper fahren. Das war es, was ich wollte. Aufregung, Spannung und diese Art von Verlangen. »Ja. Morgen, vierzehn Uhr, ist kein Problem. Übrigens soll ich dir schöne Grüße von Eve ausrichten. Wir sitzen gerade zusammen und trinken etwas.«

Ich riss die Augen auf und schüttelte den Kopf. Scheiße. Dachte Cole vielleicht nun, ich würde ihn durch Ian ersetzen?

Ians Grinsen wurde nur viel größer. »Es geht ihr sehr gut. Sie ist schließlich mit mir unterwegs«, sagte er, und ich hielt den Atem an. »Und sie sieht heiß aus wie immer. Vielleicht gehen wir später noch zu mir, deswegen bin ich heute nicht mehr erreichbar.«

Wieso erzählte er so etwas? Ich machte mit dem Zeigefinger so, als würde ich ein Messer vor meine Kehle ziehen, was Ian unmissverständlich zeigen sollte, dass er den Scheiß lassen sollte.

»Hör auf«, flüsterte ich, und Ian unterdrückte sein Lachen.

»Den wünsche ich dir auch. Bye, Cole.« Er legte auf und lachte prustend los.

»Was sollte denn der Scheiß?«, schrie ich viel zu laut, aber Ian gluckste nur noch heftiger.

»Das wirst du gleich sehen.«

Plötzlich spürte ich die Vibration, die aus meiner Tasche kam. Mit feuchten Fingern zog ich mein Handy heraus und sah Ian geschockt an.

»Es ist Cole.«

Ian zuckte mit den Schultern. »Ich weiß. Cole lässt sich Dinge nicht wegnehmen.«

Mit klopfendem Herzen ging ich dran. »Hallo?«

»Hier ist Cole.« Ich hielt den Atem an. Allein seine tiefe Stimme reichte, dass ich sogar das Atmen vergaß. Ich wartete auf das Gewitter. Andererseits hatte Cole keinerlei Anspruch auf mich, wir hatten die Vereinbarung noch nicht beschlossen. »Triff mich in dreißig Minuten in der Bar 54. Sag meinen Namen unten beim Empfang, dann lassen sie dich in den vierundfünfzigsten Stock hinauf.« Damit legte er auf. Kein Abwarten, ob ich überhaupt zustimmte, und kein Bye.

Ich sah Ian mit offenem Mund an.

»Wie du so schön gesagt hast, ich kenne Cole, und manchmal braucht er einen kleinen Schubs. Lass dich drauf ein, Eve, er wird dein Vertrauen nicht missbrauchen. Im Gegenteil. Wenn du ihm deines schenkst, wird er sich vielleicht endlich wieder jemandem öffnen können. Und jetzt geh, er wartet nicht gerne.«

»Danke, Ian.« Ich nahm meine Tasche und stand auf. Er tat es mir gleich und drückte mich an sich. Ian war mehr für mich geworden, als ich anfänglich vermutet hätte. Es sollte eine einmalige Sache an Silvester werden, aber nun hatte ich einen Freund dazugewonnen und stand kurz vor der Erfüllung meiner dunkelsten Fantasien.

***

Mein Herz schlug wild bis zu meinem Hals, als ich mit überschlagenen Beinen auf einem roten Samtsessel saß und, ohne zu blinzeln, in Richtung Tür starrte. Die Menschen um mich herum unterhielten sich gedämpft in der dämmrigen Atmosphäre der Rooftop-Bar. Die Aussicht war mal wieder fantastisch, irgendetwas war es wohl, das Cole an Orten weit über der Stadt faszinierte. Trotzdem stand ich kurz davor, einfach zu gehen. Es waren nun seit dem Telefonat fünfzig Minuten vergangen, und ich hatte eigentlich gehofft, Cole wäre bereits hier, wenn ich ankam. Aber nichts. Entweder er wurde irgendwo aufgehalten oder er erlaubte sich einen Spaß mit mir, weil ich wie ein Dackel, ohne zu fragen, auf seine Anweisung hierhergefahren war und nun auf ihn wartete. Immer wieder sah ich auf mein Handy, doch nichts. Ich wählte seine Nummer, aber er ging nicht ans Telefon, und ich ärgerte mich über mich selbst.

Gehörte das schon zu den Dingen, die er mit mir machen wollte? Meine Geduld auf die Probe stellen?

Ich knallte einen Zwanzigdollarschein auf den Tisch, um meinen Drink zu bezahlen, stand auf und ging in Richtung der Toilettenräume. Wenn er bis zu meiner Rückkehr nicht da war, würde ich heimfahren und die ganze Sache abhaken.

Ich zog den schmalen Lederriemen meiner Handtasche höher auf die Schulter, als ich die Ecke erreichte, die in einen dämmrig beleuchteten Flur führte. Mit einem tiefen Atemzug ging ich weiter und steuerte die Damentoilette am Ende des Gangs an, als ich plötzlich von hinten gepackt und gegen die Wand gepresst wurde. Panik griff mit kalten Händen nach mir, und mein Körper schaltete sofort auf Gegenwehr. Ich wand mich in der harten Umklammerung, wollte nach hinten treten, aber ich wurde nur fester nach vorne gedrückt. Scheiße. Scheiße. Scheiße! Ich hatte keine Chance gegen den großen, starken Körper hinter mir, aber mein Widerstand erlahmte erst, als der dunkle, männliche Duft in meine Nase stieg und sich mein Angreifer zu meinem Ohr absenkte.

»Sch … Hör auf, dich zu wehren«, dirigierte mich eine dominante Stimme, und ich hielt still. Hart schluckte ich, als ich raue Finger am Saum meines Kleides spürte, die langsam nach oben wanderten. Ich presste die Lider aufeinander. Die Schwere des Körpers hinter mir nahm ein wenig ab, aber nicht so, dass ich mich hätte befreien können. »Bist du sauer, weil du so lange gewartet hast?«, flüsterte Cole.

Ich versuchte mich ruckartig von der Wand abzustoßen und stemmte mich gegen ihn. Cole lachte rau und leise, er bewegte sich keinen Zentimeter, als könnte ich mit meinem Gewicht rein gar nichts ausrichten.

»So habe ich mich die letzten Tage gefühlt. Und Warten ist sonst überhaupt nicht mein Ding.«

Plötzlich spürte ich seine Finger nicht mehr an meinem Bein, stattdessen nahm er meine Handgelenke in seine und presste meine Hände flach an die kalte Wand. Sein Knie teilte meine Oberschenkel, und ich spürte, wie seine Erregung gegen meinen Po drückte. Allein dieses Gefühl entfachte ein Feuer in meinem Unterleib, das kaum zu ignorieren war. »Es macht einen verrückt, oder? Die ganze Zeit daran zu denken, was man schon alles hätte miteinander erleben können.« Sein Griff wurde stärker, fast schmerzhaft, als müsste er seine Frustration herauslassen. Die Panik in mir nahm wieder zu, weil ich nicht einschätzen konnte, was Cole nun plante. Sein Knie schob sich nach oben, und ich stöhnte kurz auf. Dieser zusätzliche Druck brachte mich ganz um den Verstand. »Hast du Angst, Eve?«, flüsterte er rau und biss in meinen Hals. Wieder schrie ich auf, diesmal vor Schmerz und Überraschung.

»Ja«, erwiderte ich keuchend, und Cole drückte nun einen zärtlichen Kuss auf die Stelle, an der ich immer noch den Abdruck seiner Zähne spürte. Zuckerbrot und Peitsche. Jetzt nahm diese Redewendung eine ganz neue Bedeutung an, und ich wusste nicht, was ich von beidem lieber mochte.

»Gut. Angst beflügelt die Lust.« Cole löste eine Hand von meinem Gelenk und schlang den Arm um meinen Bauch. Er presste mich fest an sich, und ich spürte nicht nur die Kraft seiner Umklammerung, sondern auch die Härte seines starken Körpers. Am liebsten hätte ich mich an Ort und Stelle von ihm nehmen lassen. So sehr benebelte die Lust auf ihn meine Sinne. Ich war verloren. Taumelte durch einen Strudel, der mir die Luft zum Atmen raubte und mir trotzdem etwas gab, wonach ich mich so lange verzehrt hatte. Die Aufregung dieser Attacke steigerte sich zu unermesslichem Verlangen. »Lass die Hände da, wo sie sind«, wies er mich an und löste auch seine Finger der anderen Hand von mir. Quälend langsam ging er auf Wanderschaft, strich über meine Seite hinunter und diesmal unter den Saum meines Kleides. Ich fühlte seine Fingerspitzen über den Saum meiner halterlosen Strümpfe zu meinem Innenschenkel fahren. Auch sein Atem wurde schwerer, und ich spürte den warmen Hauch an meinem Ohr. Jede einzelne Faser meines Körpers pulsierte, und ich presste fest die Lider zusammen, stellte mir automatisch vor, was Cole nun alles mit mir anstellen würde. »Ich will dich, Eve, nicht nur deinen Mund, ich will dich besitzen. Lass mich frei, geh auf meinen Vorschlag ein, und unsere Möglichkeiten werden unbegrenzt sein.«

Unser Atmen wurde zum Stöhnen, und ich vergaß, wo wir uns befanden. Es zählte wieder nur Cole. Seine Berührung, die niemals enden durfte. Sein Atem, der sich mit meinem vermischte. Sein Duft, der mich markierte. Was hatte er an sich, dass ich ihm so verfiel?

»Wie lautet deine Antwort?«

»Ja«, erwiderte ich fest und deutlich.

Coles Griff wurde noch ein wenig stärker, bis er ihn lockerte und sein Gesicht in mein Haar drückte. »Ich habe gehofft, dass du das sagst.« Er ergriff meine Hand und drehte mich langsam um. Mein Rücken lehnte nun gegen die Wand, zum ersten Mal an diesem Abend konnte ich ihn ansehen. Seine dunklen Augen wirkten aufgewühlt, seine Miene nicht mehr ganz so hart wie sonst. Ich erkannte, dass ihn meine Zustimmung genauso aufwühlte wie mich, aber vielleicht war es auch nur das pure Verlangen, das er nun an mir stillen konnte. Das Tier in ihm, das durch meine Einwilligung, Sachen mit mir machen zu lassen, die nur er bestimmte, zum Vorschein kam. Und ich war verrückt, aber ich wollte es. Ich wollte es sehen. Nicht die harte, kalte Maske, die er sonst aufsetzte, um alle von sich fernzuhalten. Ich wollte seine dunklen Tiefen ohne Hindernis sehen und mich in ihnen verlieren.

Sein Blick verband sich mit meinem, und ich wusste nicht mehr, ob diese zarte Verbindung, die gerade zwischen uns entstand, wirklich nur davon kam, dass wir scharf aufeinander waren. Aber das musste sie. Denn alles andere würde es verkomplizieren und durfte nicht sein.

Also handelte ich aus bloßem Impuls, als ich meine Arme um Coles Nacken schlang und mich noch näher an ihn presste. Seine Hände fuhren in meine Haare, und er zögerte einen kleinen Moment.

»Eve«, wisperte er rau, bevor er seine Lippen auf meine drückte. Er ließ mir keine Zeit, sondern drang ohne Zurückhaltung mit seiner Zunge in meinen Mund. Ich erinnerte mich direkt an unseren ersten Kuss. Mit dem er mich verbrannte und seitdem ich an nichts anderes mehr denken konnte als an ihn.

Der Kuss wurde immer zügelloser, leidenschaftlicher. Zwischen meinen Schenkeln machte sich ein Ziehen breit, das kaum zu unterdrücken war, als Cole mich gegen die Wand presste und einen meiner Oberschenkel anhob und um sich schlang. Wie er mich berührte, auf diese besitzergreifende Art, und sich seine Lippen perfekt meinen anpassten, setzte meinen Verstand in Flammen und hinterließ ihn als kleinen Aschehaufen.

Ich war kurz davor, meine Kontrolle zu verlieren, als er sich von mir löste und mein Gesicht mit beiden Händen umfasste. Er sah mich an, als würde er eine Antwort, die er dringend suchte, in meinen Augen finden. Dann war der Bann gebrochen. Er nahm meine Hand und zog mich ohne ein weiteres Wort mit sich.

»Wo gehen wir hin?«, fragte ich und versuchte, meine Balance bei der schnellen Gangart in meinen hohen Schuhen zu halten. Er blieb ruckartig stehen, und fast wäre ich auf ihn geprallt. Als er sich zu mir umwandte, hatte er sie wieder aufgesetzt. Diese reglose, kalte Maske.

»Ab sofort keine Fragen mehr. Hast du verstanden?«

Ich nickte. Wenn das eine der Bedingungen war, würde ich in diesem Moment auch blind auf sie eingehen.

Kapitel 17

Cole

Der Plan war, sie genauso um den Verstand zu bringen, wie sie mich um meinen brachte.

Die Umsetzung war fehlerhaft gewesen. Aber nicht aussichtslos, denn ich hatte nur kurz nach unserem unplanmäßigen Kuss wieder umschalten können.

Nun saß sie mit überschlagenen Beinen auf meinem Sofa und nahm das Weinglas entgegen, das ich ihr hinhielt. Ich leckte mir über die Lippen, bevor ich den Kelch anhob und einen Schluck des halbtrockenen Weißweins genoss. Er schmeckte gut, aber nicht ansatzweise so gut wie Eve. Heute würde ich herausfinden, *wie* gut sie schmeckte.

Ich stand über ihr. An ihrer schnellen Atmung und der leichten Röte, die ihre Wangen überzog, sah ich, dass entweder der Alkohol seine Wirkung entfaltete oder sie mein Anblick aus der Bahn warf. Mein Jackett hatte ich ausgezogen und die ersten zwei Knöpfe meines schwarzen Hemdes geöffnet. Mein Schwanz, der eingesperrt hinter dem Reißverschluss meiner Anzughose protestierte, befand sich nur wenige Zentimeter vor ihrem göttlichen Mund und beneidete den Wein, der ihre Lippen benetzte.

Ich hatte uns in mein Appartement gefahren, damit uns niemand in dem Flur der Bar ertappte und dachte, ich würde Eve vergewaltigen wollen. Ich hatte keine Lust auf Ablenkungen, sondern brauchte Eves völlige Hingabe, die sich nur entfalten konnte, wenn sie sich fallen ließ. Außerdem war ich ein egoistischer Scheißkerl, der ihren Anblick dabei für mich haben wollte.

»Woher kommt deine Vorliebe für Kontrolle?«, durchbrach sie die Stille. Sie hatte augenscheinlich zwar zugestimmt, aber immer noch Bedenken. Ich nahm neben ihr Platz und achtete darauf, sie dabei kurz flüchtig am Knie zu streifen. Sie hielt die Luft an, also war ihr meine Berührung nicht entgangen.

Meine Lippen verzogen sich ohne mein Zutun zu einem schmalen Lächeln. Ich spürte den Ring in meiner Hosentasche, ignorierte aber, wie schwer er sich in dem Moment anfühlte. »Ist es dir möglich, deine Fantasien zu erläutern? Manches kann man mit einer miesen Kindheit oder einem prägenden Erlebnis erklären, aber manches, das so stark ist, dass wir seine Stimme immer flüstern hören, steckt in uns. Tief, doch es ist immer da, lauert in einer dunklen Ecke und möchte einfach nur raus. Du kannst dich vielleicht am Anfang entziehen, aber dir wird immer etwas fehlen. Das Flüstern wird zum Schreien, und du kannst an nichts anderes mehr denken als an die Röte, die deine zarte Haut überzieht, und an deinen Blick, der von Befriedigung und Erschöpfung verschleiert ist, wenn ich mit dir fertig bin.«

Sie schnappte nach Luft. Bingo. »Aber eigentlich solltest du wissen, wie es ist. Du bist devot, du kannst es dir nur noch nicht eingestehen, weil du denkst, es wäre ein Zeichen von Schwäche, aber das Gegenteil ist der Fall. Es hat etwas mit Hingabe zu tun. Und Vertrauen. Vertraust du mir, Eve?«

Sie trank einen Schluck, dann setzte sie das Glas ab und schüttelte mit dem Kopf. »Nein.«

Ich musste lachen. »Gut, das ist im Moment auch noch besser so.«

Eve zog fragend eine Augenbraue nach oben.

»Ich möchte dein Vertrauen gewinnen, das gehört dazu. Du bist eine starke Frau, im Leben wie in deinem Job, und hast einiges erlebt, das merke ich dir an. Aber sich auch fallen zu lassen und die Entscheidung jemand anderem zu übergeben, kann befreiend sein. Lass mich dieser Jemand sein, der dich befreien darf.«

Ich sah ihr an, dass sie immer noch Angst hatte, die sie blockierte und von ihren wirklichen Gefühlen trennte. Es gehörte für mich dazu, langsam mit ihr diese Furcht zu lösen. Erst wenn sie sich mir vollständig hingab, hatte ich mein Ziel erreicht und die Kontrolle über sie erlangt. Bei Dominanzspielen, wie man diese auch immer nannte, gehörte nicht dazu, jemand anderen zu quälen, damit man selbst Macht empfand. Denn eigentlich hatte der devote Part die Kontrolle. Nur wenn Eve in unserem Spiel vollständig aufging, konnte ich mich selbst fallen lassen. Dazu gehörte, dass ich sie kennenlernte. Mit ihrer Lust spielte, aber auch mit ihrer Angst, denn beides in den richtigen Dosen konnte ein wahnsinnig gutes Aphrodisiakum sein.

»Wir haben von Ehrlichkeit gesprochen, erinnerst du dich?« Sie nickte. Ich nahm ihr sanft das Weinglas aus der Hand und stellte es auf meinem Couchtisch auf einem

Untersetzer ab. Normalerweise musste ich diese Art von Gesprächen nicht führen, weil die Frauen, die ich sonst für mein Vergnügen nutzte, nie länger als eine Nacht in meinem Leben waren. »Erzähl mir von deinen Fantasien. Die dunklen, nicht die, die du deiner besten Freundin anvertrauen würdest.«

»Ich hab noch niemals mit jemandem darüber gesprochen«, erwiderte sie und senkte den Blick. So stark, wie sie in vielen Momenten wirkte, so sehr genoss ich auch diese Seite an Eve, die sich mir anvertraute und Schwäche zuließ.

»Das ist okay. Die meisten würden sie auch nicht verstehen.« Ich berührte sie mit dem Zeigefinger sanft an der Schläfe, und sie hob ihr Gesicht. »Ich schon.« Langsam löste ich mich von ihr.

»Ich denke darüber nach, wie es wäre … überfallen und ausgeliefert zu sein. In der Dunkelheit. Und mich nicht wehren zu können.« Ihre Stimme klang heiser, und ich kannte diese Erregung darin nur zu gut. »Andererseits habe ich auch Angst davor, es … gab da eine Situation in meinem Leben, in der ich ebenfalls die Kontrolle verloren hatte. Und ich möchte so etwas nicht wieder erleben.«

»Ich verstehe das, aber diese Furcht kann ich dir nehmen. Alles, was zwischen uns passiert, wird in Sicherheit geschehen. Vertrau mir, dass ich nichts ausnutzen werde und dir nichts passieren wird. Du hast Grenzen, die ich akzeptiere, die ich manchmal aber auch überschreiten werde. Weil ich es will. Aber du wirst zu keiner Zeit in wirklicher Gefahr sein. Sieh es als Spiel zwischen uns, in dem du dich endlich fallen lassen kannst, und vergiss alte Erfahrungen. Ersetze sie durch neue.« Ich rutschte näher zu ihr und nahm ihre Hand. Sie zitterte ein wenig, und ich unterdrückte den Drang, sie an mich zu ziehen, zu halten und zu beruhigen, denn ich war ganz schön krank, weil mir diese Angst eigentlich gefiel. »Willst du dich darauf einlassen und mir die Möglichkeit geben, es dir zu zeigen?«

Sie atmete langsam ein und aus, ließ meine Nerven vor Spannung flattern, bis sie knapp nickte. »Okay.« Das Wort kam mehr wie ein Hauch über ihre Lippen. Ich zog sie an ihrer Hand nach oben und stand mit ihr auf. Nach dieser Unterhaltung hatte ich nur noch einen Drang. Endlich zu beginnen.

»Zieh dich aus.«

»Was?«, erwiderte sie überrascht, als ich einen Schritt zurückging.

»Alles«, antwortete ich trocken, auch wenn ich kurz überlegt hatte, sie ihre High Heels anbehalten zu lassen. Aber ich wollte sie so, wie sie war. »Und ich sage dir jetzt ein letztes Mal, dass ich weder Fragen noch Zögern dulde.« Ich verschränkte die Arme vor der Brust.

Und auf einmal wechselte ihr Gesichtsausdruck. Sie wirkte nicht mehr verschüchtert oder unsicher. Ich sah in ihren Augen, dass sie sich darauf einließ. Auf unser Spiel. Auf mich. Und allein deshalb wurde es bedeutend enger in meiner Anzughose, was eigentlich kaum noch möglich war.

Langsam strich sie sich eine dicke, schwarze Haarsträhne nach hinten und öffnete den Reißverschluss an ihrer Taille. Ich sah dabei zu, wie sie mich nicht aus den Augen ließ und sich die Ärmel ihres weinroten Strickkleides von den Schultern strich. Sie zögerte, als der

Stoff ihre Brust berührte. Sie wusste genau, was sie tat. Wie sie mich um den Verstand brachte und mit meiner Beherrschung spielte.

Mit einem Rascheln kam das Kleid auf dem Boden auf, und sie stand nur noch in Unterwäsche, schwarzen Strümpfen und diesen verdammten Schuhen vor mir. Ich genoss den Anblick ihrer Rundungen. Das feste Fleisch ihrer schlanken Taille, die glatte, helle Haut und den Kontrast ihrer dunklen Wäsche.

Mein Atem stockte, als sie eine Hand hinter ihren Rücken führte, um ihren BH zu öffnen. War ich bereit für diesen Anblick? Denn ich wusste gerade selbst nicht, ob ich danach noch das durchziehen konnte, was ich eigentlich mit ihr geplant hatte.

Kapitel 18

Eve

Mein Atem ging bedrohlich schnell und ich hoffte, dass Cole mir meine Nervosität nicht ansah, als ich meinen BH öffnete und ihn von meinen Armen hinabgleiten ließ. Sein Blick war so intensiv, dass ich das Gefühl hatte, noch nie so gesehen worden zu sein. Natürlich hatte ich mich vorher Männern nackt gezeigt, und auch wenn ich nicht mehr so gertenschlank wie mit Anfang zwanzig war, war ich stets zufrieden mit mir gewesen. Aber Coles dunkler Blick und der Hunger, der darin lag, fuhr mir durch meinen gesamten Körper und ließ ihn vor Begehren zittern.

Niemand hatte mich auf diese Art betrachtet, es so genossen, wie ich mich vor ihm auszog und zeigte, wie ich war. Es gab nichts, womit ich mich verstecken konnte, und diese Form der Hilflosigkeit war gleichzeitig schwierig zu überwinden und andererseits wie ein Befreiungsschlag. Mit jedem Teil, das ich ablegte, konnte ich besser atmen.

Ich winkelte im Stehen mein linkes Bein an und streifte mir den Schuh ab, bevor ich es mit dem anderen gleichtat. Danach rollte ich Zentimeter für Zentimeter die Strümpfe nach unten.

Als ich die Daumen in den Saum meines Höschens hakte, ging auch Coles Atem nur noch stoßweise. Stille hallte so laut in seinem riesigen loftartigen Appartement zwischen uns, so ohrenbetäubend, dass ich es fast nicht aushielt. Die Spannung war greifbar und knisterte in der Luft.

Sex war immer schon gut für mich gewesen und ich hatte ihn stets genossen. Aber das hier war mehr. Viel mehr. Es war die Erfüllung all meiner schmutzigen Gedanken vereint in nur einem Mann. Drei Monate blieben uns ab jetzt, um jede meiner Fantasien umzusetzen, sodass ich noch Jahre danach davon zehren konnte.

Als ich mich auch meines Slips entledigt hatte, stand ich vor ihm und wartete auf die Unsicherheit. Aber sie kam nicht. Cole sah mich an, als wäre ich seine Form von Perfektion. Er ging einen Schritt auf mich zu, und ich spürte bereits die Berührung, die nun folgen sollte.

Stattdessen wandte er sich ab und lief ohne ein weiteres Wort in Richtung des Flurs, in dem die anderen Zimmer lagen. Eigentlich hatte ich damit gerechnet, dass diese Begegnung in seinem Schlafzimmer endete. Aber Cole war eben nicht berechenbar.

»Du gehst?«, fragte ich atemlos.

Er blieb stehen und drehte sich wieder zu mir um. »Ich will nicht gehen«, erwiderte er tief. »Ich will dich zeichnen.« Er wollte was? »Folge mir.«

Ich lief über den kalten Steinboden zu ihm und ging ihm den Flur hinunter bis zu einem Zimmer nach. Er öffnete die Tür, und ich spähte hinein. Er hatte keinen Scherz gemacht. Entweder er malte tatsächlich, oder er war in Wirklichkeit Jack the Ripper. Der Boden war mit einer Plane abgeklebt, und der Raum wirkte recht kahl. Außer den Leinwänden mit wunderschönen, dunklen Bildern und einer Farbpalette auf einem Tisch deutete nichts darauf hin, was er hier tat.

Er ging zu etwas, das ebenfalls mit einer Plane abgedeckt war, und zog das Plastik raschelnd hinunter. Eine schwarze Samtcouch kam zum Vorschein, die von der Aufmachung auch gut zu seinem Schloss gepasst hätte. Vielleicht hatte er sie sogar von dort.

»Leg dich hin und schließ die Augen«, sagte er und wartete, bis ich zu ihm kam. Ich tat wie angewiesen, obwohl ich das Zögern, meine Lider tatsächlich zu schließen, stark unterdrücken musste. Ich vernahm seine Schritte, die sich entfernten, bis er nach einiger Zeit zurückkam und sich weicher Stoff auf meine Augen legte. Als die Kühle meine Haut berührte, zuckte ich kurz zusammen, hob aber den Kopf, damit Cole den Stoff verknoten konnte. Er sagte nichts zu mir, stattdessen ließ er mich in meiner Ungewissheit allein und nackt auf dem Sofa liegen. Es vergingen Minuten über Minuten, bis ich das Zeitgefühl verlor, meine Glieder schmerzten und ich meine Beine und Arme am liebsten ausgestreckt hätte.

»Halte deine Position, ich bin noch nicht fertig«, vernahm ich seine Stimme etwas weiter entfernt im Raum. Es war also kein Scherz? Er zeichnete mich? Ich hatte erst einmal in meinem Leben Modell gestanden. In meiner Collegezeit verbrachte ich einen Sommer in Portugal und hatte dort ein paar heiße Tage mit Martim, der auf seinen Durchbruch als Künstler wartete. Aber der fast zu liebe Martim hatte nichts mit Cole gemeinsam. Auch nicht diese

Situation. Diesmal lag etwas anderes in der Luft. Erwartung. Spannung. Und Vorfreude. Was würde Cole tun, wenn er das Bild fertig hatte? Würde er mich dann endlich berühren?

»Ich sagte, du sollst stillhalten«, hörte ich Coles Stimme diesmal ungehaltener. Anscheinend hatte ich wieder begonnen, mich gedankenverloren zu bewegen. Aber mir fiel es schon immer schwer, abzuwarten. Ich war ein ziemlich ungeduldiger Mensch. »Modell für mich zu sein, war keine Bitte.«

Mir wurde heiß. Glühende Lava floss anstelle meines Blutes durch meine Venen. Allein wie Coles Tonfall sich innerhalb von Sekunden ändern konnte, noch härter wurde, ließ meinen Atem stocken. »Setz dich auf«, vernahm ich auf einmal seine Stimme dicht hinter mir. Nichts sehen zu können, machte diese gesamte Situation noch spannender. Ich roch ihn intensiver, spürte viel deutlicher den sanften Lufthauch, der an mir vorbeistrich, als er neben mich trat und die Wärme, die sein Körper ausstrahlte, mich weiter erhitzte. Allein der Gedanke an seinen Anblick und das Gefühl, ihn direkt neben mir zu haben, brachte mich um den Verstand. Was hatte er nun vor? Würde er mich bestrafen? Auf welche Weise?

Seine Finger strichen sanft über meine Schultern. Ich hätte niemals vorher gedacht, dass ein Mann, der so eiskalt wirkte wie er, so zärtlich sein konnte, aber ich liebte den Kontrast und seine Facetten schon jetzt. Liebe? Gott, was dachte ich denn? Allein das zeigte, dass mich meine fehlenden Sinne gerade durchdrehen ließen!

Der Stoff seiner Kleidung streifte kurz meine Haut, als er sich hinabsenkte und mein Ohrläppchen zwischen seine

Zähne nahm. Wie konnte er nach all dem, was sich aufgebaut hatte, immer noch so zurückhaltend sein? Ich wollte ihm entgegenbrüllen, mich endlich zu nehmen! Aber dann würde er garantiert genau das Gegenteil tun.

»Normalerweise müsste ich dich für deinen Ungehorsam bestrafen«, flüsterte er rau. Er packte fest meine Haare und zog meinen Kopf nach hinten. Dann spürte ich seine Zähne an meiner Kehle entlangschaben. Leicht, aber doch mit so viel Druck, dass ich völlig stillhielt. »Aber ich möchte viel lieber wissen, wie du schmeckst. Das frage ich mich schon die ganze Zeit und kann es kaum noch erwarten, es endlich herauszufinden.« Unter dem Tuch presste ich die Lider noch fester zusammen. Seine Lippen strichen an meinem Hals nach unten, und während seine Hand meine Haare immer noch in unbarmherzigem Griff hatte, spürte ich Küsse in Richtung meiner Brustwarze. Ich stöhnte und bäumte mich gegen seinen Griff auf, als er sie endlich traf. Das Ziehen an meiner Kopfhaut ließ mich stillhalten, bis er begann, über meine Brustwarze zu lecken und sie danach zwischen die Zähne zu saugen. Es war um mich geschehen. Allein diese Berührung ließ ein Feuerwerk zwischen meinen Beinen explodieren, und ich war mir sicher, dass ich kommen würde, wenn er weitermachte. Doch leider tat er mir diesen Gefallen nicht, stattdessen hörte er auf, und ich seufzte enttäuscht. Ein raues Lachen drang an meine Ohren.

»Noch nicht. Du wirst erst kommen, wenn ich es dir sage«, erwiderte er hart.

Er ließ meine Haare los und drückte mich bestimmend nach unten, sodass ich mit dem Rücken wieder auf dem

Polster lag. Einige Sekunden passierte nichts, bis seine Lippen erneut meine Haut berührten und ich zischend die Luft einzog. Er umkreiste meinen Bauchnabel, fuhr weiter und küsste den Ansatz meines glatten Venushügels. Ich hielt es kaum noch aus, konnte den Drang nicht verhindern und senkte die Hände, um seine Haare zu packen, aber er war schneller und umfasste meine Handgelenke.

»Du bekommst, was du willst, aber du musst dich in Geduld üben«, sagte er tadelnd und führte meine Hände über meinen Kopf. »Da oben bleiben sie, oder ich fessle sie. Verstanden?« Ich nickte und presste die Lippen aufeinander. Süße, lustvolle Qual. Wie konnte man etwas gleichzeitig hassen und lieben?

Mein Körper spannte sich immer weiter an, ich konnte nicht verhindern, dass sich mein Becken nach oben schob und ich wimmerte. Ich war noch niemals so scharf gewesen wie in diesem Moment. Und Cole spürte das. Er spielte mit mir, fuhr mit seinen Fingernägeln über meine Oberschenkel und packte danach fest zu, sodass sicherlich auch morgen noch Spuren zu sehen waren. Er begann über meine Haut zu streicheln, und ich entspannte mich erneut. Dieser Wechsel aus Härte und Zärtlichkeit machte mich wahnsinnig. Meine Schenkel kippten auseinander, und ich bot mich ihm so, mit allem, was mein Körper zu bieten hatte, an. Und dann passierte es endlich. Zuerst spürte ich nur seinen warmen Atem, der mich streifte, und seine Hände, die sich unter mich schoben und fest meine Pobacken umfassten. Mich ihm entgegendrückten. Seine Zunge teilte meine Schamlippen, und das Brummen, das tief aus seiner Kehle kam, vibrierte bis in mein Innerstes.

Ich bäumte mich auf, stöhnte ungehemmt, während sich Cole mir mit voller Hingabe widmete und seine Zunge auf meine Klit traf, sie umkreiste und mich mit sanftem Druck an den Rand einer gigantischen Explosion schob. Zwei seiner Finger drangen in mich ein, bewegten sich erst langsam und steigerten sich dann erbarmungslos mit den Bewegungen seines Mundes. Das Glühen in meinem Inneren wurde zu einem ausgewachsenen Feuer. Ich stöhnte immer wieder seinen Namen, sehnte die Erleichterung herbei und wollte dieses unbeschreibliche Gefühl trotzdem noch hinauszögern, um es länger auskosten zu können. Aber es ging nicht. Meine Finger verkrampften sich um die Lehne des Sofas, dass ich dachte, ich würde sie mir brechen. Es war hoffnungslos, es noch länger zurückzuhalten, so gut und gekonnt waren Coles Berührungen. So heftig trieb er mich damit immer weiter voran in eine Sackgasse, aus der ich unmöglich noch umkehren konnte. Es gab nur noch ein Ziel. Erleichterung.

»Jetzt«, wisperte er, presste seinen Mund gierig gegen meine Scham, und ich konnte die gigantische Welle, die mich mit sich riss und mich ertrinken ließ, nicht mehr aufhalten. Ich kam so heftig, dass ich für einen kurzen Moment nichts mehr wahrnahm und mein lautes, raues Stöhnen sich fremd in meinen Ohren anhörte. Mein Orgasmus erfasste mich in Wogen, die sich hoben und wieder absenkten, bis ich erschöpft auf dem Polster zusammensackte. Die ganze Zeit über spürte ich Cole. Er war da, begleitete mich durch die Höhen und Tiefen, die er mir schenkte, und fast hätte ich ihn um mehr angebettelt. Mehr, weil dieser eine Höhepunkt zwar für den Moment ausreichte, aber nicht für immer.

Doch plötzlich fühlte ich Cole nicht mehr. Kälte zog über meinen Körper, auf die er direkt mit Gänsehaut reagierte.

Ich gönnte mir einige Sekunden, um zu Atem zu kommen, dann hob ich vorsichtig die Augenbinde an und schob sie mir über den Kopf. Cole war zurück zu seiner Leinwand gegangen und räumte Pinsel und Farbe beiseite. Ich hatte nicht vermutet, nach dieser Sache Liebesbekundungen zu erhalten, aber dass er mir nun direkt danach die kalte Schulter zeigte, auch nicht.

Langsam erhob ich mich und stand auf wackligen Beinen. Ich wollte zu ihm hinübergehen, auf die Knie sinken und mich revanchieren, aber irgendetwas an seiner Art und dieser Mauer, die ihn auf einmal umgab, verhinderte es.

Anderseits hatte ich den Jackpot geknackt. Einen Mann, der so mit seiner Zunge und dem Mund umgehen konnte, mich verwöhnte und keine Revanche wollte, hatte ich noch nicht erlebt. Es war genauso wie vereinbart. Ein Spiel und danach ging es weiter wie bisher. Kein Kuscheln. Kein Reden. Keine Gefühle. Und dadurch Sicherheit.

»Danke.« Trotzdem hatte ich den Drang, mich wenigstens bedanken zu müssen. Er nickte nur knapp, sah mich aber weiterhin nicht an.

»Frische Handtücher sind im Bad, wenn du noch duschen möchtest, bevor ich dich heimbringe«, sagte er und wandte sich endlich wieder zu mir. Doch eigentlich schaute er nur in meine Richtung, denn er vermied weiterhin Blickkontakt. Ich erinnerte mich an Ians Worte.

Cole wollte nur seine Gelüste befriedigen, aber niemanden an sich heranlassen. Ian hatte unrecht, wenn er dachte, Cole würde sich für jemanden öffnen, aber er lag auch falsch, wenn er annahm, dass ich das wollte.

»Nein danke, ich dusche zu Hause und fahre mit dem Taxi, du musst mich nicht extra heimbringen.« Ich ging auf ihn zu, stellte mich auf die Zehenspitzen und stützte mich an seinem Arm ab, als ich ihm einen Kuss auf die Wange drückte. Ich hatte keine Ahnung, wieso ich das tat, denn diese Geste passte so überhaupt nicht zu unserem Arrangement oder der Art, wie er nun zu mir war. Trotzdem wollte ich wenigstens *irgendetwas* tun.

Cole packte mich plötzlich am Oberarm, und endlich trafen seine Augen wieder meine. Ich konnte seinen Blick nicht ganz deuten. War es … Bedauern? Hatte er sich doch etwas anderes vorgestellt und ich ihn enttäuscht? War er deswegen so merkwürdig und wollte nun sogar diese Vereinbarung platzen lassen?

»Ich kann auch noch bleiben, wenn du auch …«

»Nein«, antwortete er streng auf meine Andeutung, ihm ebenfalls Erleichterung zu verschaffen. Denn das hatten wir doch beschlossen, oder? Hatte ich es immer noch nicht verstanden, um was es bei der ganzen Sache ging? Anscheinend. »Schon okay. Ich melde mich«, erwiderte er sanfter und ließ mich los. »Ich rufe dir wenigstens einen Fahrer.«

Weil ich zu müde für Widerworte war, nickte ich nur knapp und lief in das Wohnzimmer, um meine Sachen zu holen. Denn auch wenn ich körperlich befriedigt war, spielte mein Kopf immer noch verrückt.

Kapitel 19

Cole

Die Tür fiel ins Schloss und ich hatte mich immer noch nicht bewegt. Reglos stand ich mitten in meinem Atelier und wartete darauf, dass die Leere mich mit ihren dürren, knöchrigen Fingern packte. Und da war sie wieder. Zuverlässig wie eh und je.

Ich wusste selbst nicht, was mit mir los gewesen war, nachdem ich Eve Vergnügen bereitet hatte. Viel Vergnügen, wie ihre roten Wangen, ihr schneller Atem und das selige Lächeln, das nach ihrem Orgasmus auf ihren Lippen gelegen hatte, zeigten. Und mir hatte es ebenfalls Spaß gemacht, ihr diesen Höhepunkt zu entlocken. Sie war verdammt heiß, wenn sie sich in ihrer Lust verlor, und eigentlich hatte ich weitaus mehr mit ihr geplant als das.

Aber es ging nicht.

Wieso ging es nicht? Fuck!

Mein Herz raste immer noch, meine Finger waren feucht, und mein Schwanz war härter als je zuvor in meinem Leben.

Ich musste sie haben und gleichzeitig wusste ich, dass es diesmal nicht war wie sonst. Ich wollte so viel mehr mit

Eve machen. Sie fesseln, sie fixieren, sie markieren, sie ficken und mich von ihr auf meine Anweisungen ficken lassen. Spuren auf ihrer hellen Haut verteilen. Rot. Blau. Meinen Namen mit all meinen Taten in ihre Seele brennen.

Wut ballte sich in meinem Inneren zu einem Knäuel und wuchs in meinem Magen an. Mir wurde übel. Ein fahler, bleierner Geschmack von Blut, Abscheu und Angst lag auf meiner Zunge.

Ich war wie *er*. Obwohl ich nicht so sein wollte und alles dafür getan hatte, anders zu werden. Bis ich mich meinem Schicksal ergeben hatte und einsehen musste, dass es zwecklos war.

Dennoch war ich verdammt noch mal so wie *er*. Und hasste es. Trotz allem.

Ich brauchte eine kalte Dusche. Danach würde es mir besser gehen, ganz bestimmt. Und die Leere, die mich nun vollkommen aushöhlte, würde sich wieder anfühlen wie immer. Ich war es gewohnt, so zu empfinden, also wieso um Himmels willen spürte ich sie nun so extrem?

Im Badezimmer angekommen, zog ich mich aus und schmiss meine Klamotten in den Wäschekorb. Ich ging in meine ebenerdige Dusche und stellte das Wasser an. Kalt. Noch kälter. Geräuschvoll atmete ich tief ein und aus, senkte den Kopf und ließ den eiskalten Strahl über meinen Körper perlen. Damit ich etwas fühlte. Irgendetwas anderes als diese verdammte Leere.

Mein Blick wanderte auf die hellen Narben, die meine Handgelenke zierten und über die Rinnsale liefen und im Abfluss verschwanden.

Ein Versuch. Aber ich war noch nicht bereit dazu gewesen, in die Hölle geschickt zu werden.

Er hatte versagt.

Und nun würde ich alles dafür tun, weiterzumachen wie bisher, weil es das Einzige war, was ich konnte.

Kapitel 20

Eve

»So weit alles klar, oder? Dieser Deal ist so verdammt wichtig für uns!« Mein Partner Aidan wirkte nervös. Vielleicht, weil sein Vater immer noch ein Auge auf die Kanzlei warf und Aidan ihm beweisen wollte, dass er alles unter Kontrolle hatte. Ich wandte mich von der Aussicht aus dem Limousinenfenster ab und richtete meine Aufmerksamkeit zurück auf ihn. Zumindest so weit ich mich heute Abend konzentrieren konnte. Denn ich dachte an Cole und wie er vor zwei Tagen in seinem Appartement zu mir gewesen war und vor allem warum.

Sollte es so nun immer sein? Ich wollte die pure Lust, die er mir angeboten hatte. Die Aussicht auf die Erfüllung meiner Fantasien. Aber ich zweifelte, denn auf das Gefühl, nach dem Sex ein störender Klotz am Bein zu sein, war ich nicht unbedingt scharf. Drei Monate abgemacht oder nicht. Ich hatte lange genug in meinem Leben gespürt, was es hieß, unerwünscht zu sein, und machte so etwas niemals wieder mit.

»Du bist alle Unterlagen durchgegangen, oder?«, fragte Aidan. Mein Partner war nur zwei Jahre älter als ich, und ich wusste, dass er in unserem Job knallhart sein konnte.

Auch wenn er mit seinen blonden Haaren und den braunen Augen mit diesem speziellen vertrauensvollen Blick harmloser wirkte. Zumindest brachte dieser ihm einen Vorteil vor Gericht und bei seinen zahlreichen Eroberungen. Sein Vater, dessen Platz in der Kanzlei ich eingenommen hatte, wünschte sich für ihn eine anständige Frau und Kinder. Aber Aidan war noch lange nicht bereit für so einen Schwachsinn, wie er es nannte. Auch das verband uns, denn wir teilten die gleichen Ansichten, was Beziehungen betraf.

Abgesehen davon arbeitete ich gerne mit ihm zusammen. Anders als viele andere Anwälte war er einer der ehrlichen Vertreter, und ich vertraute ihm nach all den Jahren, in denen wir uns kannten.

Wir befanden uns auf dem Weg zu einem Geschäftstermin, der beim Abendessen in einem Restaurant stattfand. Ich unterstützte Aidan hin und wieder, genauso wie er es bei mir tat. Er arbeitete nicht wie ich im Bereich des Scheidungsrechts, sondern hatte sich auf Wirtschaftsrecht spezialisiert. Bei so einem wichtigen Termin und wenn es um verdammt viel Geld und die Zukunft der Kanzlei ging, fühlten wir uns besser, wenn wir zu zweit auftraten.

»Selbstverständlich. Ich bin voll im Thema, Bianca hat mir alle Unterlagen gegeben.«

»Gott.« Aidan fuhr sich mit den Händen durch das Haar und lehnte sich zurück in den Ledersitz. Auf seinem Schoß und über die Rücksitzbank hatte er massenhaft Unterlagen verteilt. Sein Fahrer brachte uns glücklicherweise an unser Ziel, damit wir uns in Ruhe auf diesen Termin vorbereiten konnten. »So nervös war ich schon lange nicht mehr.«

»Brauchst du nicht«, beruhigte ich ihn und tätschelte seine Schulter. Wir kannten uns seit unserem Studium und waren gute Freunde geworden. Außer einem Kuss auf einer Collegeparty, der unter Alkoholeinfluss passiert war, war nie mehr zwischen uns gelaufen. Und würde es auch garantiert nicht. »Du hast dich wochenlang auf diesen Termin vorbereitet. Die CEOs der *Lighthouse Health* wissen, wie gut du in deinem Job bist. Sie wären bescheuert, wenn sie dich nicht für den Fall gegen die *Johnsons Brothers* engagieren.«

Aidans Fahrer Luis stoppte den Wagen, und ich spähte hinaus. Wir standen genau vor dem Eingang des Restaurants *Fujiwara.* Ein schwarzer Teppich führte ins Innere, und unter dem dunklen Vordach waren goldgelbe Lichterketten angebracht, die eine einladende Atmosphäre verbreiteten. Den Laden gab es seit über einem Jahr, und Aidan und mich verschlug es oft auch außerhalb unserer Termine hierher. Ich mochte die gehobene japanische Küche, die sie hier anboten, und den Flair, den die Einrichtung versprühte. Wie aus einer anderen Welt und ziemlich gut zum Abschalten. Nur heute würde mir das sehr wahrscheinlich nicht wirklich gelingen.

Luis öffnete meine Tür und half mir hinaus. Eiskalter Wind wehte mir ins Gesicht, und ich zog den Kragen meines Mantels höher. Wenn es Richtung Februar ging, hatte ich das Gefühl, der Winter wollte noch mal zeigen, was er alles draufhatte. Ich war eher ein Sommerkind. Hitze machte mir nichts aus, Kälte war nicht gerade mein Ding.

Aidan stieg hinter mir aus und legte seine Hand auf meinen unteren Rücken. »Danke«, flüsterte er mir zu und lehnte sich ein Stück zu mir. Aidan war nie anzüglich oder zweideutig in meine Richtung gewesen, schon gar nicht, seitdem wir zusammenarbeiteten und er mich damals eingestellt hatte. Also war mir diese Vertrautheit zwischen uns nicht unangenehm, sondern im Gegenteil, sie machte unsere Zusammenarbeit um einiges einfacher. Deswegen wehrte ich mich auch nicht, hakte mich bei Aidan unter und ließ mir von ihm drinnen aus dem Mantel helfen.

Das Restaurant war gerappelt voll. Ganz traditionell saß man hier auf Kissen auf dem mit dunkelbraunen Bambusmatten belegten Boden und aß mit Stäbchen von fein verzierten Porzellantellern, die auf einem kniehohen Holztisch lagen. Die Wände waren goldfarben gestrichen, und Lampen hinter viereckigen Vertäfelungen spendeten indirektes, gemütliches Licht in dem quadratischen Raum. In der Mitte standen die Köche, die live das Essen über offenem Feuer zubereiteten. Als wir an ihnen vorbeiliefen, bewunderte ich fasziniert, wie einer von ihnen in Lichtgeschwindigkeit einen Fisch in kleine, gleichmäßige Teile schnitt. Ich würde mir dabei garantiert den Finger abhacken.

Der Kellner führte uns an einen Tisch in der Ecke, an dem bereits vier Menschen saßen. Es war unkonventionell, ein Geschäftsessen auf dem Boden abzuhalten, aber genau das machte unsere Kanzlei aus. Außerdem waren die Speisen hier fantastisch, und das sahen auch die meisten unserer Klienten so.

»Guten Abend, Mrs Smith, guten Abend, Mr Spark«, begrüßte uns der CEO Mr Jenkins. Er trug einen gut sitzenden dunklen Anzug, hatte seine braunen Haare mit Gel zu einem Seitenscheitel gekämmt, wirkte aber überhaupt nicht schmierig. Im Gegenteil. Auch wenn er sicherlich zehn Jahre älter war als ich, war er äußerst attraktiv. Er lächelte charmant, als er mir fest die Hand schüttelte. Anders als sein Partner Mr Gamble, der zwar einen ebenso souveränen Eindruck machte, mich aber abcheckte, als würde ich nicht einen knöchellangen, apricotfarbenen Plisseerock und eine helle Seidenbluse tragen, sondern überhaupt nichts. Sein feuchter Händedruck war mir deutlich unangenehmer und nur halb so kräftig wie der seines Kollegen. Man merkte schnell an dieser einen Geste, wenn ein Mann eine Frau ernst nahm. Entweder er sah sie wie ihre männlichen Kollegen und schüttelte dementsprechend fest die Hand oder es war eher ein Streicheln. Nichts fand ich herablassender als einen laschen Handschlag.

Ich ignorierte diesen Umstand, und Mr Jenkins stellte uns einen weiteren jüngeren Mann als seinen Assistenten vor, der neben ihm stand.

Ich trug gerne Röcke, weil ich mich zum einen gut angezogen fühlte und sie mich zum anderen gerade beim Essen nicht einengten. Welche Frau kannte dieses Problem mit engen Hosen nicht? Aufgrund unserer Sitzpositionen hatte ich mich extra für eine lange Variante entschieden, die kaum etwas von meinen Beinen freigab. Trotzdem spürte ich Gambles Blicke auf mir während des gesamten Gesprächs, das sich die ersten dreißig Minuten nur um die zukünftige Betreuung durch unsere Kanzlei drehte.

»Mrs Smith, Sie können gerne Ihren Lebensgefährten zu unserem alljährlichen Frühlingsfest einladen«, sagte Mr

Jenkins freundlich, und sein Partner beäugte mich neugierig.

Ich lächelte und ließ mir nichts anmerken. »Ich bin derzeit alleinstehend«, antwortete ich, denn das, was Cole und ich hatten, trug ganz bestimmt keine passende Bezeichnung, die ich hier am Tisch preisgeben konnte.

»Ach tatsächlich?«, fragte Mr Gamble, und Aidan bedeckte sofort meine Hand, die auf dem Tisch lag, mit seiner. Er war feinfühlig und hatte bemerkt, wie unwohl ich mich bei Mr Gambles schmierigen Blicken fühlte.

»Ms Smith muss wohl mit mir vorliebnehmen, denn wir begleiten uns mit Freude gegenseitig zu solchen Events. Eve und ich kennen uns seit unserer Collegezeit.«

»Erzählen Sie mehr, das klingt spannend.« Dieser Typ ging mir gehörig auf den Nerv. Das hier war ein Geschäftstermin, kein lustiges Beisammensein, bei dem man peinliche Geschichten von früher erzählte.

»Da gibt es eigentlich nicht wirklich viel«, gestand ich, um dem Thema ausweichen und wieder zurück zum Geschäft wechseln zu können.

»Nein? Ich kann mir vorstellen, Sie waren eine wilde Studentin.« Würg.

»Rich, ich denke, Ms Smith hat ein Recht, ihr Privatleben für sich zu behalten«, mahnte Jenkins, und man hörte definitiv heraus, wie unangenehm ihm das Benehmen seines Partners war. Wollten wir wirklich für so eine Firma arbeiten? Wenn ich Gamble öfter sehen müsste, würde ich mich jedes Mal davor krankmelden und eine richtig fiese Magen-Darm-Grippe vortäuschen. Vielleicht verging ihm dann die Lust.

»Selbstverständlich«, sagte Gamble, aber ich spürte immer noch seine Blicke auf mir. Während die Männer nun auf ein anderes Thema zu sprechen kamen, seufzte ich leise erleichtert auf und schaute weiter in den Raum. Und da sah ich ihn. Er saß nur vier Tische entfernt. Cole.

Zur Abwechslung trug er ein weißes Hemd, kein Jackett, dafür eine schwarze Weste, die seine muskulösen Oberarme betonte. Sein Gesicht wirkte regungslos, genau wie seine Miene, aber sein Blick wanderte zu Aidan neben mir und seiner Hand, die immer noch auf meiner lag.

Würde er mir deswegen eine Szene machen? Was sollte ich tun, ihn herausfordern oder zu ihm gehen und ihn ansprechen?

Ich zog meine Hand unter Aidans hervor und wusste, er hatte sich mit dieser Berührung nichts gedacht, sondern wollte mich nur vor Gamble schützen. Aidan warf mir in der Unterhaltung ein warmes Lächeln zu und wandte sich dann wieder an seine Gesprächspartner, als wäre nichts gewesen. In meiner Tasche, die neben mir auf dem Boden lag, vibrierte es, und als ich Cole ansah, legte er gerade sein Handy zurück auf die Tischplatte und zog eine Augenbraue nach oben.

Unauffällig sah ich auf mein Display. Die Unterhaltung am Tisch drehte sich um Baseball, sowieso ein Thema, in dem ich mich nicht auskannte. Sollten die Männer nur fachsimpeln.

Cole:

Wer ist er?

Sollte ich lachen oder weinen auf diese Frage?

Eve:

Mein Geschäftspartner. Ich habe ein Geschäftsessen und keine Zeit für Spielchen!

Mehr schrieb ich nicht, denn mehr Information hatte er auch nicht verdient. Er schmiss mich förmlich aus seinem Appartement, ließ Tage nichts von sich hören und saß dann auf einmal hier am Tisch, um mich zu beschatten? Ernsthaft? Meine Unsicherheit wuchs an und wechselte zu Wut.

Cole:

Ob du Zeit hast oder nicht, bestimme immer noch ich! Wieso berührt er dich?

Meinte er das verdammt noch mal ernst? Wenn er mich kontrollierte, wenn wir allein waren, okay, aber in dieser Situation war das völlig unangebracht!

»Eve, finden Sie auch, dass die New York Yankees in dieser Saison besser vorbereitet sind?«, wollte mich Jenkins in das Gespräch miteinbeziehen.

Ich lächelte freundlich und sah von meinem Handy auf. »Es tut mir leid, Baseball ist nicht gerade mein Metier.«

»Und uns tut es leid, wenn wir Sie gelangweilt haben sollten«, sagte er und fuhr sich beschämt über das Kinn. Wenn die Firma nur ihm gehören würde, hätte ich keinerlei Bedenken, mit ihnen zusammenzuarbeiten.

»Haben Sie garantiert nicht, keine Sorge.«

Wieder vibrierte mein Telefon. Ich sah hinüber, und Coles Miene wurde noch düsterer. Wenn das überhaupt möglich war. Er tötete alle Männer am Tisch mit seinen Blicken, und sein Kiefer verhärtete sich nun deutlich sichtbar. Ich wollte ihn nicht verärgern, wirklich nicht, aber wenn er sich durch den Umstand eines geschäftlichen Essens so anstellte, dann würde unsere Vereinbarung nicht funktionieren.

Aidan begann ein Thema, das nur an mir vorbeilief, stattdessen spähte ich erneut auf mein Telefon. Ich kam mir dabei selbst schlecht vor, denn das war bei einem derartigen Termin mehr als unhöflich. Doch bevor ich Coles Nachricht öffnen konnte, schob sich Gamble zu mir rüber. Sein Atem roch nach dem Sake.

»Na, doch einen eifersüchtigen Freund zu Hause?«, fragte er leise, und ich lehnte mich ein Stück zurück, um ihm zu entkommen. Unauffällig spähte ich an ihm vorbei und sah, wie Cole uns starr fixierte. Vielleicht stellte er sich gerade vor, wie es wäre, Gamble umzulegen. Diesmal hatte ich nichts dagegen.

Gamble direkt zu sagen, dass es ihn einen Scheiß anging, wer mir schrieb, konnte ich nicht, wenn ich Aidan diesen Deal nicht versauen wollte. Also blieb mir nur, gekünstelt zu lachen und den Kopf zu schütteln. »Nein, nein, nur ein anderes kleines, lösbares Problem.«

»Dann bin ich ja froh. Wie wäre es eigentlich, wenn wir nach diesem Essen noch irgendwohin gehen, wo es … gemütlicher ist?«

Vielleicht spielte ich die Magen-Darm-Grippe doch vor? Ich könnte erzählen, dass mir vom Essen übel war …

»Das hört sich nicht schlecht an, aber Aidan und ich müssen später noch etwas vorbereiten.«

»Um diese Uhrzeit?«

»Der frühe Vogel und so«, sagte ich und lachte erneut falsch. »Aber ich fühle mich sehr von Ihrem Angebot geschmeichelt.« *Ganz bestimmt nicht.* »Jetzt muss ich mich allerdings für einen kleinen Moment entschuldigen.«

Ich steckte mein Handy zurück in die Tasche und nahm sie mit, während ich aufstand. Aidan war sofort zur Stelle und half mir hoch, indem er meinen Arm ergriff. »Bin gleich wieder da, sieh zu, dass du Gamble beschäftigst«, zischte ich ihm zu, und er verkniff sich ein Lachen.

»Geht klar.«

Als ich zu den Toilettenräumen lief, hoffte ich, dass Cole mir folgte. Damit ich ihm sagen konnte, dass solch ein Auftritt nicht funktionierte! Er hatte selbst die Regel aufgestellt, dass Privates oder Geschäftliches nichts mit unserem Arrangement gemeinsam hatte! Also wieso mischte er sich nun so in mein Leben ein?

Als ich an ihm vorbeilief, schwang ich beim Gehen betont meine Hüften und warf ihm nur einen flüchtigen Blick zu, als wäre er mir egal.

Ich sah im Augenwinkel, wie er meinen Bewegungen mit harter Miene nur mit seinem Blick folgte. Vielleicht würde er mir nun endlich zeigen, wie dunkel die Schwärze in seinem Inneren war …

Doch auch zehn Minuten später, die ich im Flur auf ihn wartete, war nichts von ihm zu sehen. Ich war enttäuscht, als ich wieder hinauslief und seinen Platz leer vorfand. Einzig seine letzte Nachricht blieb mir.

Cole:

Spiele niemals ein Spiel, von dem du die Regeln nicht beherrschst.

Hatte ich es mir nun durch meine Aktion komplett mit ihm verscherzt?

Man sollte schließlich niemals mit einem hungrigen Wolf spielen, wenn man lebend aus der Sache herauskommen wollte.

Kapitel 21

Eve

Nach dem Essen hatte ich glücklicherweise die Avancen von Gamble abwehren können, und Aidan hatte mich heimgefahren.

Selbst als ich geduscht im Bad stand und bereits mein Nachthemd anhatte, dachte ich noch über Cole nach. Ich nahm an, mit dem, was wir bei ihm besprochen und festgelegt hatten, wäre alles klar gewesen. Aber irgendwie hatte sich das Spiel geändert, obwohl es noch gar nicht richtig begonnen hatte. Es war zu etwas anderem geworden, etwas, das mir auch ein Stück weit Angst machte. Oder gehörte genau das dazu? Dass es keine Regeln gab? Und ich nicht wusste, was als Nächstes passierte?

Meine Wohnung war nicht gerade protzig eingerichtet. Im Gegenteil. Ich mochte es lieber gemütlich, und dabei schaute ich nicht auf das Preisschild eines Möbelstückes, sondern ob es mir gefiel. Mein Grandpa hatte früher ein Antiquitätengeschäft besessen, und ich war oft nach der Schule bei ihm und meiner Grandma gewesen, weil es zu Hause häufig nicht mal etwas zu essen gab. Dabei lernte ich viel über antike Möbel und hatte ein Faible dafür entwickelt, sie aufzubereiten. Vielleicht gefiel mir deshalb Coles Schloss so gut. Es war zwar groß und protzig, aber die alten Steine erzählten weitaus mehr Geschichten als das nagelneue Appartement mit Dachterrasse, Infinity Pool, Blick auf die Skyline und Luxusausstattung.

Meine Wohnung bestand deshalb aus zusammengewürfelten Möbeln und Liebhaberstücken, die ich teilweise selbst restauriert hatte. Obwohl mir bewusst war, dass die meisten Menschen der heutigen Zeit samtbezogene Sessel oder verzierte Kommoden mit goldenen Knöpfen als altbacken bezeichnet hätten. Mir brachte allein die Arbeit mit Holz unglaublich viel Entspannung, auch wenn ich aus Zeitgründen schon lange nicht mehr an einem Stück gearbeitet hatte.

Ich wohnte hier bereits seit meinem Studium und kannte mein Zuhause in- und auswendig. Deshalb schaltete ich auf dem Weg vom Badezimmer zu meinem Schlafzimmer über den Flur nicht mal Licht an. Der Schein, der durch die geöffnete Wohnzimmertür und die Straßenlaterne vor dem Fenster in das Innere drang, reichte aus. Doch irgendetwas war diesmal anders. Die Luft flirrte förmlich vor Spannung, sodass sich meine Nackenhaare aufstellten.

Panik entflammte in meinem Inneren und rief Bilder aus meiner Vergangenheit wach, die ich tief vergraben hatte. Geschehnisse an die ich nie wieder denken und die ich vor allem nicht noch mal erleben wollte.

Kurz bevor ich auf den Lichtschalter drücken konnte, wurde ich mit Schwung herumgewirbelt und mit meiner Vorderseite gegen die Wand gepresst. Ich wollte schreien, aber eine große Hand legte sich hart auf meinen Mund.

Die andere kesselte mich so ein, dass ich unmöglich entkam. Als ich versuchte, mich zu wehren, fuhren kräftige Finger zu meiner Kehle und drückten zu. Nicht schmerzhaft, doch stark genug, damit mir dieser Griff unmissverständlich sagen konnte, dass ich mich tunlichst ruhig verhalten sollte. Mein Atem ging so schnell, dass aufblitzende Sterne vor meinen Augen auftauchten.

»Du hast gefälligst meine Fragen zu beantworten«, knurrte Cole, und ich war gleichzeitig beruhigt und ängstlich. Wieso tat er so etwas? Wieso drang er in meine Wohnung ein? Wollte er spielen und das war die Erfüllung meiner Fantasie oder war er in Wirklichkeit nur unfassbar wütend? Ich konnte kaum klar denken, aber es war beunruhigend, dass ich beim ersten Anzeichen auf ihn förmlich zerfloss.

Ich spürte seinen harten Körper durch den dünnen Stoff meines Nachthemdes. Seine Hand löste sich von meinem Mund, nur um sich fest in meiner Taille zu vergraben. Sein abgehackter Atem hing schwer in der Stille meiner Wohnung, und ich spürte diese enorme Spannung, die sich aufbaute wie ein drohendes Gewitter. Bald wäre es nicht mehr aufzuhalten und würde ausbrechen. Und ich konnte diesen Moment kaum noch erwarten.

»Ich dachte, ich hätte unmissverständlich klargemacht, dass es keine anderen Partner gibt.«

»Ich …«

»Still«, unterbrach er mich barsch, und ich verstummte. »Für Reden ist es zu spät, du musst nun mit den Konsequenzen leben.«

Grob riss er meine Arme nach hinten, und mir entwich ein Keuchen. Dann wickelte er irgendetwas Ledernes um meine Handgelenke und drückte mich danach wieder gegen die Wand. Durch das dämmrige Licht sah ich nur Schemen, und meine anderen Sinne waren zum Zerreißen gespannt. Was würde er als Nächstes tun? Würde er mich schlagen? Oder gar Schlimmeres? Etwas, das mir sogar gefiel?

Immer wieder kreiste in meinem Kopf das Wort *Vertrauen* und drängte die Panik, die aufflammte, ein Stück zurück. Das alles musste zu unserem Spiel gehören, zu meiner Fantasie, die ich ihm erzählt hatte. Oder war er wirklich wütend? Sollte ich es herausfinden und ihn extra reizen oder wäre das besser keine gute Idee? Ich wollte ihn so sehr, dass es wehtat, und doch fühlte es sich merkwürdig fremd an, so angepackt zu werden. Hart. Besitzergreifend. Als würde er niemals fragen und sich einfach das nehmen, was er begehrte. Das Kuriose dabei war, dass ich von Anfang an das Gleiche wollte. Ich wollte von ihm genommen werden.

Mit der einen Hand fixierte er mich an der Wand, mit der anderen begann er, mein Nachthemd nach oben zu schieben. »Alle an diesem Tisch waren scharf auf deinen Arsch.« Er beugte sich nach vorne und biss in meine Schulter, knapp neben dem dünnen Träger. Wieder schrie ich auf, und der pochende Schmerz vermischte sich mit der Lust, die sich in meiner Mitte aufbaute. »Aber er gehört mir, ganz allein. Dein gesamter Körper gehört mir, du gehörst mir. Sag es«, wies er mich rau an.

Meine Halsschlagader hämmerte. Ich räusperte mich. »Er gehört dir.«

»Und niemand berührt, was mir gehört.« Ein dunkles Brummen kam aus seiner Kehle, und seine Finger gruben sich tief in meinen Po, sodass ich vor Schmerz keuchte. Er packte meine gefesselten Hände und zog mich mit sich. Ruckartig beugte er mich nach unten, und ich spürte die glatte Oberfläche meines Beistelltisches im Flur an meiner Vorderseite. Meine Wange wurde fest auf die kühle Tischplatte gepresst. Er musste das geplant haben. Er musste wissen, wie es bei mir aussah, oder improvisierte er gerade?

Meine Gedanken drehten sich im Kreis, und mir fiel es schwer, mich tatsächlich zu hundert Prozent fallen zu lassen.

»Bleib liegen.« Seine Hände fuhren wieder unter den Stoff meines Nachthemdes und strichen ihn nach oben, sodass ich mit entblößtem Po vor ihm lag. Nur mein dünner Slip verdeckte mich, und ein überraschtes Keuchen entfuhr mir, als er ihn ohne Umschweife von meinen Hüften streifte. Nun lag ich völlig nackt vor ihm, und Hitze schoss mir ins Gesicht. Vielleicht war es gut, dass die Dunkelheit mich schützte. In einer anderen Situation hätte ich es gehasst, dass er sah, wie es mir unter seiner groben Behandlung ging. Dass mein Körper mich so schamlos verriet.

»Du hast dich meinen Regeln widersetzt und dich von einem anderen Mann berühren lassen. Ist das korrekt?«

»Nein! Es war nur Aidan!«, wehrte ich mich.

Ich vernahm ein neues unzufriedenes Brummen, und Cole packte erneut von hinten meine Kehle, setzte seinen Mund ganz nah an mein Ohr und überdehnte meinen Kopf ein Stück nach hinten. »Du lügst. Bist du dir sicher, dass du das willst?« Sein Gewicht drückte meinen Körper enger gegen den Tisch. Ich spürte hinter dem Anzugstoff an meinem Po seine harte Erektion, die er dicht an mich gepresst hielt. Er stand auf dieses Spiel. Genauso wie ich. »Also hat er dich nicht berührt? Deinen Rücken, deine Hand, deine Schultern? Einfache Frage, einfache Antwort.«

»Doch, hat er«, flüsterte ich.

»Na also.« Er ließ mich wieder los und streichelte mit der flachen Hand über meine linke Pohälfte. Seine Berührung war fast zärtlich, aber ich spürte seine unterdrückte Wut hinter seinen Worten und das Zittern seiner großen Hand. Das, was nun auf mich zurollte, konnte ich kaum abschätzen, trotzdem zweifelte ich immer weniger an, dass Cole mir das geben konnte, was ich brauchte.

»Du hast mich zum Narren gehalten und gedacht, du kommst einfach so davon. Ist das richtig?«

Ich wollte erneut widersprechen, aber entschied mich um. »Ja.«

Die Stille, die darauf folgte, war beängstigend. Mehr noch als seine drohenden, dunklen Worte.

»Also musst du bestraft werden«, stellte er fest, und ich schluckte hart. »Möchtest du das? Möchtest du wissen, wie es sich anfühlt, die Konsequenzen zu tragen?«

Ich presste meine Wange enger gegen den Tisch und kniff die Lider zusammen. Ich sah ohnehin nichts. Spürte nur. Mein Herzrasen. Das Pochen, zwischen meinen Schenkeln. Feuchtigkeit, die sich dort ebenfalls sammelte und schamlos die Innenseiten meiner Oberschenkel benetzte. Nein. Ich wollte nicht bestraft werden. Gleichzeitig wollte ich nichts lieber als das. Und obwohl ich mir sicher war, dass Cole meine Bestätigung überhaupt nicht brauchte, sondern nur mit mir spielte, hauchte ich ein »Ja« und Cole atmete zischend ein. In der gleichen Sekunde sauste seine Hand nieder. Kräftig. Ohne dass ich mich an seinen Schlag gewöhnen konnte, folgte ein zweiter etwas weiter in Richtung meines Oberschenkels. »Willst du mehr?« Erregung schwang in seiner rauen Stimme mit. Ich nickte.

»Ja.«

Wieder ein Schlag, der mich aufstöhnen ließ und mich gegen die Tischkante schob. Cole war ein Tier, das nun entfesselt war. Ich hatte es aus seinem Käfig freigelassen. Und was tat ich? Ich genoss, dass ich es war, die ihn seine Kontrolle kostete. Es war tatsächlich so. Ich hatte die Macht über ihn, und das spürte ich in diesem Moment genauso sehr wie er.

Ein Hieb folgte dem nächsten. Stärker und kräftiger als der vorhergehende, aber immer an einer anderen Stelle. Meine Haut stand in Flammen, meine Mitte ebenso, bis sich Tränen in meinen Augenwinkeln sammelten und ich nicht wusste, ob ich noch mehr ertragen konnte. Gleichzeitig berauschte mich der Schmerz und schob mich in Höhen, die ich nie zuvor erreicht hatte.

»Hast du genug?«, fragte er, und ich wollte Ja sagen. Andererseits befand ich mich in einem Rausch aus Ekstase, aus unbegrenzten Emotionen und völliger Lust. Außerdem wollte ich Cole diese Befriedigung, mich zu kontrollieren, schenken. Für die Zweifel, diesen Abend, unsere Verbindung, die sich von Schlag zu Schlag festigte. Es war ein verrücktes Gefühl, das mich völlig vereinnahmte.

»Nein. Ich verdiene mehr.«

Ohne zu zögern, traf seine Handfläche erneut meine Haut und ich schrie auf. Denn es war noch härter, noch intensiver als jeder seiner Hiebe zuvor. Wenn ich bisher gedacht hatte, Cole setzte seine gesamte Kraft ein, lag ich so etwas von falsch. Er hielt sich zurück.

Ich schnappte nach Luft, ballte meine gefesselten Hände zu Fäusten und versuchte mich von dem brennenden Schmerz auf meiner Kehrseite in Gedanken abzulenken. Aber es ging nicht. Ich stand in lodernden Flammen. Überall.

Sanft strich er über die Stelle und beugte sich zu mir herab. »Wieso sagst du, du möchtest es, wenn du eigentlich fertig bist?«, wisperte er, und ich spürte die heißen Tränen, die mein Gesicht benetzten und brennende Spuren auf meiner Haut hinterließen. Mit einer Hand öffnete er geschickt meine Fesseln, und ich streckte die Arme nach vorne und entspannte meine Muskeln. Ruckartig drehte er mich um und zog mich gleichzeitig hoch, sodass ich vor ihm stand. Ich spürte meine lädierte Haut, die pochte und schrie vor Schmerz. Meine Tränen waren mir in diesem intensiven Moment kein bisschen unangenehm. Es gehörte dazu. Auch, dass ich unbedingt wissen wollte, wie meine Haut nach Coles Behandlung aussah. Er hatte sich damit verewigt, und ich war fast stolz darauf, seine Male tragen zu dürfen.

Fest umfasste er mein Gesicht mit seinen Händen und sah mich an. Der Lichtschein, der von draußen sanft in meine Wohnung drang, traf seine Augen, und als ich die Wärme und die Anerkennung in seinem Blick erkannte, seufzte ich auf und stürzte mich vor Erleichterung in seine Arme. Es war mir egal, ob er die Nähe in diesem Moment nicht zulassen wollte, ich brauchte sie und er gab sie mir. Er hielt mich fest und half mir, das Erlebnis erst mal zu verarbeiten.

»Wenn ich dich frage, ob es genug ist, wirst du mich nie wieder anlügen, um mir zu gefallen? Ist das klar?«

Ich nickte. Weitere Tränen liefen meine Wangen hinab, doch ich lächelte. Weil es mir gut ging und ich mich beschützt fühlte. Verdrehte Logik, sich erst schlagen zu lassen, damit man sich danach besser fühlte. Aber das war nun mal die Verbindung, die sich zwischen uns immer weiter festigte.

Er hob mein Kinn an und fing einige Tränen mit seinem Daumen auf. »Du bist wunderschön«, sagte er leise, und diesen Moment zwischen uns würde ich nie wieder vergessen. Verbundenheit. Vertrauen. Dunkle Seelen, die sich zueinander hingezogen fühlten und sich so sahen, wie sie waren. Ohne Maske. Ohne Mauer.

Als Cole mich küsste, vergaß ich den Schmerz, ich spürte nur noch die Lust. Ich umschlang seinen Nacken und er drückte mich gegen die Wand. Mit einer Hand hob er mich hoch, aber versuchte, mich dabei an Stellen zu berühren, die unversehrt waren. Doch jedes Mal, wenn der Schmerz mich erneut durchfuhr, erinnerte er mich daran, wie losgelöst ich mich in dem Moment danach gefühlt hatte. Es war nicht schlimm. Im Gegenteil. So einen intimen Augenblick hatte ich zuvor noch mit niemand anderem geteilt.

Cole presste sich an mich. Seine Härte drückte gegen meine nackte Mitte, und er stöhnte dunkel, als er meinen Hals küsste.

»Gott, wie gut du dich anfühlst«, keuchte er heiser und ich legte den Kopf in den Nacken.

»Bitte, Cole, ich brauche dich … jetzt«, flehte ich, und während er mich mit Leichtigkeit mit einer Hand an der Wand hielt und ich meine Beine enger um ihn zusammenzog, öffnete er mit der anderen seine Hose und zog ein Kondom aus der Hosentasche. Er trug immer noch das weiße Hemd und die schwarze Weste. Gerne hätte ich ihn komplett nackt gesehen, seinen muskulösen Körper bewundert, aber das hier reichte mir für den Moment. Das Gefühl, als seine Eichel in mich eindrang und er sich mit einem Stoß ruckartig der Länge nach in mich schob. Mich dehnte. Mich ausfüllte. Mich um den Verstand brachte. Ich stöhnte in seine Küsse, krallte mich an seinen Schultern fest, während er sich bewegte und wir einen gemeinsamen Rhythmus fanden. Sein Name lag auf meinen Lippen, wie meiner auf seinen. Es war zu viel und doch nicht genug. Es war der Himmel und ein kleines Stückchen unserer Hölle.

Leidenschaft überschwappte uns wie Wellen das Meer, riss uns mit, während Cole mich mit gezielten Stößen gegen die Wand nagelte, mich auf meinen Höhepunkt zuschob und mit seinen Küssen belebte. Der Sex war so viel intensiver, als ich ihn je erlebt hatte. War das, weil wir diese Anspannung so lange aufgebaut hatten oder weil der Augenblick, in dem ich mich ihm hingegeben hatte, alle Türen geöffnet hatte? Ich hatte keine Ahnung, und es war mir in diesem Moment auch egal. Es zählte nur das, was zwischen uns stand und sich so heftig aufbaute, dass weitere Tränen meine Wangen benetzten.

Ich spürte, wie Coles Griff noch stärker wurde, sich tiefer in mein Fleisch bohrte und sich das Kribbeln auch in meinem Unterleib aufbaute.

Mir stockte der Atem, als er seinen Mund von meinem löste und mich ansah, mir mit seinem Körper weiter das gab, wonach ich mich verzehrte.

»Sieh mich an«, sagte er rau. »Fuck, Eve, sieh mich an.« Das Drängen seiner unbeherrschten Worte ließ mich erschauern und der Blick in seinen dunklen Augen gab mir den Rest. Explosionsartig endete das gigantische Gefühl in einem Höhepunkt, der mich förmlich umhaute, mich zum Schreien brachte und zum Keuchen, mir die Luft entriss, um mich wieder zu beleben. Und während er andauerte, war Cole die einzige Person, die in meiner Welt existierte. Die einzige, die zählte. Die einzige, die ich brauchte. Und wollte. Diese Augen, die jede meiner Regungen aufsaugten, als würde sich mein Anblick somit tief in seinem Gedächtnis einbrennen.

Bis auch er kam, die Lider schloss und seinen Mund keuchend an meine Halsbeuge presste, während sein Körper bebte.

Atemlos lehnten wir aneinander und brauchten einige Minuten, um gemeinsam zurückzufinden.

Cole löste sich von mir und half mir sanft hinunter. Die Haut an meinem Po spannte, und ich sog kurz zischend die Luft ein, als ich mich bewegte. Shit. Ich hatte nicht gedacht, dass es so war. Der Sex. Genau wie das Danach.

Cole verknotete das Kondom und sah mich an. »Alles okay?« Sein Blick war nicht mehr selbstgefällig oder arrogant, er war eher fürsorglich und warm.

Ich nickte. »Ja.«

»Hast du Wundschutzsalbe zu Hause?«

»Im Badezimmer. Waschbeckenunterschrank.«

Er nickte, dann schickte er mich ins Schlafzimmer vor und sagte mir, ich solle mich auf den Bauch auf mein Bett legen. Als er wiederkam, war er vollständig hergerichtet. Sein Hemd war kaum zerknittert, die Weste saß wieder perfekt. Einzig seine Haare, die ich zwischendurch gepackt hatte, wirkten wie ein ziemliches Durcheinander. Er setzte sich an den Bettrand und strich den Stoff meines Nachthemdes vorsichtig nach oben. Ich zuckte zusammen.

»Du hättest zugeben sollen, dass du genug hast. Du weißt, dass ich dir nur eine Lektion erteilen wollte?«

»Ja. Es war dumm von mir.« Erneut zischte ich, als die kühle Salbe meine Haut traf und Cole sie vorsichtig verteilte.

»Aber deinem Geschäftspartner wirst du trotzdem mitteilen, dass er dich in Zukunft nicht mehr anzufassen hat.«

Ich musste kichern. Ich konnte es überhaupt nicht verhindern. »Wie war das mit der Regel, dass dich meine privaten und geschäftlichen Angelegenheiten nichts angehen?«

»Ich kann die Regeln ändern, wenn ich will, ich habe das Spiel erfunden«, sagte er, und ich war mir nicht sicher, aber hörte ich etwa ein Grinsen aus seiner Stimme heraus? Ich drehte den Kopf zu ihm und erhaschte noch einen kurzen Blick drauf, bis es wieder verschwunden war. Gott, allein dieser Anblick brachte mich erneut komplett durcheinander und zeigte mir ein völlig anderes Bild von Cole, als ich bisher in meinem Kopf hatte.

»Dann gilt gleiches Recht für alle«, erwiderte ich. Ich wollte länger diese entspannte, lockere Atmosphäre beibehalten, nachdem sich endlich unsere riesige Anspannung gelöst hatte.

»Keine Sorge, meine Geschäftspartner sind meistens alte Säcke, keine bildschönen Frauen, wie du es bist«, sagte er und senkte die Stimme.

»Dito.«

»Nicht witzig«, knurrte er, aber ich musste trotzdem lachen. Er strich mir wieder vorsichtig mein Nachthemd über den Hintern und drückte kurz mein Bein, bevor er aufstand.

»Morgen schicke ich dir einen Schlüsseldienst vorbei, der deine Wohnung sicherer machen muss. Du bekommst die neuen Schlüssel auf die Arbeit gebracht.«

»Nicht nötig«, sagte ich, würde mich aber tatsächlich sicherer fühlen, wenn ich nicht mehr dachte, man könnte so einfach bei mir einbrechen, wie er es getan hatte. »Außerdem sollten wir eher über deine beängstigenden Stalkerfähigkeiten sprechen.«

»Schlaf gut, Eve«, antwortete er nur.

»Danke, du auch.« Und mit diesen letzten Worten verschwand er wieder genauso, wie er gekommen war. Lautlos und mit einem Mal.

Und ich versuchte, die Begegnung und diese zwei Gesichter, die er gezeigt hatte, in dieser Nacht irgendwie zu verarbeiten, ohne mich auf den Rücken zu drehen. Obwohl ich jedes Mal, wenn mich der Schmerz durchfuhr, trotzdem ein Lächeln auf den Lippen hatte.

Kapitel 22

Cole

Als ich in unserem Geschäftssitz ankam, hörte ich Geklapper in der Küche. Eigentlich hatte ich vorgehabt, in Ruhe noch ein wenig hier zu arbeiten, denn nach meinem Besuch bei Eve konnte ich an Schlafen garantiert nicht denken. Sondern eher daran, wann wir dieses unglaubliche Erlebnis wiederholen würden. Sie hatte mir mehr gegeben, als ich erwartet hatte – all ihre Lust und ihren Körper – sich mir vollständig hingegeben. Es war atemraubend, wie wunderschön ihre Tränen gewesen waren, die sie geweint hatte, weil ich ihr endlich das geben konnte, wonach sie sich sehnte. Und sie konnte nicht mal ansatzweise erahnen, wie sehr ich das ebenfalls bekommen hatte.

Ich folgte weiter dem Geräusch. Anscheinend war nicht nur ich rastlos. Ich stellte mich an den Türrahmen, und Ian drehte sich ruckartig zu mir um.

»Es ist lächerlich, wenn ein erwachsener Mann rote Topfhandschuhe trägt, und macht dich kein bisschen attraktiver für die Frauenwelt«, sagte ich und nickte zu seinen Händen. Er warf die Backofentür zu und grinste mich an.

»Und dich macht es nicht attraktiver, wenn du außer deiner großen Klappe nichts für die Frauen zu bieten hast. Du solltest das mit dem Backen versuchen. Schon meine Grandma sagte, ein selbst gebackener Erdbeerkuchen sei ein Büchsenöffner deluxe.«

Ich schüttelte den Kopf und setzte mich an den Küchentisch. »Das hat sie nicht gesagt.«

»Klar! Du kanntest doch meine Oma!«

»Was tust du hier, Ian?«

»Backen.« Er zuckte mit den Schultern, warf die Lappen endlich auf die Theke und ließ uns zwei schwarze Kaffee aus der Maschine am anderen Ende einlaufen. Egal ob ein Uhr nachts oder ein Uhr am Mittag, Koffein ging immer. Wenn ich meine tägliche Dosis davon nicht bekam, hatte ich eine noch schlimmere Laune als sowieso schon. Wobei diese gerade deutlich besser war als üblich.

»Ich sehe es, aber wieso backst du nicht zu Hause?«

»Keine Ahnung.« Er stellte eine Tasse vor mich auf den Tisch und ich bedankte mich mit einem Nicken. »Vielleicht weil meine Küche nicht so gut ausgestattet ist wie diese hier.« Er nahm gegenüber von mir Platz.

»Soll ich dich auf deine Lüge aufmerksam machen oder merkst du selbst den Bullshit, den du von dir gibst?«

Vielleicht war ich kein Mensch vieler Worte, aber wenn es meinem einzigen Freund scheiße ging, konnte ich diesen Umstand nicht ignorieren und so tun, als wäre nichts.

»Vielleicht sollte ich die alte Bude doch verkaufen«, sagte er und sah hinunter auf den Inhalt seiner Tasse, als wäre dort eine Antwort versteckt.

»Du hast das Haus doch gerade erst renoviert.«

»Das war ein Fehler.« Als er mich wieder ansah, erkannte ich den Schmerz, der hinter seiner Aussage lag. Wenn wir eine Gemeinsamkeit besaßen, dann ganz bestimmt, dass wir die beschissensten Väter des gesamten Universums abbekommen hatten. Ich hätte nicht sagen können, welcher der beiden weiter oben stand, weil sie beides miese Wichser gewesen waren. Vielleicht waren sie insgeheim Brüder oder hatten beim selben Lehrmeister gelernt, wie es möglich war, Menschen unwiderruflich zu brechen.

»Du warst doch so begeistert von der Idee gewesen, das Haus deiner Grandma nach dem Brand wiederaufzubauen, und hast Unmengen an Geld und Arbeit hineingesteckt. Lass es dir durch jemand, der sich einen Dreck um dich geschert hat und keinen Stellenwert mehr in deinem Leben haben sollte, nicht verderben.«

Ian nickte. »Du hast recht.« Der Alarm auf seinem Handy ging los, und er stand auf. »Und jetzt lass uns verdammten Erdbeerkuchen essen und du überlegst dir danach, ob du nicht doch eine Backlektion von mir haben möchtest.«

Ich lachte kurz auf. »Das wird das Letzte sein, was ich in meinem Leben lernen werde.«

»Das und wie man charmante Komplimente an Frauen verteilt.« Ian öffnete den Backofen und zog das Blech heraus. Warmer Dunst und der köstliche Geruch von Kuchen hingen im Raum. Selbst ich war dagegen nicht immun.

»Wieso Komplimente verteilen, wenn man schneller und einfacher mit Ehrlichkeit das bekommt, was man möchte?«

Ian nahm ein Messer aus dem Messerblock und schnitt den Kuchen an. Er legte zwei noch warme Stücke auf Teller und setzte sich wieder zu mir an den Tisch.

»Hast du das bekommen, was du möchtest?« Ich wusste, worauf er anspielte, aber darauf würde ich nicht eingehen. Die Therapiesitzung war beendet. »Eve hat sich nach unserem letzten Treffen nicht mehr bei mir gemeldet, und ich habe mich schon gefragt, woran das liegt. Vielleicht hat sich meine vage Vermutung doch bestätigt, dass du sie irgendwo im Keller für deine Zwecke gefangen hältst.«

Eine Information, die mich beruhigte. Dass sie sich nicht mehr bei Ian gemeldet hatte, nicht diese dämliche Sache mit der Gefangenschaft.

»Du verbrauchst zu viele unnütze Wörter …«

Um nicht weiter antworten zu müssen, schob ich mir ein Stück Kuchen in den Mund. Er war tatsächlich ziemlich gut.

»Okay, dann kommen wir zum Punkt. Du riechst meilenweit nach ihr. Ich hab es schon gerochen, als du nur durch die Eingangstür hereingekommen bist.« Ian grinste, und ich verzog keine Miene. Pokerface war mein Spitzname auf dem College gewesen. Es war egal, dass ich nur ein Semester dort hingegangen war. »Aber wenn ich mich irren sollte, rufe ich sie vielleicht morgen einfach mal an und bitte sie um ein Date. Was sagst du? Wenn du doch so gar kein Interesse an ihr hast.«

»Tu, was du nicht lassen kannst.« Ich schob mir ein weiteres Stück in den Mund.

»Gib es doch einfach zu, dass du auf sie stehst! Verdammt, Cole, du bist so ein unglaublich sturer Bock! Es ist nicht schlimm, wenn ein Mädchen kommt, das dich endlich mal interessiert. Du musst nicht so tun, als hättest du keine Gefühle. Dann wärst du der einzige Mensch auf diesem verdammten Planeten, und ich würde dich um jeden Preis beneiden!«

Ich aß auch noch die letzten Krümel auf, dann erhob ich mich und stellte den Teller in die Spülmaschine. »Gute Nacht, Ian, ich bin in meinem Arbeitszimmer, falls du mich suchst.«

»Feigling!«, sagte Ian, und er war sich bewusst, dass er der einzige Mensch war, der so mit mir reden durfte. »Ein anderer wird sie dir wegschnappen oder sie wird genug von dir haben. Erst dann wirst du spüren, was es heißt, jemanden zu verlieren, der dir endlich einmal wichtig war.«

Er hatte nicht ganz unrecht, aber bei seiner Aussage vergaß er, dass ich bereits wusste, wie sich das anfühlte. Zu verlieren. Mehr als einmal.

Meine Mum. Meine Kindheit. Mein Leben.

Ich lief an ihm vorbei und aus der Küche, dabei ignorierte ich sein Schnauben. Was änderte es, wenn ich mir eingestand, dass ich Interesse an Eve hatte. Mehr als nur an dem Körperlichen? An ihren Gedanken, ihrem Lachen, ihren Tränen, ihren Gefühlen.

Überhaupt nichts! Unsere beiden Leben waren nicht kompatibel, meine Seele viel zu dunkel und meine Gefühle für sie in der Tat so groß, dass ich sie nicht zerbrechen konnte.

Mir blieben drei Monate, um meinen Hunger nach ihr zu stillen. Danach würde ich sie gehen lassen, denn das wäre deutlich besser, als sie zu einem Leben zu verdammen, das ihr mehr schadete, als es ihr etwas brachte.

Vor allem kein »Und sie lebten glücklich und zufrieden mit illegalen Geschäften und Machenschaften bis an ihr viel zu schnelles Lebensende …«.

Ganz bestimmt nicht.

Ich hatte gesehen, wohin dieses Leben einen guten Menschen führen konnte. Ins Nichts.

Kapitel 23

Eve

Es hatte nur zwei Tage gedauert, bis ich die Nachricht erhielt, am Abend um sechs Uhr in Coles Appartement zu erscheinen. Er hatte nicht dazugeschrieben, was auf mich zukam, aber mein Kopfkino spielte nach unserer letzten Begegnung sowieso schon verrückt, und ich malte mir die unterschiedlichsten Dinge aus.

Mein Herz raste, als ich zehn Minuten vor der vereinbarten Uhrzeit die Treppenstufen zu seiner Eingangstür hinaufstieg. Der Gang erinnerte mich an das erste Mal, als ich hier gewesen war. Niemals hätte ich zu träumen gewagt, wie diese eine Silvesternacht mein Leben danach bestimmen würde. Ein Lächeln stahl sich auf meine Lippen.

Noch bevor ich oben angekommen anklopfen konnte, wurde die Tür geöffnet und Cole erschien im Rahmen. Er war barfuß, trug eine dunkelblaue Jeans und dazu ein schwarzes Hemd, das sich wie maßgeschneidert an seinen trainierten Oberkörper schmiegte. Sein Blick war dunkel, tief und verheißungsvoll.

»Hallo Eve«, sagte er rau und umfasste meine Taille, um mich für einen keuschen Kuss an sich zu ziehen. Als meine

Brust seine berührte, stellten sich meine Brustwarzen auf, und ein Pochen machte sich an der Stelle zwischen meinen Beinen breit. Die Vorfreude auf das, was vor mir lag, ließ mich schier verrückt werden, genauso wie seine Lippen, die zart auf meinen lagen. Was würde er mit diesem göttlichen Mund heute alles anstellen?

Er löste sich von mir, trat einen Schritt zurück und bat mich herein. Mittlerweile kannte ich sein kühl eingerichtetes Appartement, aber dafür hatte ich in diesem Moment ganz sicher keinen Blick übrig. Stattdessen spürte ich mehr als bewusst seine Finger, die auf meinem unteren Rücken lagen und mich bestimmt in sein Wohnzimmer dirigierten. Mein schneller Atem verriet meine Aufregung, und Cole musste meine Unruhe fühlen, denn der Druck seiner Hände wurde für einen Moment deutlicher. Als könnte auch er es nicht erwarten, dass das Spiel endlich richtig begann.

In der Mitte des großen Raumes angekommen blieben wir zwischen der Sitzlandschaft und der offenen Küche stehen. Das Knistern war fast greifbar und automatisch versteifte sich mein Körper, als Cole hinter mich ging und mir den Mantel von den Schultern streifte.

»Hattest du eine angenehme Fahrt hierher?«, fragte er und als ich gerade antworten wollte, packten seine Hände plötzlich grob meine Haare, und er schob sich vor mich. Wegen seines Griffs musste ich zu ihm aufsehen und auf einmal erschreckte mich die kalte Härte, die in seinen Augen auftauchte genauso sehr, wie sie mich anmachte. Mit einem Knall kam meine Handtasche auf dem Boden auf. Er betrachtete mich. Sekundenlang. Als müsste er sich überlegen, was er nun mit mir anstellen wollte. Dabei war ich mir sicher, er hatte sich seinen Plan bereits zurechtgelegt.

Meine Erregung wuchs noch ein Stückchen an, als sich seine freie Hand hob und mit der Rückseite über meine Wange strich.

»Ich bin mir nicht sicher, ob du wirklich perfekt für das hier bist.« Zittrig atmete ich aus. Normalerweise hätte ich ihn zum Teufel gejagt aber in diesem Moment, unter seinem unnachgiebigen Griff und eisernen Blick, erwachte meine devote Seite und jubelte vor Glück. »Beweis es mir«, sagte er hart und ließ mich los. Ohne zu zögern, glitt ich auf die Knie und sah weiter zu ihm auf, während ich seinen Gürtel öffnete und ihn langsam aus den Schlaufen zog. Coles Kiefer mahlten und ich konnte kaum atmen, weil die mächtige Präsenz, die er ausstrahlte, mich völlig vereinnahmte. Ich hatte sogar Angst davor, dass er mich tatsächlich wegschicken und für nicht würdig empfinden würde. So unsicher kannte ich mich selbst überhaupt nicht, aber es befeuerte den Wunsch, Cole in allen Bereichen gefallen zu wollen.

Mit beiden Händen hob ich den Gürtel an und hielt ihn ihm entgegen. Er wusste, was ich mit dieser Geste ausdrücken wollte, und ich sah, wie ihn diese genauso sehr aufwühlte wie mich. Als er mir das Leder abnahm, schluckte er hart.

»Später werde ich dir diesen Gefallen tun«, sagte er, und mein Puls schoss noch ein Stückchen in die Höhe. »Aber zuerst wirst du dich um mich kümmern.« Er schmiss den Gürtel hinter sich auf die Couch, öffnete den oberen Knopf seiner Hose, und ich wusste sofort, was zu tun war. Ich wollte nichts mehr als ihn in diesem Moment fühlen, schmecken und genießen. Also beendete ich, was seine Hände angefangen hatten, und öffnete den Reißverschluss. Ich sah immer noch zu ihm auf, als meine Finger in die Öffnung der schwarzen Boxershorts tauchten und spürten, was sich dahinter verbarg.

Instinktiv leckte ich mir über die trockenen Lippen, und Vorfreude erfüllte jede Zelle meines Körpers, als ich die samtige Haut seiner Härte fühlte und sie herausholte.

Auch wenn Cole die Macht über diese Situation hatte, ich hatte sie definitiv über seine Lust. Deswegen begann ich nur langsam von unten nach oben über seinen Schwanz zu lecken und zuerst nur die Spitze davon zart zwischen meine Lippen zu nehmen. Er stöhnte, als ich sie komplett umfasste und meine Zunge um seine Eichel kreisen ließ.

»Tiefer«, wies er mich an, und mir entging nicht der raue Klang seiner dunklen Stimme, der mir wie ein warmer Schauer über den Rücken kroch. Als ich ihn weiter in meinen Mund schob und gleichzeitig stärker saugte, begann Cole sich zu bewegen. Er fasste in meine Haare und kam mir entgegen. Als könnte er nicht erwarten, wie es sich anfühlte, ganz in mir zu sein. Mich mit dieser Geste zu dominieren und mich zu benutzen, wie es ihm beliebte. Und ich wollte es. Stärker denn je. In diesen Augenblicken wusste ich, dass unsere Vereinbarung richtig gewesen war und mir das gab, wonach ich mich bereits mein gesamtes Leben verzehrt hatte. Kontrolle in den Händen eines Mannes, der damit umgehen konnte.

Deswegen gab ich mir alle Mühe, Coles Stößen entgegenzuhalten und ihn immer tiefer in meine Kehle gleiten zu lassen. Sein Keuchen wurde zu einem Stöhnen, und als ich das Gefühl hatte, ihn bis zu seinem Höhepunkt gebracht zu haben, entzog er sich mir kurz. Aber nur so lange, bis ich wieder zu ihm aufsah und seine Augen meine trafen. Erneut führte er seinen Schwanz an meine Lippen, und es dauerte nur einige Stöße, bis er sich anspannte, heftig kam und ich, ohne zu zögern, alles schluckte, was er mir gab. Ich setzte mich auf meine Unterschenkel zurück und beobachtete ihn dabei, wie er die Hose schloss. Sanft strich er über mein Gesicht und hob es danach an.

»Danke.« Allein dieses Wort hatte unglaublich viel Macht über mich, und ich war fast stolz darauf, ihm diese Gefühle geschenkt zu haben. »Komm mit, wir sind noch lange nicht fertig.«

Er half mir hoch, und bei jedem Schritt in sein Schlafzimmer dachte ich nicht, dass meine Erregung noch weiter anwachsen könnte. Aber sie tat es. Ich erinnerte mich an Silvester, an seinen Blick, als er hinter Ian aufgetaucht war. Als es mir gedämmert hatte, dass beide Männer mit mir ihr Spiel spielten und ich nur eine Marionette war. Und mich trotzdem mit allem, was ich hatte, darauf einlassen wollte.

Wir blieben vor dem Bett stehen, und als ich sah, was dort lag, stockte mir kurz der Atem und ich fuhr mir mit der Zunge über die Lippen.

Ich spürte Coles heißen Körper, als er hinter mich trat und begann, meine Schultern zu kneten. »Gefällt es dir?«

Es war eine Frage, auf die ich eine klare Antwort wusste, weil der Anblick der Spielzeuge auf seinem Bett mich völlig zum Zerfließen brachte. Mit den Fingern fuhr ich sachte über die Lederklatsche der Gerte und hielt die Luft an. »Ja.«

Coles geschickte, starke Hände strichen nach vorne zu meiner Kehle und massierten mit dem Daumen seitlich meinen Hals mit dem perfekten Druck. Als er einen Schritt näher kam und meine Rückseite streifte, spürte ich, dass er schon wieder fast bereit für mich war. Er griff an mir vorbei und nahm sich ein Stück schwarzen Satinstoff, der garantiert als Augenbinde fungieren sollte. Oder als Fessel. Das Gefühl meiner Erregung übermannte mich fast.

»Zieh dich aus«, wisperte er in mein Ohr und trat zurück. Er ging hinüber vor die breite Fensterfront und setzte sich in einen Ledersessel, der davorstand. Selbstbewusst legte er den linken Unterschenkel auf seinem anderen Oberschenkel ab und strich mit dem Zeigefinger über seine Lippen. Die Spannung, die er aufbaute, war fast zu viel für mich. Ich wandte mich von dem Anblick seines Bettes ab und stellte mich vor ihn. Langsam öffnete ich meine hellgraue Seidenbluse und entblößte so einen weinroten, durchsichtigen Spitzen-BH. Mit wogenden Hüften strich ich mir meine schwarze Röhrenjeans von den Beinen und versuchte, Coles Reaktion auf den Anblick meines Körpers zu lesen. Und es war überdeutlich, dass ihm gefiel, was er sah.

»Komm her.« Nur noch von Unterwäsche bedeckt, ging ich auf ihn zu, und er zog mich auf seinen Schoß. Meine Mitte drückte fest auf seinen Schritt und ich konnte nicht verhindern, dass ich mich auf ihm bewegen musste. Zu aufgeregt und rastlos war ich, als dass ich nun stillhalten konnte. Er lächelte ein wölfisches Lächeln und ließ mir einen Moment, bis er mich mit seiner Hand um meinen

Hinterkopf an sich heranzog und küsste. Mir blieb die Luft weg, weil er mir kaum eine Möglichkeit gab, mich auf diesen Kuss vorzubereiten. Er war stürmisch, leidenschaftlich und verhieß so viel mehr, als ich mir zu wünschen gewagt hatte. Seine Zunge tauchte tief in meinen Mund, umkreiste meine, die ihm entgegenkam. Er schmeckte gut und deutlich nach mehr. Der herbe Geruch seines Parfüms und seiner Haut drang mir in die Nase und ich konnte kaum erwarten, ihn von diesen störenden Klamotten zu befreien und ihn ganz zu sehen. Endlich. Nicht nur zu erahnen, wie kraftvoll sein perfekter Körper war.

Doch diesen Gefallen tat er mir nicht. Er ließ mich los und sah mich mit dieser Mischung aus Verlangen und purem Sex an. »Du bist atemberaubend«, wisperte er und zog den Satinstoff aus seiner Tasche. Wieder beraubte er mich meines wichtigsten Sinnes und ließ mir keine andere Wahl, als mich ganz auf die Gefühle einzulassen, die er mir schenkte. Als er den Stoff über meine Augen legte und ihn an meinem Hinterkopf verknotete, konnte ich nur noch fühlen. Ihn riechen. Ihn noch stärker wollen als ohnehin schon.

Langsam erhob er sich mit mir und umfasste meinen Po, sodass ich fest meine Beine um ihn schlang. Er trug mich ein Stück, und ich spürte die weichen, kalten Laken seines Bettes unter mir, als er mich dort ablegte.

»Gott, wir werden so viel Spaß miteinander haben, Eve«, sagte er, und ich bog kurz den Rücken durch und stöhnte, weil der immense Druck bald ein Ventil brauchte, damit ich nicht jetzt schon in tausend Teile zersprang.

Kapitel 24

Cole

Wie sie vor mir lag, halb nackt und mir völlig ausgeliefert, alles tat, was ich von ihr verlangte, machte mich härter als jemals zuvor.

Ihr Körper, ihre Lust, die sich in ihren Augen widergespiegelt hatte, und die Hingabe, mit der sie sich mir anbot, ließen meine Selbstbeherrschung bröckeln. Aber genau das gehörte zu dem Spiel dazu. Die Spannung aufzubauen, bis ich es nicht mehr aushalten konnte und unbedingt in ihr sein musste.

Langsam knöpfte ich mein Hemd auf, während sie die Erwartung schier in den Wahnsinn trieb und sie sich vor mir auf dem Bett rekelte. Allein die Möglichkeit zu verlieren, alles zu sehen, was ich mit ihr vorhatte, machte sie verrückt, und ich genoss es unglaublich, wie sich ihre Lust immer weiter aufbaute, ohne dass ich sie eigentlich richtig berührt hatte. Obwohl ich das tun wollte. Fuck, und wie sehr!

Ich streifte mein Hemd von meinen Schultern und warf es hinter mich, dann entledigte ich mich meiner Hose, aber behielt meine Boxershorts an.

Ich nahm die Lederfesseln, die zu ihren Füßen auf dem Betttuch lagen, ging an das Kopfende und platzierte sie zuerst neben ihr. Sie zuckte zusammen, als sie das Rasseln der Ketten dabei hörte.

»Setz dich auf.« Ich spürte, dass sie einen Moment zögerte, aber dann meinem Befehl nachkam. Sie war nervös, und ich genoss das Spiel mit dieser leichten Angst, die sie neben ihrer Lust ein wenig um den Verstand brachte.

Mit einer geschickten Handbewegung öffnete ich ihren BH und streifte ihn ihr von den Schultern. »Deine Brüste sind perfekt«, sagte ich und konnte nicht unterdrücken, sie anfassen zu wollen. Mit dem Daumen strich ich über ihre linke Brustwarze und musste lächeln, als sie sich mir ein Stück entgegen schob. Bevor ich mich von ihr löste, kniff ich ihr in die aufgestellte Spitze und sie zog laut die Luft ein. *Göttlich* war gar kein Ausdruck dafür.

Ich nahm ihre Handgelenke und führte sie in die Manschetten. Für einen kurzen Augenblick verspannte sie sich wieder, aber ließ es trotzdem über sich ergehen. Sich die Augen verbinden zu lassen, war das eine, doch sich gefesselt völlig aufzuliefern, war noch mal eine ganz andere Nummer. Ich war mir allerdings sicher, dass sie es von Anfang bis Ende genießen würde.

Bestimmt zog ich sie an den Ketten, die ihre Handgelenke in den Manschetten verbanden, nach oben, sodass sie vor mir zum Stehen kam. Ich ging in die Hocke und strich ihr dabei langsam den String von den Hüften. Sie musste sich an meiner Schulter festhalten, als sie hinausstieg, und ich steckte das dünne Stück Stoff in meine Nachttischschublade. Zumindest ein kleines

Andenken an sie und den köstlichen Duft ihrer Lust wollte ich behalten.

Ihre Scham befand sich nun knapp vor meinem Gesicht, und ich pustete warme Luft dagegen. Sie legte den Kopf ein Stück in den Nacken und stöhnte. Ich wollte unbedingt fühlen, wie bereit sie schon für mich war, also umfasste ich ihren Arsch mit beiden Händen und schob sie mir unbarmherzig entgegen. Meine Zunge teilte ihre Schamlippen, und als ich sie schmeckte, wurde ich noch ein Stückchen härter. Sie stöhnte und bewegte sich unruhig, während ich sie leckte, in ihr eintauchte und mit ihrem Kitzler spielte.

Ich fühlte, dass sie nicht lange brauchen würde, um zu kommen, und trotzdem wollte ich ihr diesen Gefallen noch nicht tun. Ich hatte nicht vor, das Ganze hier so schnell zu beenden. Denn ich hatte im Grunde vor, sie die gesamte Nacht auf alle erdenklichen Arten in meiner Wohnung zu vögeln, bis sie vor Erschöpfung kaum noch stehen konnte.

Ruckartig löste ich mich von ihr, als ich spürte, wie sich ihre Fingernägel in meine Schulter krallten. »Du wolltest gerade nicht ohne meine Zustimmung kommen, oder?«, fragte ich rau, und sie atmete zittrig aus.

»Bitte, Cole … nimm mich.«

Ich stellte mich wieder auf und sah auf sie herunter. Ihre Lippen waren einen Spalt geöffnet, und für mich gab es gerade keinen schöneren Anblick als sie in dieser Situation. Gefesselt, mit verbundenen Augen und ganz und gar mein.

»Du wagst es, mir Anweisungen zu geben?« Ich packte grob die Fesseln und zog sie mit mir. Sie stolperte, weil sie mein plötzlicher Angriff überraschte, fing sich jedoch schnell. »Ich wiederhole mich nicht gerne, aber …« Auf dem Weg zu dem hüfthohen Tischchen neben dem Ledersessel griff ich nach der Gerte und drückte Eve mit der Vorderseite auf das kalte Holz. Langsam lehnte ich mich zu ihr herunter und biss in ihren Nacken. »Für dich sage ich es gerne noch mal, damit du endlich verstehst: Ich habe die Kontrolle. Das ist mein Spiel, nicht deines. Ich bestimme, *wann* du kommst und *wie* du kommst. Arme nach oben. Sofort.« Ich packte ihre zusammengebundenen Hände und führte sie ans Ende des Tisches, damit sie sich an der Kante festhalten konnte. Ihr Oberkörper lag nun komplett darauf und ihr fantastischer Arsch reckte sich mir entgegen. Wenn sie wüsste, wie unfassbar scharf mich dieser Anblick machte.

Ich drückte ihre Beine mit meinen Knien ein Stück auseinander, dann trat ich neben sie und strich ihr mit der Hand über eine Pohälfte. Als ich die Feuchtigkeit zwischen ihren Schenkeln schimmern sah, lächelte ich zufrieden.

Ich hob das Ende der Gerte an und fuhr ihr auch damit über die Haut, über ihren unteren Rücken und weiter nach unten bis zur Rückseite ihrer Oberschenkel. »Du wirst dich mir hingeben und nicht fordern.«

Ich holte aus. Die Lederklatsche der Gerte machte ein köstliches Geräusch auf ihrem Arsch und hinterließ einen wunderschönen roten Striemen. Sie zuckte zusammen, als ich ein wenig mit meinen Fingernägeln darüberstrich. Ich spürte ihre Anspannung, die sich nun durch ihren gesamten Körper zog, weil sie nicht wusste, was auf sie zukam. Aber ich ließ mir Zeit, bis ich erneut zuschlug. Nicht nur, weil ich die Spannung erhöhen wollte, ich wollte ihr auch die Möglichkeit geben, sich an das alles zu gewöhnen. Sie hatte keine Erfahrung mit der Art von Sex, und ich hatte schließlich noch vor, in dieser Nacht lange mit ihr zu spielen.

Erneut sauste die Gerte auf eine andere Stelle nieder. Mehrmals hintereinander, bis ich wieder sanft mit den Fingern über meine Zeichen auf ihrer Haut strich und sie immer schwerer atmete. Es erregte sie, auch wenn das Brennen und das Gefühl, sich mir so darzubieten, für sie äußerst ungewohnt sein mussten.

»Es gefällt dir«, stellte ich fest, gab ihr noch einen letzten Schlag, bevor ich die Gerte wegschmiss und mit den Fingern zwischen ihre Schenkel fuhr. Ich lachte rau, als ich mich erneut zu ihr hinunterlehnte und ihre weiche Haut unter meiner spürte. »Es gefällt dir definitiv.« Mein Zeige- und Ringfinger drangen ohne Vorwarnung in sie ein, sie keuchte, weil die Überraschung, mich so tief in ihr zu spüren, sie kurz überrannte. Mit der freien Hand packte ich ihre Kehle und zog sie hoch, bearbeitete weiter ihr Innerstes, noch härter, noch tiefer als zuvor. Sie lehnte den Kopf gegen meine Schulter und stöhnte lauter, gab sich mir hin und bewegte ihren Unterleib im Takt meiner Finger, während sich meine Hand um ihren schlanken Hals noch weiter zuzog. Als ich spürte, wie sich ihre Innenwände um mich verkrampften, zog ich mich zurück und sie seufzte frustriert auf.

»Schon vergessen? Nicht kommen, bevor ich dir meine Erlaubnis gebe. Oder soll ich noch mal von vorne beginnen?«

»Nein«, hauchte sie zittrig und drückte sich noch ein Stückchen enger gegen mich. So langsam fiel es mir schwer, meine eigene Lust auf sie zu unterdrücken, also zog ich sie zum Bett und band die Fesseln an das Kopfende, nachdem sie sich mit dem Rücken daraufgelegt hatte. Ich trat seitlich vor ihr Gesicht und streifte über die Augenbinde, nahm sie jedoch nicht ab. Ich stand kurz davor, etwas Dummes zu tun, denn ich wollte nichts lieber, als in ihre wunderschönen Augen zu schauen, wenn ich sie gleich bis an den Rand ihrer Vernunft ficken würde.

Aber diesen Gefallen konnte ich mir selbst nicht tun, wenn sie nicht das sehen sollte, was ich vor ihr verbergen musste.

Kapitel 25

Eve

Ich konnte nicht mehr klar denken. Die Lust hatte alles von mir übernommen, und mein gesamter Unterleib stand in Flammen. Coles Duft, Geschmack, das Gefühl, das seine Schläge auf mir hinterlassen hatten, all das kostete mich meinen Verstand. Und ich genoss es. So unglaublich! Ich musste nicht denken, ich durfte nur fühlen und mich fallen lassen. Das war ein wunderbares Geschenk.

Ich hörte Geraschel von Kleidung. Eben hatte ich gespürt, dass Cole zumindest halb nackt war, und seine warme Haut auf meiner hatte mich ebenso verrückt gemacht wie der sanfte Druck seines großen Körpers, der mich jetzt gerade in die Laken drückte. Ich spreizte die Beine für ihn, fühlte seine Hitze, als er dazwischen versank. Die Spitze seines Schwanzes schob sich ein Stück in mich, so weit, dass ich um mehr betteln wollte und laut stöhnte. Aber ich würde kein Wort mehr zu ihm sagen, weil ich nicht wollte, dass dieses fantastische Gefühl ein Ende nahm. Denn ich hatte all meine Kontrolle in seine Hände gelegt. Er wusste, was zu tun war, da war ich mir nun zu hundert Prozent sicher.

Ich umklammerte nur seine Hüfte mit meinen Beinen und versuchte ihn so ein Stück zu mir zu ziehen. Als sein Mund auf meinen traf und mich küsste, versank er gleichzeitig mit einem tiefen, harten Stoß in mir, und ich biss ihm in die Lippe. Er knurrte, und der Kuss wurde leidenschaftlicher als je zuvor, während er mich immer wieder heftig in die Matratze drückte. Dieses Gefühl war unbeschreiblich, noch um einiges besser als beim letzten Mal in meiner Wohnung. Vielleicht, weil sich die Spannung so lange aufgestaut hatte und ich froh war, sie jetzt endlich herauslassen zu können. Ich wollte mich in seinen Rücken krallen, ihn festhalten, aber meine Hände, die immer noch gefesselt waren, ließen das nicht zu. Das frustrierte mich, und immer stärker kam ich Coles harten Stößen zumindest mit meinem Unterleib entgegen. Es war kein Miteinander-Schlafen, was wir hier taten, das hier war viel mehr. Es war schmutzig, es war laut, und vor allem war es das, was ich wollte. Ihn.

Als sich das heftige Kribbeln meines Höhepunktes aufbaute, legte ich den Kopf in den Nacken, und Cole spürte, dass ich es nicht mehr lange aushielt.

»Komm für mich«, stöhnte er rau, und in diesem Moment, in dem ich seine Stimme hörte, konnte ich nicht anders. Ich explodierte, zersprang unter ihm und löste mich auf. Mein gesamter Körper zitterte und ich fühlte kaum, dass sich Coles Finger in meine Hüften gruben und seine Bewegungen noch drängender wurden. Nur kurze Zeit später folgte er mir. Dabei drückte er sein Gesicht fest in meine Halsbeuge und stöhnte meinen Namen. Allein das in diesem Augenblick aus seinem Mund zu hören, fühlte sich unglaublich intim an. Es war, als hätte er die

Kontrolle kurze Zeit selbst verloren und sich stattdessen mir hingegeben. Ich spürte seinen heftigen Herzschlag an meiner nackten Brust.

Ich genoss den Moment, den wir uns nahmen, bis wir uns wieder im Hier und Jetzt befanden und Cole sich zurückzog. Mein Atem ging immer noch schnell, die Muskeln an meinen Armen und die Haut meines Pos schmerzten, aber ich hatte mich noch nie so befriedigt gefühlt. Cole stand auf, ich hörte eine Schublade auf- und zugehen, und als er mir schlussendlich den Stoff von den Augen strich und ich einen ersten Blick auf ihn werfen konnte, lächelte er mich an. Dieser Ausdruck war voller Stolz und voller Wärme und fast zu viel für mich. Ich schloss einen kurzen Moment die Augen, während er meine Hände losband. Erst als ich mich gesammelt hatte und traute, ihn wieder anzusehen, fiel mir auf, dass er sich ein Longsleeve und Boxershorts übergezogen hatte.

»Dreh dich um«, wies er mich an, und ich rollte mich auf den Bauch. Ich war müde, aber unfassbar zufrieden. Er begann, meine schmerzenden Arme mit festem Griff zu bearbeiten, meine verspannten Muskeln zu lockern und sich um mich zu kümmern. Und ich fühlte mich nicht nur befriedigt, sondern auch geschätzt und geborgen. Obwohl ich dieses Gefühl eigentlich niemals zulassen wollte. Schon gar nicht in Bezug auf diesen unnahbaren Mann.

Kapitel 26

Eve

Eigentlich erschloss sich mir der Sinn einer Spendengala nicht ganz. Denn wieso gab man erst Tausende von Dollar für solch ein Event aus, damit man reiche Geschäftsleute dazu brachte, zu spenden? Weshalb nutzte man das Geld für Catering, Getränke, Ort und Dekoration nicht gleich für die Organisationen, für die man sammelte, oder fragte Spenden ohne dieses ganze Drumherum an?

Ich hasste es, an so einer Verschwendung teilzunehmen, aber zu unserem Job gehörten nun mal auch Einladungen einiger Kunden, die wir unmöglich ausschlagen konnten. Meine rot geschminkten Lippen waren zu einem einstudierten Lächeln verzogen, sodass mir nach einer Stunde die Wangen schmerzten. Meine Haare steckten in einem tiefen, eleganten Knoten, und mit dem Wert des grauen Seidenkleides, das ich trug, konnte man locker eine Monatsmiete in Lower Manhattan bezahlen. Mit den silbernen Riemchenstilettos von Valentino eine weitere dazu. Obwohl beides secondhand war.

»Alles okay? Du wirkst ein wenig … steif«, stellte Aidan fest. Er machte den Eindruck, als würde er genau hierhergehören. Mit seinem perfekt sitzenden Smoking und dem selbstgefälligen, selbstbewussten Lächeln, das ich ihm am liebsten aus dem Gesicht gewischt hätte. Aidan war in solch einer Gesellschaft groß geworden, aber das erste nennenswerte Event in meinem Leben, das mehr bot als Getränke aus Pappbechern und Luftschlangen als Dekoration, war ein Ball auf dem College gewesen. Und das nur, weil ich meinen Abschlussball der Highschool wegen meines Dads versäumt hatte.

»Wenn noch ein Mensch mit mir Small Talk hält und mich etwas über das Wetter fragt oder wie mein Weg hierher war, schreie ich.«

»Auch die oberen Zehntausend sind nervös, wenn sie mit einer erfolgreichen Anwältin sprechen. Die meisten von ihnen hier haben ganz schön Dreck am Stecken, und ich glaube, sie haben Schiss, dass wir dahinterkommen«, flüsterte Aidan verschwörerisch, zwinkerte und reichte mir ein Champagnerglas. Ich schnaubte, unterdrückte den Drang, den Inhalt der Flöte hinunterzustürzen, und ließ meinen Blick durch den Saal schweifen. Smokings und teure Abendkleider, wohin das Auge reichte. Die Veranstalter hatten extrem groß aufgefahren. Kerzenleuchter aus Echtgold hingen an der stuckverzierten Decke und den Wänden, weiße, gebügelte Tischdecken auf runden Tischen, deren Dekoration aussah, als wäre sie für die nächste royale Hochzeit. Eine fünfköpfige Band spielte leise Hintergrundmusik, und ich war zumindest froh, Aidan endlich klargemacht zu haben, dass ich auf solch einer Veranstaltung nicht tanzte. Ich hatte Standardtänze nie gelernt. Von wem auch? Mein Vater war ein Versager, und für eine Tanzschule hatte das

Geld nicht ausgereicht, außerdem legte ich ohnehin nicht viel Wert darauf.

»Eine Stunde noch, okay? Dann klauen wir uns eine Flasche Champagner und hauen ab.«

»Versprich es«, zischte ich Aidan zu. Der wandte sich allerdings von mir ab und breitete die Arme aus, als würde er einen guten alten Freund begrüßen. Er wusste, wie man mit Menschen der High Society umging, und hatte Small Talk und belangloses Geplänkel im Blut. Meine Lippen verzogen sich wieder zu einem unechten Lächeln, und ich wäre am liebsten gestorben. Ich wollte einfach nur meinen Job als Anwältin machen. Auf das Drumherum konnte ich gut verzichten.

»Mr Bridge! Schön, Sie hier zu sehen, und Ihre Frau sieht heute Abend mal wieder bezaubernd aus!«

Sie kicherte, dabei wackelte ihr üppiger Busen unter dem engen, mit Swarovski-Steinen besetzten Kleid auf und nieder. Auch ich begrüßte unsere Mandanten und wurde in ein Gespräch über Nichtigkeiten verwickelt. Das Wetter, Klatsch, Tratsch und die nächsten Urlaubsziele von Mr und Mrs Bridge. Eine Kreuzfahrt über den Atlantik zu den schönsten Zielen Europas. Das war interessant, aber so wie ich die beiden kennengelernt hatte, verbrachte Mr Bridge die Zeit beim Flirten mit jungen Bikinischönheiten und seine Frau an der Bar. Wegen des Barkeepers, verstand sich.

Der Tag, an dem sie meine rechtlichen Dienste benötigten, würde garantiert bald kommen.

Während sich die Männer irgendwann über die zahlreichen Sorten von Scotch unterhielten, begann Mrs Bridge mir zu erzählen, dass sie eine Einladung für die amfAR-Gala kommenden Monat ergattert hatte. Ich interessierte mich nicht für das Modebusiness und fragte mich, ob Mrs Bridge nur so tat, um dazuzugehören, oder ob sie aus ihrem eigenen Interesse daran teilnehmen wollte.

Dieses Gespräch wurde von Wort zu Wort langweiliger, und ich hatte Mühe, meine Aufmerksamkeit bei meiner Gesprächspartnerin zu behalten. Irgendwann schweifte mein Blick immer wieder durch den Raum. Und ganz plötzlich hatte ich den Eindruck, jemand würde mir die Luft abschnüren, und über meinen Brustkorb breitete sich ein heftiger Druck aus. So sehr, dass mir schwarz vor Augen wurde und der Saal begann, sich zu drehen.

Das konnte nicht sein. Oder? Ich blinzelte, doch das Bild änderte sich nicht. Er war es. Eindeutig. Der Mensch, den ich von allen auf dem gesamten Planeten so sehr verabscheute, dass mir allein bei seinem Anblick übel wurde. Gavin Dale.

Krampfhaft umfasste ich Aidans Arm, und der sah mich verwundert an. »Es tut mir leid, hast du eine Sekunde für mich? Alleine?« Meine Stimme war krächzig und rau, und ich versuchte mich an einem höflichen Lächeln, das sich genauso falsch anfühlte, wie es war. Gleichzeitig senkte ich den Kopf und versteckte mich seitlich hinter Aidans großem Körper. Auch wenn er kurz irritiert wirkte, ließ er sich vor den anderen nichts anmerken.

»Selbstverständlich. Mrs Bridge, Sie schulden mir nachher noch einen Tanz.«

»Natürlich!«, erwiderte sie kichernd und lief sogar ein wenig rot an. Aidan und ich gingen Richtung Ausgang, und ich drehte mich dabei immer wieder um. Meine

Schritte beschleunigten sich wie automatisch. Ich wollte weg. Einfach nur weg.

»Was ist denn los?«, fragte Aidan, als wir den Vorbereich des Saals erreicht hatten und hinter der halb offenen Flügeltür stehen blieben. Ich platzierte mich so, dass ich von innen nicht zu sehen war, aber trotzdem einen Blick riskieren konnte, wenn ich mich ein Stück nach vorne lehnte. Ich musste wissen, ob er mir gefolgt war.

»Gavin Dale ist hier.« Allein seinen Namen auszusprechen, fiel mir unfassbar schwer, und alte Erinnerungen schoben sich wie graue Wolken in meinen Kopf. Es fühlte sich an, als ob das Gewitter, das danach folgte, nicht mehr aufzuhalten wäre. So lange hatte ich mich in gespielter Sicherheit gefühlt, und jetzt war diese mit einem Schlag zunichtegemacht worden!

»Das kann nicht sein, er ist abgehauen. Soweit ich weiß, irgendwo ans andere Ende des Landes. Er kann sich hier unmöglich noch sehen lassen, nach all den Dingen, die über ihn hier rumgehen!«

»Dann steht da drinnen entweder ein Doppelgänger oder er gibt mal wieder einen Scheiß drauf, was andere von ihm denken.« Ich presste die Lippen aufeinander und versuchte, den Schock, der mich bei seinem Anblick erfasste, niederzuringen. Das hier war nicht der richtige Ort für eine Panikattacke! Ich würde Aufmerksamkeit auf mich ziehen, die ich nicht gebrauchen konnte!

Aidan lehnte sich ein Stück in den Saal. »Wo ist er?«

»Er steht weiter hinten im Raum in der Nähe des Buffets. Ich habe ihn nur von der Seite gesehen und hoffe, er hat mich nicht bemerkt.«

»Neben diesem Typen, der aussieht, als würde er kleine Kinder zum Frühstück verspeisen?«

Wen meinte er? Gerade eben stand Dale dort noch allein mit einer blonden Frau, die ich nie zuvor gesehen hatte. Ich spähte an dem Türrahmen vorbei und hielt den Atem an. Hinterhältig traf mich der Schock ein zweites Mal völlig unvorbereitet. Was hatte Cole mit Dale zu tun? Das konnte unmöglich zusammenpassen! Dale lachte verschlagen, wie er es früher schon getan hatte. Er war es eindeutig und sah immer noch aus wie vor fünf Jahren. Er trug seine dunkelblonden Haare kurz, und sein längliches Gesicht war glatt rasiert. Ich wusste sogar noch, wie sein Aftershave roch, und mir wurde wieder übel bei dem Gedanken daran. Dieser Mensch hatte sich in all dieser Zeit unmöglich verändert. Wahrscheinlich war er nur noch fieser geworden.

Und Cole? Er unterhielt sich mit ihm, aber verzog keine Miene. Wie immer. Reserviert sah er seinen Gesprächspartner an, während der ihm irgendetwas erzählte. Nichts deutete darauf hin, wie Cole zu ihm stand. Bis er eine Hand, die eben noch in seiner Smokingtasche gesteckt hatte, hinauszog und sie Dale hinhielt. Er schlug ein und klopfte Cole dabei mit der anderen Hand auf die Schulter. Sie machten Geschäfte miteinander. Verdammte! Scheiße!

Cole, den ich begann zu mögen, ließ sich mit jemandem ein, der mich fast mein Leben gekostet hätte! Das warf mich verdammt noch mal völlig aus der Bahn.

Ich sackte gegen die Wand, und Aidan hielt mich an den Schultern fest. »Hey, Eve! Alles okay? Atme!« Er schüttelte mich leicht. »Eve!«

»Es tut mir leid …«, erwiderte ich schwach und schloss die Augen.

»Ich bring dich hier weg!« Seine Finger schlangen sich zu einem festen Griff um meinen Arm.

»Ich kümmere mich um sie«, erklang auf einmal eine Stimme, die mich unfreiwillig aufatmen ließ. Auch wenn ich diese Situation nicht verarbeiten konnte, reagierte jede Faser von mir umgehend auf Coles Anwesenheit. Und ich hasste meinen Körper in diesem Moment dafür.

Ich öffnete die Augen und sah, wie Aidan ihn skeptisch betrachtete. Gerade noch hatte er über ihn gesprochen, als wäre er ein Schwerverbrecher. Ich kannte Aidan. Er würde sich jederzeit vor mich stellen, aber ich wusste nun auch, dass Cole äußerst impulsiv reagieren konnte, und ich hatte Angst um meinen Freund und Partner. Also legte ich meine Hand auf Aidans Finger, die immer noch meinen Arm stützten, und ignorierte Coles düstere Blicke dazu. Hier ging es um weit mehr als irgendein dominantes Spiel!

»Es ist okay. Wir kennen uns.«

»Diesen …« Er betrachtete Cole, als wäre er den Dreck unter seinen Schuhen nicht wert. Auch das hatte Aidan drauf. Diese Art von Ich-bin-etwas-Besseres-Blick, auch wenn ich wusste, dass er mich damit insgeheim nur beschützen wollte. Cole trat einen Schritt auf ihn zu, und mein Herz setzte einige Schläge aus. Ich hatte nur eine Chance, Aidan da herauszuhalten. »Geh du zurück zur Veranstaltung, ich komme klar!« Meine Stimme zitterte, mein Puls ließ heißes Blut durch meine Adern rauschen. Und Aidan wusste, dass ich log.

»Ich sagte, ich bringe dich heim«, blieb er standhaft und zog mich ein Stück zu sich, da schob sich Cole dazwischen und Aidan musste mich unfreiwillig loslassen. Bitte nicht. Nicht jetzt eine Szene, sodass die Aufmerksamkeit auf uns landete. Dale durfte mich nicht sehen! Unter keinen Umständen! Ich musste das mit allen Mitteln verhindern!

Also packte ich Coles Arm und zog ihn zu mir herum. Er weigerte sich zuerst und lieferte sich mit Aidan ein Blickduell, wer der Stärkere war. Verdammte Männer!

»Aidan ist ein Freund, er passt auf mich auf, und das ist in Ordnung. Also entspann dich«, sagte ich leise und so beruhigend, wie es die Situation zuließ. Coles Kiefer zuckte, und ich spürte, damit hatte ich ihn nicht zum Entspannen gebracht. Im Gegenteil. »Wir gehen jetzt. Aidan«, sagte ich an meinen Geschäftspartner gewandt. »Es ist alles okay, ich melde mich, wenn ich zu Hause bin.«

»Ich denke nicht, dass das eine gute Idee ist.«

Natürlich ließ er noch nicht locker, vor allem nicht, weil Coles Anspannung förmlich greifbar war. Er wirkte bedrohlich, als hätte ich keine andere Wahl, als mich nun für ihn zu entscheiden. Aber es stand weitaus mehr dahinter als nur eine Wahl zwischen meinem Freund und meinem … Was auch immer.

»Bitte, Aidan«, flehte ich, und nach kurzem Zögern nickte er. Trotzdem sah ich ihm an, dass er nicht überzeugt war. Ich flüsterte ein Danke, und ohne weiter abzuwarten, lief ich in Richtung Ausgang. Ich kümmerte mich nicht um meinen Mantel, denn das war das Letzte, woran ich dachte. Ich wollte nur noch weg. So schnell es ging.

Cole schloss zu mir auf und legte mir ohne Umschweife sein Smokingjackett über die Schultern, bevor wir durch die breite Glasflügeltür nach draußen in die Kälte traten.

Ich war viel zu durcheinander, als dass ich wirklich realisierte, wie Cole meine Hand nahm, mich die Treppen hinunterführte und mir half, mich auf den Rücksitz einer Limousine zu schieben. Er sagte einige Worte zu dem Fahrer, dann spürte ich seine Blicke auf meinem Profil. Doch ich schaute nur nach draußen, ohne wirklich etwas zu sehen. Oder zu tun.

Was sollte ich auch sagen? Ihn fragen, wieso er mit hinterlistigen, verschlagenen, abgrundtief bösen Menschen wie Gavin Dale, meinem ehemaligen Arbeitgeber und Schrecken meiner Erinnerungen, verkehrte? Vielleicht war er doch weitaus schlechter, als ich gedacht hatte.

Cole legte seine Hand auf meinen Oberschenkel. Durch den dünnen Seidenstoff spürte ich jeden seiner Finger einzeln. Sie waren heiß, als brannten sie sich durch bis zu meiner Haut.

Ich konnte seine Berührung nicht erwidern. »Wolltest du wegen mir so schnell abhauen?«

Ich sah ihn an. War er verletzt? »Nein.« Ich schüttelte den Kopf, aber fand keine weiteren Worte.

»Was war das dann?«

Mir war immer noch übel, und ich konnte mir vorstellen, dass ich aussah, als hätte ich einen Geist gesehen. Hatte ich irgendwie auch. »Woher kennst du Gavin Dale?«

Cole wirkte irritiert. Er zog die dunklen Brauen zusammen und nahm seine Hand von mir. »Weshalb?«

»Er ist gefährlich!«

Coles Züge entspannten sich ein wenig und wirkten nicht mehr ganz so hart. Er nahm mein Kinn zwischen seine Finger und zog mein Gesicht zu sich. »Du bist süß. Du weißt nicht wirklich, was gefährlich ist.«

Ruckartig entzog ich mich ihm. Er kränkte mich mit seiner Aussage. »Du hast keine verdammte Ahnung von mir oder meinem Leben! Keine Ahnung, was zwischen Gavin und mir vorgefallen ist, verdammt, also behandle mich nicht wie ein kleines Kind! Entschuldigen Sie, lassen Sie mich bitte an der nächsten Ecke raus«, sagte ich an den Fahrer gewandt und lehnte mich vor. Ich brauchte Luft zum Atmen!

»Das tun Sie nicht.« Coles Worte waren kalt und schneidend, und ich wusste, der Fahrer würde sich nicht wegen mir Coles Zorn aussetzen. Vielleicht hatte ich wirklich zu wenig Ahnung davon, wer oder was Cole war. Vielleicht war es mir in diesem Moment aber auch einfach egal!

»Du wirst mich nicht festhalten!«

»Und du wirst dich beruhigen«, erwiderte er knapp. Sein Blick war genauso finster wie der Himmel über der Stadt. Oder sein Herz. »Und jetzt erzähl mir, was Dale dir angetan hat.« Seine Worte waren fast ein Knurren. Sein Kiefer spannte sich erneut an, und ich schluckte hart. Ich konnte nicht darüber sprechen. Was würde es ändern? Ich hatte es die letzten fünf Jahre erfolgreich verdrängt.

»Ich kann es dir nicht sagen.«

Cole warf dem Fahrer einen flüchtigen Blick zu, dann nickte er. Bis vor meine Haustür herrschte Stille im Wagen. Cole berührte mich nicht, sondern sah nur stur geradeaus, und ich schaute aus dem Seitenfenster und versuchte, meine Tränen zurückzuhalten. Die Panik, dass Dale mich erkannt hatte, mich vielleicht vorher gesehen hatte und jetzt verfolgen könnte, war unerschütterlich. Zu groß, als dass ich noch an etwas anderes denken konnte.

Der Wagen stoppte, und ich riss die Tür ohne Umschweife auf. Das Einzige, was ich wollte, war tief unter meine Bettdecke zu kriechen, mich zusammenzurollen und zu versuchen, diesen Abend zu vergessen. Weiterzumachen wie zuvor.

Als ich die zuschlagende Autotür hinter mir hörte, wusste ich, dass dieser Plan zum Scheitern verurteilt war. Ich drehte mich ruckartig um.

»Was soll das?!« Cole blieb auf meinen panischen Aufschrei stehen und sah mich fragend an. »Ich habe dich nicht eingeladen! Du hast diese Grenze gesetzt, also halte dich auch daran!«

Er ging einen Schritt auf mich zu. Ich ignorierte die Passanten um uns herum, die uns neugierig beobachteten. »Es ist keine gute Idee, wenn du heute Nacht alleine bist. Dale hat dich aus der Bahn geworfen. Weshalb auch immer«, schob er nach, ohne nach dem Grund zu fragen.

»Und das geht dich einen Scheiß an!«, schrie ich. Heiße Tränen brannten mir in den Augen. Das alles brachte mich durcheinander. Cole. Dale. Meine Gefühle fuhren Achterbahn. Ich verlor die Kontrolle, die ich mir so mühsam aufgebaut hatte! »Ich habe niemals irgendjemanden gebraucht, also muss ich nicht heute Abend damit anfangen!«

Cole nickte, und sein Blick wurde weicher, als würde er es verstehen. »Darum geht es mir nicht.«

»Ach nein, um was dann?« Meine Stimme war immer noch laut, fast hysterisch. So verrückt kannte ich mich selbst nicht. Ich presste die Lippen fest aufeinander, um nicht plötzlich loszuschreien.

Cole dagegen öffnete den Mund, um etwas zu sagen, aber schloss ihn wieder. Dann schüttelte er den Kopf und fuhr sich mit der Hand über die Brust. Sein Jackett lag immer noch auf meinen Schultern, und er trug nur ein weißes Hemd und eine schwarze Fliege, die er während der Fahrt geöffnet hatte. Die Enden hingen nun nutzlos herunter. Wie meine Arme. Ich war unglaublich müde.

Wieder ging er einen Schritt auf mich zu, und ich blieb an Ort und Stelle. »Ich brauche das Gefühl, auf dich aufpassen zu können. Das gehört zu unserer Vereinbarung dazu«, keifte er barsch. Drückte er sich extra so daneben aus und wollte mir eigentlich etwas anderes mitteilen, oder brachte er mich gerne noch weiter an den Rand der Verzweiflung?

»Du hast es nicht drauf, einer Frau Sachen mitzuteilen, die sie in so einer Situation hören möchte.«

»Ich musste einer Frau solche Dinge auch noch nie erzählen.« Ein winziges Lächeln erschien auf seinen Lippen. So kurz, dass es kaum nennenswert war. Dann wurde er wieder ernst. »Lass es mich dir erklären. Die Sache mit Dale. So viel, wie ich dir erzählen kann, ohne dass du in Schwierigkeiten gerätst. Und du kannst dir aussuchen, ob du mir im Gegenzug mehr sagen möchtest. Okay?«

Ich zögerte. Doch dann nickte ich. Knapp. Aber es reichte aus, dass Cole die Entfernung zwischen uns überwand und mich an sich zog. So fest, dass ich wirklich das Gefühl hatte, er könnte mir den Halt bieten, den ich nie in meinem Leben erlebt hatte.

Und obwohl das leider nur ein Trugschluss war, verlor ich mich in dieser einen Umarmung, die mehr ausdrückte, als es Worte je konnten.

Kapitel 27

Cole

Als wir Eves Wohnung betraten, herrschte immer noch eine angespannte Atmosphäre. In der letzten halben Stunde hatten sich meine Gedanken darum gedreht, diese Sache mit ihr zu beenden. Weil es einfacher wäre. Nicht weil es sich richtig anfühlte.

Und zum ersten Mal in meinem Leben hatte ich mich gegen die Logik und für Gefühle entschieden, von denen ich nicht geahnt hatte, dass ich sie besaß. Ich wusste noch nicht, ob das vielleicht ein Fehler war.

Eve zog ihre Schuhe aus, warf sie in eine Ecke neben der Eingangstür und verschwand in ihrem Wohnzimmer. »Kommst du?«, rief sie.

Mein Körper löste sich aus seiner Starre, und ich folgte ihr. Sie stand vor einem Regal, in dem Weinflaschen lagen, und versuchte, eine davon zu öffnen. Ich nahm sie ihr aus den zittrigen Fingern. »Setz dich, ich mache das. Wo hast du Gläser?«

»In der Kommode.« Sie zeigte darauf, und ich nickte. Als sie sich auf ihrer Couch niederließ, entwich ihr ein lautes Seufzen. Sie winkelte die Beine an und starrte ins

Leere, während ich nur ihr ein Glas Wein einschenkte. Ich hatte keine Lust zu trinken.

»Danke«, sagte sie, als ich es ihr hinhielt, und kippte es in einem Zug hinunter.

»Besser?«, fragte ich, nahm neben ihr Platz und stellte ihr Glas auf dem Couchtisch vor uns ab. Sie schüttelte den Kopf auf meine Frage und sah immer noch total verstört aus. Fuck, wenn ich herausfand, dass Dale ihr ein Haar gekrümmt hatte, wäre er morgen nicht mehr unter den Lebenden. Ich würde sowieso in die Hölle kommen, wieso nicht so einen Typen mitnehmen?

Erwartungsvoll lagen ihre blauen Augen nun auf meinem Gesicht. Sie wollte Antworten. Die ich ihr immer noch nicht geben konnte.

»Ich lasse nicht zu, dass Dale dir zu nahe kommt, okay?«

Sie lachte bitter auf. »Ich habe dir viele Dinge geglaubt, doch das glaube ich dir nicht.«

Sie wusste nicht, wer ich war und welche Möglichkeiten ich besaß, aber woher auch? Trotzdem war unser Vertrauen noch nicht so weit aufgebaut, dass ich sie einweihen konnte. Mal davon abgesehen, dass ich sie damit in Dinge reinziehen würde, die sie ihr Leben kosten konnten.

»In welcher Beziehung steht ihr zueinander?«, fragte sie, und ich bemerkte den panischen Ausdruck in ihren Augen.

»Dale ist ein früherer Geschäftspartner meines Vaters gewesen. Wir haben uns auf dieser Veranstaltung unerwartet getroffen, und er wollte alte Geschäfte wieder aufleben lassen«, sagte ich und dachte an das Gespräch, das ich eben noch mit ihm geführt hatte. Dale hatte mir Dinge von meinem Vater erzählt, die ihm niemand glauben würde, der ihn wirklich kannte. Mein Vater sei ein guter Mann gewesen, geschäftlich wie auf persönlicher Ebene. So ein Bullshit. Mein Vater war ein Mann, der, ohne zu zögern, seine Frau und sein Kind verkauft hätte, brächte es ihm einen Nutzen. Ein Mann, der nichts von Worten hielt, sondern nur von Taten. Vorzugsweise solchen, die er mit seinen Fäusten regeln konnte. Egal, ob diese im Gesicht seiner Feinde oder seines Sohnes landeten. Hauptsache, er bekam damit das, was er wollte. »Gut« war ein Attribut, das in Verbindung mit meinem Vater noch schlechter passte als »gnädig«, »liebevoll« oder »fürsorglich«.

»Und du hast dich darauf eingelassen?«

»Ich habe ihm die Hand geschüttelt, weil ich auf dieser Veranstaltung nichts provozieren wollte, nicht weil ich mit ihm Geschäfte machen möchte.«

»Und dein Vater ist deiner Meinung?«

Ich schluckte und wandte kurz den Blick ab. Schwäche war etwas, das ich seit meinem zwölften Lebensjahr nicht mehr gezeigt hatte. Auch wenn ich insgeheim wusste, dass Eve mir diese Schwäche nicht zum Verhängnis werden ließe. »Mein Vater ist tot. Er ist überhaupt keiner Meinung mehr, und wenn ich beschließe, dass Dale kein geeigneter Geschäftspartner ist, entscheide ich das selbst.«

Eve nickte, als hätte ich sie ein Stück weit überzeugt.

»Ich weiß, wie Dale tickt, Eve, wir kennen uns schon seit vielen Jahren, und ich muss ehrlich zugeben, dass mir normalerweise so etwas im Geschäft egal ist.«

Wieder schluckte sie und leckte sich über die Lippen. Sie hatte keine Ahnung, wer vor ihr saß. Ich hatte ihr nicht mal ansatzweise mein wahres Gesicht gezeigt, und wahrscheinlich war das auch besser so.

»Aber Dale hat dir etwas angetan, und ich habe dir versprochen, mich um dich innerhalb unserer Vereinbarung zu kümmern.«

»Natürlich … die Vereinbarung …«, sagte sie, als wäre das etwas Schlechtes. Das Gespräch verlagerte sich in eine Richtung, die mir noch unangenehmer war, als über das Geschäft zu sprechen.

Ich rutschte ein Stück zu ihr. Sie roch nach ihrem Parfüm, blumig mit einem Hauch ihres ganz eigenen Dufts. »Ich hatte angenommen, alles zwischen uns wäre geklärt. Wir hatten abgemacht, was für eine Art Beziehung das werden wird. Mehr kann ich dir nicht bieten. Ich weiß nicht, wie man Gespräche über Gefühle führt, und möchte keine Erwartungen in dir wecken, die ich nicht erfüllen kann. Aber ich kann auf dich aufpassen. Eve …« Ich zögerte. »Ich weiß nicht mal, was Gefühle außerhalb von Lust, Verlangen und Begehren sind. Ich weiß nur, dass ich all das in fast schon ungesundem Maße für dich empfinde.« Wow. Damit hatte ich mehr gesagt, als ich in meinem ganzen Leben einem anderen Menschen je mitgeteilt hatte.

Etwas veränderte sich an Eves Gesichtsausdruck. Nicht nur ich trug eine Maske, sie hatte ebenfalls eine, und die hatte sie perfektioniert. Denn auf einmal sah ich nicht mehr das hilflose, ängstliche Mädchen in ihr, sondern die Frau, die mich mit ihrer Leidenschaft und ihrem Sex-Appeal umhaute.

Sie stand auf und streifte die dünnen Träger ihres Kleides von den Schultern. Der Satinstoff umspielte ihre Brüste, ihre Hüften und ihre Füße, als er an ihren Kurven nach unten glitt. Sie war nackt. Sie trug kein bisschen Stoff mehr an ihrem anbetungswürdigen Körper. Mein Schwanz stellte sich auf, aber mein Kopf arbeitete dagegen an.

Falsch. Wieso meldete sich auf einmal ein Gewissen, von dem ich gedacht hätte, dass ich es nicht besaß? Jetzt! In dieser Situation! Die schönste Frau, die ich je berührt hatte, stand nackt vor mir, und ich dachte nicht daran, sie zu ficken?

Ich wusste, an vielen Stellen in meinem Leben war etwas falsch gelaufen, aber nun war ich total übergeschnappt.

Eve setzte sich rittlings auf meinen Schoß. Ihre Mitte drückte gegen meinen Schritt, und als sie die Arme um meinen Nacken legte und mir einen Kuss auf die Lippen hauchte, zögerte ich immer noch.

Sex war das Einzige, was uns verband. Weil es richtig war, sich gut anfühlte und nichts mehr auf der Welt ehrlicher war als reines Verlangen. Wieso wollte ich das ändern? Doch meine Gedanken kreisten immer nur um das eine. »Was hat Dale dir angetan?«

In Eves Körper fuhr erneut die Anspannung. »Ich möchte jetzt garantiert nicht von ihm reden.«

Wieder senkte sie ihre Lippen auf meine. Ich ballte die Hände zu Fäusten, wollte sie berühren, ihre Haare packen und ihren Mund verschlingen, sie auf alle erdenklichen Weisen in ihrem Appartement vögeln. Aber zuerst musste ich wissen, wie gebrochen Eve tatsächlich war.

Ich war aufgewühlt. Wütend. Durcheinander. Dieses Ding mit dem Gewissen war schon eine verzwickte Sache. Nun hielt es mich sogar von dem besten Sex meines Lebens ab.

Eves Hände fuhren nach unten. Sie hob ihren Körper ein Stück an und öffnete den Knopf und den Reißverschluss meiner Hose. Als sich ihre schlanken Finger fest um meinen Schwanz legten, stöhnte ich auf.

»Eve«, flehte ich als letzten Versuch, das Richtige zu tun. Doch als ihr Griff fester und ihre Bewegungen eindringlicher wurden, schaltete sich mein Kopf mit einem Klicken ab. Die Triebe und mein Verlangen übernahmen die Führung, und endlich fühlte ich mich wieder wie ich selbst.

»Ich will nicht reden«, wisperte sie und fuhr immer wieder auf und ab. Auf und ab. Sie verstärkte den Druck, pumpte schneller in ihre Hand. Wie sie auf mir saß, ihren Körper auf mir rekelte und mich mit lustverhangenem Blick ansah, wurde mir bewusst, dass ich es gar nicht konnte. Ich konnte diese Sache zwischen uns nicht beenden. Noch niemals in meinem Leben hatte ich mich so gefühlt, und es war … gut.

Ich war noch schlechter als angenommen, weil ich sie in meine Verdorbenheit mit hineinzog, aber es ging nicht anders. Ich wollte sie auf meiner Seite, damit ich das hier haben konnte, wann ich wollte. Ständig. Immer.

»Auf die Knie«, sagte ich rau und war mir bewusst, dass sie das unterdrückte Knurren in meiner Stimme vernommen hatte. Ohne zu zögern, ließ sie mich los und sah zu mir auf, als sie zwischen meinen Beinen kniete. Gott, dieser Anblick, dieser verführerische Mund. Scheiß auf alles, was wir zuvor gesprochen hatten. Scheiß auf Dale, mein Gewissen oder Geheimnisse. Ich hob die Hand und strich mit dem Daumen über ihre Lippen. Sie öffnete sie ein Stück weit, und als ihre Zunge über meine Fingerspitze glitt, entfuhr mir ein Stöhnen.

»Wusstest du, dass ich dich damals auf der Party in dem Moment gesehen habe, als du mit deiner Freundin hereingekommen bist? Als Erstes sind mir deine Lippen aufgefallen. Diese sündigen, roten Lippen.«

Sie saugte meinen Finger ein, und ich schob ihn ein Stückchen nach.

»Was wollte ich mit diesem Mund alles anstellen.«

Ruckartig entzog ich ihr meinen Daumen und nahm meinen Schwanz in die Hand. Ich fuhr ein paar Mal auf und ab, um dem Druck entgegenzuwirken, der sich gerade in mir aufbaute. Aber es nützte nichts.

Ohne dass ich darum bitten musste, senkte Eve den Kopf und umkreiste mit der Zunge meine Eichel. Meine Oberschenkel spannten sich an, als sie meinen Schwanz der Länge nach in ihren göttlichen Mund schob und zu mir aufsah. Dieser Blick brachte mich um. Das Gefühl, sie zu haben, über sie und ihren Körper verfügen zu können, wie es mir beliebte. Dass sie mich genauso sehr wollte wie ich sie … vielleicht sogar brauchte! All das wuchs zu einem gigantischen Knoten in meinem Inneren heran, der unaufhaltsam platzen würde.

Meine Finger glitten in ihre Haare, begleiteten den Rhythmus, den sie fand, um meine Lust zu befriedigen. Ich dachte an ihre Haut, die nach meiner letzten Behandlung rot gefärbt gewesen war, und mein Schwanz schwoll noch ein Stück in ihrem Mund an.

Kurz bevor ich kam, umfasste ich allerdings ihr Gesicht und zog sie zu mir hoch. »Setz dich auf mich«, befahl ich leise, und während sie über mir verharrte, zog ich ein Kondom aus meiner Tasche und schob es über meine Länge.

Langsam senkte sie sich auf mir ab und schloss die Augen. Sie war so eng, so heiß, so perfekt. Genussvoll legte sie den Kopf in den Nacken und fühlte unsere Verbindung genauso wie ich. Sie war unglaublich schön in diesem Moment. Gefangen in ihrer Lust, während wir uns vereinigten, als wäre es das Einzige, was wir zum Leben brauchten. Dringend. Brennend. Unaufschiebbar wollte ich ihren Geist, ihre Seele und ihren Körper besitzen. Noch niemals zuvor war dieser Drang so groß gewesen. Ich kam ihren Bewegungen mit langsamen, tiefen Stößen entgegen. Ließ mir Zeit, sie zu fühlen, zu schmecken, zu genießen. Unser schneller Atem wechselte zu einem Keuchen, als unsere Körper unkontrollierter aufeinander reagierten. Dass ich angezogen war, sie nackt, erregte mich unglaublich. Sie stützte sich auf meinen Schultern ab und das Kreisen ihres Beckens wurde eindringlicher, als bewegte sie sich unaufhaltsam direkt auf diesen einen Abgrund zu, in den auch ich stürzen wollte. Mit ihr. Ich spürte das Kribbeln in meinem Körper, packte ihre Haare und drückte sie immer stärker auf mich herab. Sie stöhnte lauter, krallte sich tiefer in mein Hemd, während ich sie unbarmherzig meinen Stößen entgegenpresste und sie mit einem Aufschrei kam. So schön war sie in diesem kurzen Moment völliger Nacktheit, und das nicht nur körperlich. Ich folgte ihr, ergoss mich in ihrer Enge und pumpte noch einige Male tief in sie, bis unsere Körper vor Erschöpfung erschlafften.

Das war nicht geplant gewesen, aber dafür unfassbar befriedigend in jeder Hinsicht.

Ihr schweißnasses Gesicht lag an meiner Halsbeuge, und ich spürte ihren schnellen Atem, weil sie ihre Brust fest gegen meine gedrückt hatte. Sanft strich ich durch ihre dicken Haarsträhnen und versuchte, mit ihr zusammen zurückzukommen. An einen Ort, weit weg von unserer lustvollen Welt, die alles andere als einfach oder gut war. Am liebsten hätte ich mich mit ihr sofort wieder zurück geflüchtet. Doch irgendwann holte einen die Realität ein. Immer. Und genau in diesem Moment passierte es.

Sie drehte den Kopf und küsste meine Handfläche. Bei meiner Bewegung war der Ärmel meines Hemdes ein Stück zurückgerutscht, und ihr Blick verharrte reglos auf den dünnen, blassen Linien an meinen Handgelenken.

Ich schluckte, senkte die Arme und schob Eve von mir herunter. Als ich aufstand, das Kondom entsorgte und meine Hose schloss, war es vorbei. Dieser Moment kurzer Innigkeit, den ich so dringend brauchte, aber nicht verdiente.

»Was ist das?«, fragte sie leise und deutete auf meine Arme.

»Nichts.«

Ich nahm mein Jackett, das auf der Rückenlehne ihrer Couch gelegen hatte, und zog es mir über.

»Das sieht nicht aus wie nichts.«

»Es war lange Zeit auch etwas, bis ich beschlossen habe, das zu ändern.« Ich senkte mich zu ihr und drückte ihr einen Kuss auf die Stirn. »Mach dir keine Sorgen wegen Dale. Ich kümmere mich darum.«

Mit diesen Worten verließ ich ihre Wohnung, und je weiter ich mich von ihr entfernte, umso mehr hörte mein schwarzes Herz wieder auf zu schlagen. Endlich.

Welcher dunkle Ritter mochte in Wirklichkeit gerettet und in eine Welt geschubst werden, in die er nicht hineingehörte? Genau. Keiner.

Kapitel 28

Eve

Ich wollte ihm nachgehen, ihn zwingen, mir alles zu erzählen, was seine Augen in diesem kurzen Moment so gebrochen wirken ließ. Alle dunklen Geheimnisse, die in seinem Kopf verborgen waren, wenn er nichts sagte, und noch so vieles mehr!

Aber ich hatte schlicht und ergreifend kein Recht dazu.

Was zwischen uns lief, war klar geregelt, und ich war im Grunde genauso wie er. Ich hatte ihm nicht erzählt, was es mit Dale auf sich hatte. Und wenn ich ehrlich war, standen rein egoistische Umstände dahinter, ihn nicht zur Rede zu stellen, denn sonst hätte ich ihm alles von meiner Vergangenheit offenbaren müssen.

Ich brauchte niemanden, der mir den Kopf streichelte, mich in den Arm nahm und mir sagte, dass ihm leidtue, was mir passiert war. Nein. Ich wollte es einfach nur vergessen. Darüber zu sprechen, brachte niemanden weiter. Das zumindest hatte ich aus der ganzen Geschichte gelernt.

Und wahrscheinlich ging es Cole ähnlich. Diese Narben an seinen Handgelenken sahen aus, als hätte er einen Selbstmordversuch hinter sich … Aber wer wäre ich, wenn ich nicht verstehen könnte, dass er genau darüber nicht sprechen wollte. Es reichte, dass er diese Narben bis zum Rest seines Lebens jeden Tag sehen musste.

Es rauszulassen, half eben nicht immer. Manchmal war es besser, diese düstere Kiste zuzumachen und so tief in den Keller zu stellen, dass nichts daraus jemals wieder hervordrang. Verbrannt war man sowieso, es galt jetzt nur, die dunklen Flammen von einem fernzuhalten, damit man nicht komplett in ihnen starb.

Als Cole gegangen war, hatte ich als Erstes Delia angerufen, um ihr zu sagen, dass Dale wieder in der Stadt war. Denn schließlich betraf es nicht nur mich. Sie war nach der Arbeit zu mir gefahren, und als ich es ihr erzählt hatte, sah ich die Furcht in ihren Augen, die schon lange nicht mehr darin gestanden hatte. Allein das war ein Grund, dieses Thema ein für alle Mal begraben zu wollen. Oder aus der Welt zu schaffen, aber dafür müsste ich Cole um einen Gefallen bitten, bei dem ich nicht wusste, ob ich bereit für diesen Schritt war.

Ich konnte Cole nicht zu tief in mein Leben lassen. Wenn ich ehrlich war, ging es mir besser, wenn auch ich nicht zu weit in seinem eintauchte. Und ich nahm an, Cole wäre der gleichen Meinung.

Deswegen wunderte es mich, als ich nach einem Wochenende bestehend aus massenhaft Eis, hirnlosen Komödien und viel Zeit mit Delia im Büro auftauchte und einen riesigen Strauß weißer Callas auf meinem Schreibtisch vorfand.

»Bianca?«, rief ich durch die offene Tür nach draußen.

»Ja?« Sie tauchte im Türrahmen auf, und ich deutete auf die Blumen.

»Wer hat die für mich abgegeben?« Wollte sich Cole mit einem Blumenstrauß entschuldigen und mich milde stimmen? Das passte irgendwie nicht zu ihm.

»Ein Lieferant, er hat keinen Namen genannt. Ich glaube, es steckt ein Kärtchen im Strauß, vielleicht steht es dort.«

»Danke, Bianca.«

»Immer gerne.« Sie zwinkerte mir zu, als wollte sie damit ausdrücken, dass sie sich für mich über diesen heimlichen Verehrer freute. Ein ungutes Gefühl in meiner Magengrube blieb.

»Hey.« Bianca ging, und Aidan tauchte an ihrer Stelle auf. Ich sah die Blicke, die sie sich gegenseitig zuwarfen, aber ignorierte sie. Mehrmals hatte ich meinen Partner darauf angesprochen, aber nachdem er ständig abblockte und abstritt, auf Bianca genauso zu stehen wie sie auf ihn, ließ ich das Thema fallen. Wer war ich, jemand anderem eine Beziehung aufdiktieren zu wollen?

Ich setzte mich an meinen Schreibtisch, und Aidan nahm auf dem Stuhl davor Platz. »Ist alles in Ordnung? Deine Nachricht Freitagabend war kurz.«

Ich dachte wieder daran, an Dale, an Delia und an Cole … »Sorry, ich war ziemlich müde nach der ganzen Geschichte. Danke noch mal für deine Hilfe.«

Er lehnte sich ein Stück vor, und seine sonst so sorglose Miene verdüsterte sich. »Bist du dir sicher, dass alles okay ist?«

»Wieso fragt mich das ständig jemand in letzter Zeit?«, murmelte ich kopfschüttelnd. »Ja! Es geht mir gut, und wenn das nicht so wäre, würde ich es ändern!«

»Dass Dale wieder in New York aufgetaucht ist, beunruhigt dich nicht?«

»Er würde niemals diesen Schritt gehen und sich mir nähern, wenn er nicht möchte, das alles herauskommt.« Ich glaubte meinen Worten selbst nicht.

»Und du denkst wirklich, so etwas hält ihn davon ab?«

»Anscheinend will er sein altes Leben zurück. Glaubst du nicht, er hat mit der Sache deswegen einfach abgeschlossen?«

»Oder er will es ein für alle Mal aus dem Weg schaffen!« Aidan wirkte wütend, aber ich wusste, er war es nicht direkt auf mich. »Wieso bist du so naiv? Ich verstehe nicht, warum du die Augen davor verschließt. Schon damals habe ich dir gesagt, dass …«

Ich hob die Hand, damit er nicht weitersprach. »Dale hat keine Macht mehr über mich, und ich will ihn nicht wieder zum Mittelpunkt meines Lebens machen!«

Aidan nickte nicht sehr überzeugt. »Das sah auf der Veranstaltung noch ganz anders aus.«

»Sein Anblick hat mich kalt erwischt, das war alles.«

»Und dieser Typ?«

»Du meinst Cole?«

»Ist mir scheißegal, wie er heißt, du hast nie etwas von ihm erzählt.«

Ich lachte, obwohl mir eigentlich gar nicht danach zumute war. »Seit wann sprechen wir über unsere Beziehungen?« Ich deutete in Richtung Tür, in der Bianca eben verschwunden war. »Oder über Menschen, die einen gleichwertigen Stellenwert in unserem Leben haben?«

»Das ist etwas völlig anderes!«

»Ach ja? Du hast mir mehr als einmal klargemacht, dass mich deine … Beziehungen …« Ich machte Anführungszeichen in der Luft. »… nichts angehen. Wieso also sollte ich über meine sprechen?« Ich lehnte den Kopf gegen die lederne Kopfstütze und seufzte. Ich war müde, allein über diese ganzen Dinge nachzudenken.

»Das heißt also, du bist mit diesem Kerl zusammen?«

»Das heißt überhaupt nichts.«

»Und jetzt schickt er dir auch noch Blumen?« Er deutete auf den Strauß.

»Aidan, ich weiß sehr zu schätzen, was du seit dem College alles für mich getan hast. Aber ich bin kein kleines Mädchen mehr und brauche keinen großen Bruder.«

Er wirkte gekränkt, stand auf und trat näher an den gigantischen Strauß. Ohne zu zögern, griff er nach dem Kärtchen.

»Aidan!«, maßregelte ich ihn, wusste aber, er war sowieso nicht von seiner Mission abzubringen, auf mich aufzupassen.

Seine Züge verhärteten sich noch ein Stück, als er das Kärtchen auf meinen Tisch schmiss und darauf deutete. »Und du denkst wirklich, dass alles in Ordnung ist?«, schrie er fast.

Ich runzelte die Stirn und lehnte mich nach vorne. Das Problem an Kisten in Kellern war, dass sie nicht einfach von allein verschwanden. Irgendwann tauchten sie wieder auf, und wenn sich der Inhalt in deinem Leben erneut einnistete, war es umso schwerer, sie wegzuschließen.

Callas
Substantiv, feminin [die]
Definition von Eleganz, Schönheit, Hingabe, Verführung und Tod.

Es war schön, dich wiederzusehen.

Kapitel 29

Cole

Ich war kein Typ, der sich gerne die Finger schmutzig machte, aber manchmal ließ es sich nicht verhindern. Wie in diesem Fall, in dem ich kurz davor war, meinem Gegenüber eine Kugel durch den Kopf zu jagen, damit sein hirnloses Gequatsche aufhörte.

Ian spürte meine Ungeduld und warf mir von der Seite einen ermahnenden Blick zu. Er war der Vernünftigere von uns beiden. Glück für unseren Gesprächspartner. Im Moment. Denn meine Laune, seitdem ich Eve das letzte Mal vor einer Woche gesehen hatte, ging stündlich rapide nach unten. Ich hatte beschlossen, es zu beenden. Es war besser für uns beide, da war ich mir sicher. Blöd nur, dass mein dämlicher Kopf, in dem meine Gedanken Kreise drehten, anderer Meinung war. Genauso wie mein verräterischer Schwanz, der jedes Mal zuckte, wenn ich an sie dachte.

Außerdem machte mir noch etwas anderes Sorgen. Auch wenn ich Donna nicht unbedingt gemocht hatte und sie mehr ein Klotz am Bein gewesen war als ein nützlicher Deal, war sie nach unserer endgültigen Scheidung vor zwei Tagen verschwunden, wie ich von einigen meiner

Spitzel erfahren hatte. Und das war ziemlich merkwürdig. Entweder hatte sie ein Feind ihres Vaters geschnappt, nachdem sie herausgefunden hatten, dass sie nicht mehr unter meinem Schutz stand, oder ihre Familie plante irgendetwas. Sie hatten es nicht gerne gesehen, als ich die Scheidung eingereicht hatte, doch das war meine logische Konsequenz. Ihr Vater hatte nicht das eingehalten, was er mir für diesen Deal versprochen hatte. Er konnte seine Kontakte nicht nutzen, um unserem Geschäft einen Mehrwert zu bieten. Also konnte ich nicht anders, als diese Verbindung zu lösen. Und obwohl ich eher vermutete, dass seine Feinde etwas mit Donnas Verschwinden zu tun hatten, blieb ein unwohles Gefühl auf jeden Fall.

»Also finde ich eine Preisreduktion von vierzig Prozent äußerst fair«, schloss unser Gegenüber sein Plädoyer ab. Er war zu jung für so einen fetten, ständig schwitzenden Körper, aber ich wusste schon immer, dass Murphy keine Disziplin hatte. Sein Vater war ein Mann gewesen, dem man Respekt entgegenbringen konnte. Nach seinem Herztod hatte allerdings sein schwachsinniger Sohn seine Geschäfte übernommen und beschmutzte sie mit seinen hirnlosen Taten. Wir sollten das hier einfach beenden. Ein Idiot weniger auf dem Planeten, dem niemand nachtrauerte.

Ian faltete die Hände auf dem Mahagonitisch, und wir sahen Murphy dabei zu, wie er seine trockene Kehle mit unserem Hundert-Dollar-Kaffee befeuchtete. Jeder Schluck war eine Verschwendung. Meiner Geduld hatte so ein Typ heute gerade noch gefehlt. Meine Hand zuckte, weil sie nichts lieber täte, als Murphy damit die Luft an seinem fetten Hals abzudrücken. Wenn Ian mir schon verbot, meine Waffe bei diesem Termin bei mir zu tragen.

»Und du begründest diese Reduktion tatsächlich durch die Verspätung der letzten Lieferung von einem Tag?« Auch Ian hatte keine Lust auf dieses unnötige Gespräch. Wir sollten es einfach zu Ende bringen und dem Jungen zeigen, mit wem er besser nicht verhandeln wollte.

Ich räusperte mich und richtete mich auf meinem Stuhl auf. Murphy stellte klirrend die Kaffeetasse ab und rutschte ein Stück tiefer in den hohen Sessel aus dem fünfzehnten Jahrhundert. Sein fetter Arsch passte kaum zwischen die Lehnen.

»Vielleicht können wir auch über zwanzig Prozent sprechen?« Seine Stimme klang nun unsicher und fast piepsig.

»Wir beliefern deine Familie schon seit Jahrzehnten. Wir haben bereits mit deinem Vater verhandelt, als du noch zur Highschool gegangen bist«, sagte Ian. »Wir begrüßen, dass du es fortführst …«

»Einen Scheiß tun wir.« Meine Faust traf krachend die Tischplatte, und Murphy begann noch schlimmer zu schwitzen. Mit dem Zeigefinger zog er unruhig an seinem engen Kragen herum.

Ian holte sein Handy aus der Tasche und sah auf das Display. »Einen Moment, das ist wichtig«, sagte er an Murphy gewandt, der mir einen nervösen Blick zuwarf. Er wusste nun genau, dass er gleich mit mir allein in einem Raum sein würde. »Warte bitte, bevor du etwas tust, was du bereust«, flüsterte mir Ian zu, stand auf und lief nach draußen. »Bane!« war das Einzige, was ich noch von ihm hörte. Als die Tür hinter ihm ins Schloss fiel, richtete ich mich noch weiter auf. Manchmal war Ian einfach zu weich für diesen Job.

»Zehn Prozent?«

»Wir alle wissen, dass du auf Nutten jenseits der fünfzig stehst und dich dieses Hobby auf Dauer ziemlich teuer kommt. Vor allem, weil du deiner Verlobten nach jedem deiner auswärtigen Ficks einen teuren Diamantring kaufen musst, damit sie bei dir bleibt, oder?«

Murphys schwitzendes Gesicht wurde rot, und er schüttelte so wild den Kopf, dass ich dachte, er erleide eine Gehirnerschütterung. Doch anstelle seines Gehirns befand sich dort garantiert nur gähnende Leere, also sollte das sein geringstes Problem sein.

»Was? Woher hast du dieses Gerücht? Das ist ja unerhört!« Er sprang auf. Wahrscheinlich weil Flucht das Einzige war, was dieser Waschlappen kannte. Ich erhob mich ebenfalls. Zum Glück für ihn, dass uns der Tisch trennte.

»Wegen der Zeit, die uns durch diesen lästigen Termin verloren gegangen ist, veranschlagen wir einen Aufpreis von zwanzig Prozent für die kommenden fünf Lieferungen«, sagte ich ruhig.

Murphy klappte der Kiefer auf und wieder zu. Er sah dabei aus wie ein Kugelfisch, der nach Luft schnappte. »Was? Aber das kannst du doch nicht, ma…«

Die Worte blieben ihm im Hals stecken, als ich mich ein Stück zu ihm vorlehnte. »Wir sind die Lieferanten, und wir bestimmen den Preis. Du kannst dir überlegen, ob du mitziehst, aber du weißt genauso gut wie ich, dass es niemand anderen geben wird, der dir deine Ware in dieser Qualität besorgt. Und deine Nutten.« Ich zwinkerte ihm zu. »Deine Verlobte bekommt bei der nächsten Lieferung auch einen fetten Klunker als freundschaftliche Beigabe von uns dazu geschenkt. Für mich klingt das äußerst großzügig.«

Bevor Murphy noch etwas sagen konnte und ich ganz meine Beherrschung verlor, knallte die Tür geräuschvoll gegen die Wand, und ich fuhr herum. Ian stand in der Schwelle, in seiner Hand noch das Handy, die Augen vor Schreck geweitet. Irgendetwas war nicht in Ordnung.

Ich wandte mich zu Murphy, der wenigstens gleich verstand. Mit gesenktem Kopf verließ er den Raum und stürmte an Ian vorbei. Als wir allein waren, ging ich einen Schritt auf Ian zu.

»Was ist los?«

»Das war Bane. Er hat einen Auftrag abgelehnt, weil es dabei um eine Frau ging, die er erledigen sollte. Du weißt, Bane kümmert sich nicht um Frauen oder Kinder.«

»Wer war es?«, knurrte ich und ahnte Übles.

»Delia Adams.«

Kapitel 30

Eve

Wenn es eines gab, das ich gut konnte, dann war es, Dinge zu ignorieren. Ich hatte lange mit Delia gesprochen, und wir hatten beschlossen, Dale ins Leere laufen zu lassen. Wenn wir nun auf seine Drohungen oder sein bloßes Erscheinen in unserem Leben reagierten, hätte er erneut Macht über uns, und das war das Letzte, was wir wollten.

Also ließ ich die Blumen entsorgen und behielt die Karte für den Fall der Fälle als Beweismittel. Aidan verstand unsere Entscheidung nicht, aber ihm blieb nichts, als sie zu akzeptieren und ein noch größeres Auge auf mich zu haben, wenn er konnte. Er bestand darauf, mich morgens von zu Hause abzuholen, mit mir ins Büro zu fahren und mich am Abend wieder heimzubringen. Ich stimmte zu, weil es mich beruhigte, jemanden an meiner Seite zu haben. Denn Cole hatte sich seit unserem letzten Treffen nicht mehr gemeldet.

Einerseits war es gut so, andererseits vermisste ich ihn und die Sache zwischen uns, die erfüllend und schön hätte werden können. Wir hatten ganz am Anfang gestanden, und ich trauerte den Dingen hinterher, die wir zusammen hätten erleben können.

Aber ich verstand seine Reaktion auf meine Fragen und dass er es damit abschloss. Denn ehrlicherweise würde ich sie irgendwann wieder stellen. Einfach, weil mich alles interessierte, was in seinem Kopf vorging.

Delia hatte sich ihren Beschützer in Form von Byron an die Seite geholt. Byron war zwar eigentlich sanft wie ein Lamm, aber wenigstens machte seine hünenhafte Gestalt auf den ersten Blick gewaltigen Eindruck.

So fühlten wir uns einigermaßen sicher bei dem miesen Spiel, das Dale mit uns treiben wollte. Aber nicht mit uns!

»Soll ich noch mit hochkommen?«, fragte Aidan, als wir vor meiner Haustür parkten. Ich zögerte. Denn auch wenn ich mich äußerlich stark gab, hatte ich jedes Mal, wenn ich einen Schritt in meine Wohnung tat, das Gefühl, beobachtet zu werden.

»Nein danke«, antwortete ich und lächelte schwach.

Aidan nickte. »Wenn irgendetwas ist, melde dich! Okay?«, sagte er eindringlich, weil er wusste, ich würde seine Hilfe nur mit Zwang annehmen. Ich verabschiedete mich von ihm und stieg aus dem Auto.

Er wartete, bis er mich durch die gläserne Außenfassade im Aufzug verschwinden sah, dann schlossen sich die Türen, und ich war wieder auf mich allein gestellt.

Mit klopfendem Herzen steckte ich, in meinem Stockwerk angekommen, den Schlüssel in meine Wohnungstür. Das Pfefferspray hatte ich griffbereit in meiner Handtasche verstaut, bereit, es sofort herauszuziehen.

Als ich die Tür öffnete, stockte ich. Hatte ich heute Morgen nicht alle Lichter angelassen, damit ich keine finstere Wohnung vorfand? Aber wieso lagen nun alle Räume in bedrohlicher Dunkelheit?

Ich schlug mit der flachen Hand auf den Lichtschalter neben der Tür. Vielleicht hätte ich mir doch lieber einen Rottweiler als Beschützer zulegen sollen, wie es mir Delia im Halbernst vorgeschlagen hatte. Sie konnte auf Byrons Neufundländer vertrauen. Auch wenn der genauso ungefährlich wie sein Besitzer selbst war.

Ich bemühte mich, kein Geräusch zu machen, und zog das Pfefferspray hervor. Mit langsamen Schritten bewegte ich mich nach vorne. Meine Handflächen wurden schweißnass. Mein Puls dröhnte in meinen Ohren. Vielleicht hatte es nur mal wieder einen kurzzeitigen Stromausfall gegeben, der in New York nicht selten war. Vielleicht. Wahrscheinlich hätte ich auch einfach nur aus meiner Wohnung stürmen und abhauen sollen. Also wieso tat ich das nicht? Ich blieb stehen, wollte mich gerade umdrehen und weglaufen, da ging das Licht von allein auch im Wohnzimmer an. Mir entfuhr ein Schrei, als ich die dunkle Gestalt auf meiner Couch entdeckte.

»Raus hier oder ich rufe die Polizei!«, schrie ich panisch, und der große Männerkörper stand langsam auf. Er hob die Hände.

»Ich wollte dir keine Angst einjagen! Aber bitte richte dieses Ding nicht auf mich.«

»Ian?!« Ich ließ meine Hand sinken. Was wollte er denn hier? »Wie bist du hier reingekommen und wieso verdammt noch mal sitzt du im Dunkeln auf meiner Couch?«

Ian lachte kurz und zuckte mit den Schultern. »Erhöht die Dramatik.«

»Idiot! Du hast mich zu Tode erschreckt!« Ich war immer noch nicht über den Berg, und meine Nerven waren allesamt am Durchdrehen. Mein gesamter Körper zitterte, und ich war unglaublich sauer auf ihn. Er war genauso sadistisch veranlagt wie Cole!

Ians Grinsen wich aus seinem Gesicht, als er sah, wie aufgelöst ich war. Mit schnellen Schritten kam er auf mich zu und zog mich in eine Umarmung. Irgendwie hatte das Gefühl, ihn hier zu wissen, etwas Tröstliches an sich. Wenn sich schon Cole nichts aus mir machte.

»Es tut mir leid, ich dachte nicht, dass es dich so mitnimmt!«, sagte er leise und ließ mich los.

»Schon okay.« Ich versuchte, mir nichts mehr anmerken zu lassen, zog meinen Mantel aus, den ich über die Lehne meiner Couch hängte, und ließ mich mit einem Seufzer auf die Sitzfläche fallen. Ian nahm neben mir Platz und legte seinen Arm auf der Rückenlehne ab. Erst jetzt fiel mir auf, dass er anstatt seines üblichen Anzuges eine Jeans und ein graues Shirt mit einem Harry-Potter-Aufdruck trug. Meine Mundwinkel zuckten, und ich konnte mir ein Lächeln nicht verkneifen. Wie konnte man ihn in dem Aufzug ernst nehmen?

»Ein Potterhead?«

Auch in Ians Gesicht trat wieder dieser jungenhafte Ausdruck. Er sah an sich herunter und zog an dem Saum seines Shirts, als hätte er eben erst bemerkt, was er trug. »Hat mir meine kleine Schwester geschenkt.«

»Das hätte ich in deiner Situation auch behauptet. Wenn du jetzt zugibst, dass Hermine dein heimlicher *girls crush* ist, verzeihe ich dir vielleicht sogar die Aktion von eben.«

Ian rutschte näher und senkte die Stimme. »Ich stehe eher auf Snow White. Ohne die sieben Zwerge.« Er lachte laut, als er meinen Gesichtsausdruck bemerkte. »Na gut, ich wollte es wenigstens mal versucht haben.«

Ich fand Ian immer noch attraktiv, aber dadurch, dass ich Cole richtig kennengelernt hatte, lechzte mein Körper nach mehr als einem netten Kerl. Obwohl ich auch in Ians blauen Augen dieses dunkle Glimmen bemerkte, das Frauen einfach anzog.

»Also, was tust du hier? Wie du reingekommen bist, will ich gar nicht erst wissen. Übrigens finde ich es furchtbar unheimlich, dass ihr alle kein Problem mit verschlossenen Türen habt!«

»Ich bin nicht eingebrochen, das erst mal dazu. Ich hab deinen Schlüssel von Cole.«

»Von Cole?« Ich sank tiefer in die Sitzfläche.

»Er hat doch einen Schlosser für dich beauftragt, und die haben ihm einen Ersatzschlüssel angefertigt.«

»War ja klar …«

Ian zuckte mit den Schultern. Sein Grinsen wurde wieder breiter. »Das ist eure geheime Fantasie, damit will ich nichts zu tun haben.«

»Und du hast dir einfach den Schlüssel geschnappt und wolltest mich im Dunkeln nach Feierabend überraschen?« Ich verstand immer noch nichts. Ian wurde wieder ernster. Kurz, aber lang genug, dass ich die Sorgenfalten auf seiner Stirn richtig deutete.

»Wir haben Dinge gehört, die uns ein wenig in Aufruhr versetzt haben.«

»Kannst du endlich mal Klartext sprechen? Was habt ihr gehört und von wem um Himmels willen?!« Ich verschränkte die Arme vor der Brust.

»Möchtest du mir etwas zum Namen Gavin Dale sagen?«

Mir wich alles Blut aus dem Gesicht, und wieder nahm mein Herz einen unangenehmen Turbo auf. »Nein.«

»Das dachte ich mir schon, deshalb habe ich ein wenig geforscht.«

Ich wurde wütend! Was nahmen sich Ian und Cole eigentlich heraus, einfach in meinem Leben zu schnüffeln! »Was soll das, Ian? Wieso steckst du deine Nase in Angelegenheiten, die dich nichts angehen? Oder wollte Cole, dass du das hier tust?«

»Nein, Cole weiß von nichts, außer, dass ich hier bin. Aber er hat mich nicht geschickt.«

»Natürlich nicht«, murmelte ich. Wieso sollte sich Cole auch noch für mich interessieren?

Das Zeichen mit seinem Abgang und Nichtmelden war klar und deutlich. Ian rutschte näher zu mir und nahm meine Hand. Seine Berührung war warm und tröstlich. »Ich habe dir schon mal gesagt, dass Cole nicht einfach ist. Wenn du denkst, er wäre abgefuckt, dann weißt du nicht, wie sehr. Er kann Gefühle nicht offen zeigen, geschweige denn ausdrücken. Aber ich kann dir als Einziger, der Cole wirklich kennt, sagen, dass er nur die Dinge beschützt, die er liebt, und er hat verdammt vieles in die Wege geleitet, um dich in Sicherheit zu wissen. Er ist übrigens nicht gerade begeistert, dass dein Geschäftspartner dich jeden Morgen hier abholt und wieder heimbringt.« Ian drückte meine Finger. »Aber so ein bisschen Eifersucht hat noch keinem geschadet. Im Gegenteil.«

»Also was hast du …«

In dem Moment polterte es dröhnend gegen die Eingangstür meiner Wohnung, und Ian lachte laut auf. Hier waren doch alle verrückt geworden, oder nicht?

Er stand auf, zog sich sein Shirt über den Kopf und schmiss es auf die Couch. »Was soll das?«, fragte ich verstört.

»Das wirst du gleich sehen.« Selbstsicher lief er zur Tür, und ich verfolgte seinen trainierten Rücken mit meinen Augen, bis er im Flur verschwand. Ich hörte tiefe Stimmen, die lauter wurden, dann stand auf einmal Cole inmitten des Türrahmens. Sein Atem ging schnell, und seine Brust hob und senkte sich immer heftiger, als sich unsere Blicke trafen und ineinander verloren. Kein Wort kam über seine Lippen, aber sein harter Gesichtsausdruck sprach Bände. Ian schob sich an ihm vorbei und riss ihn so aus der Starre.

»Niemand hat gesagt, dass du sie ficken sollst«, knurrte Cole, und Ian zwinkerte mir so zu, dass Cole es nicht sah.

Er fuhr herum und verschränkte die Arme vor der immer noch nackten Brust. »Aber es hat auch niemand gesagt, dass ich es nicht tun soll.«

Ian forderte Cole heraus, und es sah fast so aus, als ob Cole gleich eine Waffe zog, um ihn umzulegen. Sein Blick drückte auf jeden Fall alles aus, was man wissen musste, und als er von Ian zu mir wanderte, spürte ich die Gänsehaut, die meinen Nacken hinaufkroch. Wie jedes Mal, wenn Cole mich ansah.

»Verschwinde, sonst vergesse ich mich.«

»Nein«, erwiderte Ian schlicht, und Cole ballte die Hände zu Fäusten. Ich war fasziniert von der immensen Ladung testosterongeschwängerter Macht, die hier im Raum hing. Es war, wie einen Kampf zwischen zwei Raubtieren zu beobachten, die umeinander schlichen. Man wusste nicht, wer zuerst zuschlug. »Ich hätte kein Problem mit einer weiteren Runde. Na, Cole, nicht noch mal Lust auf eine Ménage-à-trois?«

»Du Wichser …«

Bevor sich Cole auf Ian stürzen konnte, stand ich auf. »Lasst den Scheiß! Dafür haben wir wirklich keine Zeit!«

Sie hielten beide inne und sahen mich an. Ian löste sich als Erster aus der Starre, nahm sein Shirt und zog es sich über den Kopf. Er ging auf Cole zu, tätschelte ihm die

Schulter und sagte irgendetwas zu ihm, das ich nicht verstand.

»Bye, Snow White, und viel Spaß mit dem großen, bösen Wolf!«, rief er fröhlich, und das Letzte, was ich hörte, war die zuschlagende Haustür. Stille legte sich über uns, in der ich das Knistern, das zwischen uns wuchs, immer stärker vernahm.

»Was soll das alles, Cole?«, flüsterte ich kaum hörbar, als traute ich mich eigentlich nicht, diese Worte auszusprechen. Coles Ausdruck änderte sich nicht. »Ich versteh gar nichts mehr …«

»Komm her.«

Ich schüttelte langsam den Kopf. »Nein. Ich habe dir eine Frage gestellt.«

»Und ich dir einen Befehl gegeben.«

Ich lachte bitter auf. Egal was Ian sagte, Cole war nicht dazu geschaffen, zu kommunizieren, und auch wenn ich mit seiner Verschlossenheit vorher kein Problem gehabt hätte, brauchte ich gerade nicht mehr als ein paar Antworten. Diese starke Anziehung hin oder her, das konnte so nicht weitergehen. Nicht, solange Dale da draußen war und Ian mir kryptische Dinge erzählte. Von wem wusste er von Dale und was wusste Cole?

Der fuhr sich mit der Hand über das Gesicht. Dabei schabten seine Finger laut über die unrasierten Stoppeln. Mir fiel auf, dass sie länger waren als sonst und unter seinen Augen dunkle Ringe lagen. Er wirkte müde, als hätte er seit Tagen nur Nachtschichten eingelegt.

In diesem Moment tat er mir leid. Irgendetwas musste es gegeben haben, das ihn zu dem gemacht hatte, was er war. Und egal, was es war, er kam damit nicht klar, auch wenn er nach außen hin einen anderen Eindruck machte. Ich ging einen Schritt auf ihn zu, und der Ausdruck in seinem Gesicht wurde wieder härter, wuchs erneut zu dem dominanten Mann an, als den ich ihn kennengelernt hatte. Er brauchte die Kontrolle. Aber nicht, wie er sagte, weil es in seiner Natur lag. Er brauchte sie, weil es das Einzige war, das ihm Sicherheit gab.

Noch ein Schritt, und Cole bewegte sich keinen Zentimeter. Er verharrte an Ort und Stelle und beobachtete meine Bewegungen auf ihn zu.

»Hier bin ich«, hauchte ich und blieb kurz vor ihm stehen. »Und ich möchte Antworten.«

Seine Hand wanderte zu meiner Kehle. Sein Griff verstärkte sich, aber ich streckte mich ihm noch ein Stück entgegen. »Hast du mit Ian geschlafen?«

»Cole …« Musste ich ihm das wirklich sagen? Glaubte er so wenig an sich … an uns?

»Ich habe dir eine einfache Frage gestellt.« Noch ein bisschen zogen sich die Finger um meinem Hals zusammen. Ich schaute ihm tief in die dunklen Augen. Sah das Feuer, den Schmerz, das Verlangen … und mehr.

»Nein.«

Und plötzlich lagen seine Lippen auf meinen. Besitzergreifend wie zuvor, doch mit einem Funken Sanftheit. Er drängte mich gegen die Wand, damit ich ihm und seinen gierigen Küssen nicht entkam. Meine Hände fuhren durch seine Haarsträhnen und zogen ihn daran noch enger zu mir. Ich musste es mir eingestehen, ich hatte ihn vermisst. Sehr sogar.

Cole löste sich von mir und sah mich an. Seine Finger gruben sich tief in meine Hüften, während er mich weiterhin an der Wand gefangen hielt.

»Was wisst ihr über Dale? Cole, was sind das für Narben, haben sie mit ihm zu tun?«, fragte ich vorsichtig, und Cole zögerte.

»Es sind nicht die sichtbaren Narben, die uns ausmachen, sondern die unsichtbaren«, sagte er leise als Antwort auf meine Frage, und ich legte meine Hand an seine Wange. Nun wusste ich noch weniger, was er meinte oder sogar fühlte.

»Und wie viele davon trägst du, Cole Craft?«, wisperte ich und wünschte mir, dass ich die Male, die ihn zeichneten, damit ungeschehen machen könnte. Kaum spürbar drückte er seinen Kopf in meine Handfläche, und ich fühlte die rauen Bartstoppeln auf meiner Haut.

»Ich möchte nicht getröstet werden«, erwiderte er in demselben Ton, und ich verstand genau, was er damit meinte. Er erzählte mir nichts, weil er nicht wollte, dass ich ihn anders ansah. Er hatte Angst vor Gefühlen, aber in gewisser Weise hatte ich das ebenso. Wir hatten es beide nicht gelernt, mit ihnen umzugehen.

»Ich tröste dich nicht, ich bewundere deine Stärke. Siehst du Mitleid in meinen Augen?« Er zögerte, aber schüttelte daraufhin leicht den Kopf. Ich löste meine Finger und packte eines seiner Handgelenke. Langsam öffnete ich die beiden kleinen Knöpfe und schob vorsichtig den schwarzen Stoff seines Hemdes nach oben. Meine Fingerspitzen glitten sanft zuerst über seine sehnigen Unterarme, bis sie die wulstartigen Erhebungen erreichten. Bedächtig führte ich seine Handgelenke zu meinen Lippen und küsste sie. »Du bekommst von mir kein Mitleid, nur Bewunderung, was du aus deinem Leben gemacht hast. Trotz der Umstände.« Ich hatte angenommen, dass er mir seinen Arm entzog, aber stattdessen sah er selbst auf die Narben, und kurz hatte ich den Eindruck, er versinke in Erinnerungen, die so schmerzhaft waren, dass sie kaum ein Mensch überleben konnte.

»Du weißt eigentlich überhaupt nicht, wer ich bin«, sagte er leise, aber ohne Vorwurf, als er erneut meinen Blick suchte.

»Dann zeig es mir«, erwiderte ich eindringlich und hielt die Luft abwartend an.

Kapitel 31

Cole

23 Jahre zuvor

Ich konnte nicht schlafen. Weil der Schmerz meiner Rippen mit dem an meinem Hinterkopf im Rhythmus meines rasenden Pulses um die Wette pochte.

Ich hatte mich nicht zum ersten Mal gegen ihn behauptet, weil er Mum geschlagen hatte, aber diesmal hatte er mich ganz besonders büßen lassen. Noch niemals zuvor war ich eine kurze Zeit bewusstlos gewesen, doch es hatte ausgereicht, um nicht nur mich, sondern auch meine Mum fast ihr Leben zu kosten. Generell hatte ich immer häufiger den Eindruck, seitdem mein dreizehnter Geburtstag bevorstand, gab es nichts, was ich richtig machen konnte.

Lag es daran, dass er Angst hatte, ich könnte ihn irgendwann tatsächlich einmal von seinem selbst gebauten schwarzen Thron schubsen?

Ich hatte keine Ahnung, was mein Erzeuger in Wirklichkeit alles tat, damit wir so abgehoben leben konnten, aber ich wusste, er gehörte nicht zu den Guten. Auch wenn mich das zahlreiche seiner Lakaien, die er tagtäglich um sich scharte, glauben lassen wollten. Ich sah das Tier in ihm. Ich sah ihn, wie er war. Denn ich bemerkte das Gleiche in meinen Augen, wenn ich morgens in den Spiegel schaute.

Doch eigentlich ging es mir nicht um mich, wenn ich mich gegen ihn stellte. Es war mir egal, was er mir antat. Wie sehr er mich schlug, würgte oder mehr. Ich würde den Schmerz aushalten, weil ich nichts anderes kannte. Ich war damit aufgewachsen, in ihm gewachsen. Aber meine Mum … meine Mum hatte etwas Besseres verdient als diesen jämmerlichen Schlappschwanz, der nichts anderes kannte als Gewalt und darüber Macht zu erlangen.

Ein dämmriger Lichtschein fiel in mein Zimmer, als sich die Tür leise öffnete. Ohne dass ich es verhindern konnte, spannte sich mein Körper an. Manchmal gab es Tage, an denen es ihm nicht gereicht hatte und er mir selbst den Schlaf nicht gönnte.

»Cole«, vernahm ich die flüsternde Stimme meiner Mum. »Cole, wach auf!« Sie kam näher, und ich setzte mich in meinem Bett auf. Irgendetwas war anders als sonst. Mums dunkelbraune Locken waren mit einem Haarband zusammengebunden. Dad hasste es, wenn sie die Haare nicht offen trug. Sie warf eine kleine Reisetasche auf mein Bett, und mir fiel auf, dass sie einen Mantel trug. Die Male in ihrem Gesicht schimmerten schon jetzt dunkel und blau, allein durch das dämmrige Licht. Wie würden sie morgen bei Tageslicht aussehen? Sie würde mehr als ihre üblichen drei Schichten Schminke benötigen. »Pack nur das ein, was du wirklich brauchst. Du hast nur zwei Minuten, los!«

»Was? Aber ich verstehe nicht …«

»Los!«, wisperte sie eindringlicher und begann, Unterwäsche aus meinem Schrank zu ziehen und in die Tasche zu stopfen. Sie wirkte verwirrt oder vielleicht einfach nur total gehetzt. Wollte sie, dass wir abhauten? Dem Schwein endlich entkamen, das sich mein Vater nannte?

Ohne weiter zu zögern, warf ich die Bettdecke beiseite und schnappte meine Tasche. Ich packte Dinge ein, die uns nützlich sein konnten, mein Handy, ein Taschenmesser, außerdem einen Hoodie und eine Jogginghose.

»Komm, William wartet nicht lange, und wenn dein Dad herausfindet, dass er uns hilft …« Sie verstummte, als die Tür mit einem Male eingetreten wurde und laut krachend gegen die Wand prallte. Wir fuhren herum und ich würde den ängstlichen Gesichtsausdruck meiner Mum niemals vergessen. Nie wieder wollte ich, dass sie das fühlen musste! Die Angst! Diesen Schmerz!

»Ihr jämmerlichen kleinen Wichser!«, schrie mein Erzeuger. Sein großer Körper bebte, und seine Worte klangen schwer auf seiner Zunge. Er war betrunken, es war nie gut, wenn er das war. Und diesmal spürte ich, dass es ganz besonders schlimm wurde.

Ich stellte mich vor meine Mum. Schon jetzt überragte ich sie um einige Zentimeter. Zuerst musste er an mir vorbei. Diesmal würde ich ihn nicht einfach so davonkommen lassen.

Ich sah das Messer in seinen geballten Fingern erst, als es im Lichtschein des Flurs, der nach drinnen drang, glänzte. Langsam hob er die Hand. »Ich dachte mir schon, dass ihr mich übers Kreuz legen und mit meiner Kohle abhauen wollt, aber ihr wisst, dass es keine zweiten Chancen gibt. Mit eurer Entscheidung habt ihr euer Leben verwirkt.« Er lachte tief, und mir lief eine Gänsehaut den Rücken hinunter. Ich würde lügen, würde ich behaupten, ich hätte keine Angst. Aber ich musste meine Mum beschützen. Das war meine oberste Priorität.

Das Blut rauschte in meinen Ohren, als sich mein Vater mit dem Messer voran auf mich stürzte und ich nur wie in einem Tunnel wahrnahm, dass sein massiger Körper gegen meinen prallte und mich herumriss. Die Schreie meiner Mum erklangen im Zimmer, während wir uns auf dem Boden wälzten. Doch mein schwächlicher Körper hatte keine Chance. Es war wie ein Kampf gegen einen ausgewachsenen, wütenden Grizzlybären. Ich hatte keine Zeit gehabt, lange genug dafür zu trainieren. Aber vielleicht hätte ich das sowieso niemals tun können.

Als er mich mit seinem ganzen Gewicht auf den Boden drückte und meine Handgelenke schraubzwingenartig in seine Hand nahm, wusste ich es.

Seine hasserfüllten Augen, dieser Blick, würden das Letzte sein, was ich sah.

Das Allerletzte. Ich hoffte nur, er tat es schnell.

»Cole?« Eves sanfte Stimme riss mich aus meiner Erinnerung. Ich dachte nicht mehr oft an diesen Tag, aber wenn ich es tat, erwischte es mich immer noch eiskalt. Es war, als würde ein innerer Film in mir ablaufen, in dem jemand anderes die Hauptrolle gespielt hatte. Das konnte nicht mein Leben gewesen sein.

Ich sah auf, und ihre hellblauen Augen erinnerten mich daran, dass ich in Sicherheit war. Es war lange vorbei. Und trotzdem würde meine Mum nie wieder zurückkommen. Weil ich versagt hatte. Zu schwach war. Ich schluckte hart. War es an der Zeit, mich jemandem anzuvertrauen? Der Einzige, der von meiner Vergangenheit wusste, war Ian, aber nur, weil ich ihn damals, in der dunkelsten Stunde meines Lebens, kennengelernt hatte. Sollte ich jemand anderen mit hineinziehen? Doch eigentlich sollte ich ihr selbst die Entscheidung überlassen, ob sie es wissen wollte. Ihr musste nur klar sein, wenn sie einmal mit drin hing, könnte ich sie nie wieder gehen lassen.

»Komm, setzen wir uns erst mal«, sagte sie und zog mich vorsichtig, als wäre ich zerbrechlich, zu ihrer Couch. Wir nahmen Platz, und ich wusste zum ersten Mal seit Langem nicht, wie ich mit der Sprache rausrücken sollte.

»Meine Mum ist tot.«

Eve sog die Luft tief ein und riss geschockt die Augen auf. Sie nahm meine Finger und drückte sie. Okay, vielleicht nicht die beste Einleitung. »Gott, das tut mir unglaublich leid. Wann?«

Ich zog den Ring aus meiner Hosentasche und drehte ihn in meiner Hand. Mein Blick war starr darauf gerichtet, und ich fühlte seine Schwere, die mich fast zu Boden presste. Immer wieder glitt er durch meine Finger. »Vor dreiundzwanzig Jahren. Der hat ihr gehört.« Das Licht glänzte auf dem einen Diamanten in der Mitte der Fassung. Ihre Mum hatte ihr diesen Ring geschenkt, und die Widmung ließ mich kaum atmen. *Believe in your heart.* Es war das Einzige, was mich noch an meine Mum erinnerte.

Eve runzelte die Stirn, als wollte sie die Geschichte dahinter erfahren. Ich steckte den Ring zurück und hob mein Handgelenk in die Höhe. »Das hier war nicht mein eigener Versuch, mich zu erledigen. Es war der meines Vaters.«

Der Schock, der Eve traf, war unübersehbar. Ihr Körper spannte sich an, und es wirkte, als würde sie gleich anfangen zu weinen. Da war er doch, der Ausdruck des Mitleids, den ich so sehr hasste. Ich hatte ihn damals oft gesehen. Bei den Polizeibeamten, die im Krankenhaus aufgetaucht waren und meine Aussage aufgenommen hatten. Bei der Sozialarbeiterin, die mich in ein Heim stecken wollte. Bei Ians Grandma, als sie mich, ohne zu zögern, aufnahm. Bei den Lehrern, die über mein Schicksal Bescheid wussten. Doch eines Tages, als ich herausfand, was mein Vater wirklich getan hatte und ich den ersten Deal mit seinen Geschäftspartnern abschloss, sah ich dieses Mitleid nicht. Ich sah nach der ersten Skepsis Respekt und Loyalität. Nur weil das Blut meines Vaters durch meine Adern floss, und zum ersten Mal brachte mir das einen Nutzen. Und ein Gefühl der unfassbaren Stärke.

»Welcher Vater tut so etwas?«, flüsterte sie und zog mich zurück in die Gegenwart.

Ich wusste keine Antwort darauf. Ich wollte niemals Kinder und würde sicherlich keine bekommen, aber wenn ich welche hätte, würde ich sie mit meinem Leben schützen!

»Er war ein mieses, gewalttätiges Schwein, nur auf seinen eigenen Nutzen bedacht. Meine Mum und ich wollten in dieser Nacht vor ihm flüchten. Er hat es herausgefunden und sich an uns gerächt. Auch schon vorher war ihm jedes Mittel recht, um seine Macht zu demonstrieren. Vielleicht bin ich einfach nur genauso krank wie er«, sagte ich und wich Eves Blick aus. Sie umfasste mein Gesicht und zog es zu sich.

»Das bist du ganz sicher nicht! Nur weil du die Kontrolle brauchst, heißt es nicht, dass du Kinder oder Frauen absichtlich Schmerzen bereiten oder ihnen gar Schlimmeres antun würdest! Das hat überhaupt nichts mit unserer Vereinbarung zu tun, wenn du das nun denkst!«

Ich war nicht überzeugt, und das spürte Eve.

»Du hast meine Fantasien erfüllt und das nicht auf eine egoistische Weise! Ich wollte devot sein und habe mich mit dir dafür entschieden! Das ist etwas völlig anderes als das, was dein Vater euch angetan hat! Außerdem willst mich beschützen, seitdem du von Dale erfahren hast!«

»Ich habe den Kontakt abgebrochen und dich Dale überlassen!« Die Wut auf mich selbst kam uneingeschränkt und wie ein Hammerschlag. Das Vermächtnis meines Vaters würde irgendwann die Kontrolle über mich übernehmen und mich genauso werden lassen. Davon war ich überzeugt.

»Hast du das wirklich?«, fragte sie, und ich presste die Lippen zusammen. »Du warst da, oder? Immer …«

Sie hatte recht. Ich hatte sie beschatten lassen, auch wenn ich es nicht selbst getan hatte. Denn dann wäre ich eingeknickt und hätte das Ganze zwischen uns garantiert nicht beenden können. Obwohl mir klar war, dass ich das sowieso nicht konnte. Nicht mehr.

»Siehst du«, sagte sie, und ein leichtes Lächeln trat auf ihre schönen Züge. Sie verstand und durchschaute mich. Ihr machte die Dunkelheit in mir nichts aus. Und einen Menschen, dem ich mich anvertrauen wollte, hatte ich bisher nicht oft kennengelernt.

»Was hat Dale dir angetan?«, stellte ich die Frage, die ständig in meinem Kopf kreiste und deren Antwort ich wissen musste, um diese Angelegenheit endlich erledigen zu können. Eve atmete tief ein, und ich sah ihr an, wie schwer es ihr fiel, sich mir ebenfalls zu offenbaren.

Kapitel 32

Eve

Meine Kehle war wie ausgedörrt, als ich die Worte sprach. »Ich habe Delia mit Anfang zwanzig kennengelernt. Ich kam frisch nach New York des Studiums wegen und lernte sie an der Uni kennen. Sie studierte Medizin, doch eigentlich interessierte es sie überhaupt nicht. Sie wollte nur in die Fußstapfen ihrer Mum treten, hat aber nach zwei Semestern aufgegeben. Unsere Freundschaft blieb. Auch noch, als ich nach meinem Studium einen Job in einer der begehrtesten Anwaltskanzleien der Stadt ergatterte. G. Dale & Partner.« Ich atmete kurz durch, als mich die Erinnerungen überfluteten, und Cole wirkte, als würde er langsam verstehen. »Als blutjunge Anwältin war Gavin mein absolutes Vorbild. Er gewann jeden Fall, war er noch so schwierig. Bis ich bemerkte, dass er Menschen vertrat, die ganz und gar nicht unschuldig waren. Ich erinnere mich an einen Fall, in dem ein Vergewaltiger freikam, obwohl alle Beweise gegen ihn waren. Mein Gewissen meldete sich, und ich sprach Dale eines Tages darauf an. Er stellte mich dar, als hätte ich keine Ahnung von unserem Job und müsste noch einiges dazulernen. So naiv, wie ich war, glaubte ich ihm.«

Cole ballte die Hände zu Fäusten, und ich bemerkte, wie schwer ihm seine Zurückhaltung fiel.

»Delia hat mich des Öfteren auf der Arbeit besucht, und irgendwann fand Dale Gefallen an ihr. Du kennst sie, sie ist bildhübsch und strahlt diese lockere Leichtigkeit aus, die auf Männer unglaublich anziehend wirkt. Dale hatte einen Narren an ihr gefressen und sie umworben. Er schenkte ihr teure Dinge, nahm sie mit auf Veranstaltungen oder auf seine Yacht, und ich fand es okay. Delia sonnte sich in seiner Aufmerksamkeit, und Dale war immer noch so etwas wie ein Gott für mich. Er machte einen grandiosen Job, bis ich mitbekam, dass er Richter und Staatsanwälte bestach.« Ich schloss kurz die Augen und rang um meine Beherrschung. Wie konnte mich damals ein Mensch so derart blenden? Ich war schuld daran, wie es zu alldem gekommen war. Cole nahm meine Hand, und ich fand den Mut, weiterzusprechen. »Delia stand eines Abends völlig verstört vor meiner Tür. Dale habe versucht, sie in seinem Appartement zu vergewaltigen. Glücklicherweise bekam er unerwartet Besuch und wurde so davon abgehalten. Sie konnte abhauen und kam zu mir. Ich wollte die Polizei rufen, aber Delia hielt mich ab. Ist es nicht komisch, dass in so einer Situation oft die Frau sich selbst die Schuld gibt?« Ich lachte bitter auf. »Delia hatte mit Dale bisher nicht geschlafen, und nach einigen Wochen voller Geschenke und Aufmerksamkeiten wollte er sein sogenanntes Recht einfordern. Sie begründete seine Tat damit, dass sie ihn schließlich hingehalten hätte.«

Coles Miene war eiskalt. Er sagte kein Wort, doch ich sah ihm an, was er am liebsten mit Dale tun würde. Er dachte von sich selbst, er wäre schlecht, aber in Wirklichkeit hatte er meine Gefühle von Anfang an respektiert. Cole war nicht vergleichbar mit Typen wie Gavin Dale.

»Delia übernachtete bei mir, und am nächsten Tag auf der Arbeit sprach ich Dale darauf an. Ich nahm all meinen Mut zusammen und ging in sein Büro …« Wieder rang ich nach Luft, denn ich hatte das Gefühl, dass mit einem Mal der gesamte Sauerstoff aus dem Zimmer entwichen war. »Vielleicht war das der Moment, in dem ich den Glauben an Männer komplett verloren habe.«

»Was hat er dir angetan?«, knurrte Cole, und mir stockte weiter der Atem. Es war unbeschreiblich schwer, über all das mit jemand anderem als meiner besten Freundin zu sprechen.

»Er hat mich nicht verletzt, zumindest nicht auf eine körperliche Weise. Niemals hätte er mir im Büro, in dem es alle hätten mitkriegen können, etwas angetan. Aber er hat mir gedroht, und er hat seine Warnung wahr gemacht. Er hat Leute auf Delia und mich angesetzt, die uns verfolgten, wir erhielten Drohungen und mehr, doch kein Beweis führte zu Dale, und wir hatten nichts gegen ihn in der Hand. Irgendwann, ein paar Tage später, hat er Delia aufgelauert und sie … vergewaltigt und zusammengeschlagen, bis sie ins Krankenhaus musste … Sein Gesicht war verdeckt, und es war dunkel, aber Delia ist sich sicher, dass er es war!« Ich spürte die Tränen und konnte sie nicht mehr aufhalten. »Doch danach haben die Drohbriefe und Anrufe erst aufgehört, als sich der Vater meines Partners Aidan, den ich im College kennengelernt habe, für uns einsetzte. Er hat Dale vor Gericht gezerrt, und weißt du, was passiert ist? Nichts! Er wurde einfach freigesprochen, obwohl sich Aidans Dad wirklich ins Zeug gelegt hatte! Wahrscheinlich hat er halb New York geschmiert, aber das einzig Gute war, dass er daraufhin spurlos verschwand.

Wir haben nie wieder etwas von ihm gehört, trotzdem hat es lange gedauert, bis Delia wieder jemandem vertrauen oder sogar ruhig schlafen konnte. Ich bin schuld …« Wieder und wieder packten mich Schluchzer, wenn ich an das Schicksal meiner besten Freundin dachte, und ich bekam die Sätze nur noch abgehackt über die Lippen. »Ich habe sie miteinander bekannt gemacht. Hätte Dale sie gar nicht erst getroffen, hätte er nicht …« Ich konnte nicht mehr weitersprechen. Es ging nicht.

Cole zog mich an sich, und zum ersten Mal fand ich den Halt bei ihm, den ich zwar nicht gesucht aber nun doch gefunden hatte. Ich weinte erneut um Delia, um den Glauben und unsere Naivität, die wir beide vor fünf Jahren verloren hatten. Wir dachten, wir hätten die Kiste ausreichend weit weggeschoben, aber sie würde immer wieder aufbrechen. Der Keller könnte gar nicht groß genug sein, um so ein Ereignis einfach zu vergessen.

»Dale wird büßen«, wisperte Cole dunkel, und ich löste mich von ihm. Meine verwischte Wimperntusche brannte in meinen Augen. »Für deine Freundin, für dich und all die anderen.«

»Tu das nicht, halt dich am besten da raus, dann wird er schon wieder aufhören.«

»Menschen wie mein Vater und wie Dale müssen Konsequenzen erfahren, sonst hören sie niemals auf. Glaub mir, ich weiß, wovon ich spreche.«

»Ich habe Angst, dass er Delia erneut etwas antut! Ihr ging es erst seit dem letzten Jahr wieder richtig gut, ich möchte nicht riskieren, dass Dale ihr Leben noch einmal zerstört!«

»Sie ist nicht in Gefahr, das verspreche ich dir!« Cole stand auf und zog mich mit sich. »Und jetzt pack, du bleibst zur Sicherheit bei mir.«

***

Während der Fahrt sprachen wir kein Wort. Und als wir auf den Schotterparkplatz des Schlosses fuhren, wusste ich immer noch nicht, was ich sagen sollte.

Ich wollte mich für Coles Hilfe bedanken, andererseits hatte ich Angst, dass ihm oder Delia etwas passieren würde, wenn er sich einmischte und mit Dale anlegte. Dale hatte Kontakte in alle Richtungen und war weitaus gefährlicher, als er den Anschein machte.

Aber Cole war überzeugt davon, dass er alles unter Kontrolle habe und selbst unantastbar sei. Und ganz vielleicht war er das sogar.

Glücklicherweise hatte Cole gleich jemanden geschickt, der auf Delia achtgeben sollte. Byron war wahrscheinlich doch nicht der beste Aufpasser gewesen, und ich fühlte mich besser, wenn wir ihn nicht mehr weiter mit hineinziehen mussten. Vor einer halben Stunde hatte sich einer von Coles Männern direkt auf den Weg gemacht.

Cole half mir aus dem Wagen, und ich begrüßte William mit einem kleinen Lächeln. Der alte Mann wirkte so, als hätte er schon weitaus mehr während seiner Arbeit hier gesehen, als gut für ihn war. Trotzdem blieb er, und das musste einen guten Grund haben. Eventuell den, dass Cole und Ian eben doch nicht so schlecht waren, wie sie dachten.

Cole nahm meine Reisetasche aus dem Kofferraum und führte mich durch das Haus. In diesem Moment hatte ich keinen Sinn für die Schönheit des Inneren, die Gemälde an der Wand oder die alte Einrichtung. Ich ließ mich nur von Cole die Treppe hinauf- und einen Gang entlangführen, bis wir schließlich in einem düsteren Flur vor einer breiten Tür zum Stehen kamen.

»Das ist dein Zimmer«, sagte er und öffnete den linken Flügel. Ich atmete tief ein, als mein Blick über das ausladende Himmelbett mit den geschnitzten Pfeilern, die wunderschönen Deckenmalereien, den Kronleuchter und die anderen exklusiven Einrichtungsgegenstände fiel. An einem anderen Tag, in einem anderen Moment, hätte ich mich wahnsinnig darüber gefreut, in solch einem Zimmer übernachten zu dürfen. Aber jetzt machte ich mir viel zu viele Sorgen um die beiden Menschen, die mir in meinem Leben am wichtigsten waren.

Die Balkontür stand offen, und eiskalte Luft drang ins Innere des Raumes. Cole stellte meine Reisetasche auf das Fußende des Bettes und schloss die Tür nach draußen, während ich die Arme um meinen Oberkörper schlang. Mir fiel auf, dass das Zimmer aussah, als hätte hier schon lange keiner mehr übernachtet. Weit und breit war kein anderer Koffer und Kleidung zu sehen. »Du schläfst nicht hier?«

Er kam zu mir und stellte sich vor mich. »Du wirst hier sicher sein, bis ich zurück bin. Ich muss mich nun um …« Er zögerte. Vielleicht, weil er vor mir nicht aussprechen wollte, was er wirklich mit Dale tun würde. »… Dinge kümmern.«

»Ich finde es nicht gut, dass du mein Problem alleine regelst. Ich sollte dabei sein.«

Cole hob die Hand und strich mir sanft eine Haarsträhne aus dem Gesicht. Er wirkte wie zwei verschiedene Männer. Kalt und hart. Zärtlich und gefühlvoll. Ich wusste nie wirklich, wann welcher vor mir stand. Oder welchen davon ich mehr begehrte.

»Unter keinen Umständen.«

»Aber dir könnte etwas passieren.«

»Bei Dale? Mach dir keine Sorgen.«

Ich hatte Cole noch niemals mit einer Waffe gesehen, aber würde er Dale tatsächlich irgendwas antun? Irgendwie waren das Bild, das so eindeutig vor mir stand, und das, welches ich von Cole selbst erstellt hatte, völlig unterschiedlich. Hätte ich Angst vor ihm haben sollen? Und wieso hatte ich das nicht? Dabei hatte meine Menschenkenntnis doch schon einmal richtig miserabel versagt. »Wenn du etwas brauchst, kannst du William Bescheid geben oder Bethany, sie wird für dich kochen.«

»Du weißt, dass ich niemand bin, der sich nun in Ruhe hier einrichten und so tun kann, als würde da draußen vor den Toren deines verdammten Schlosses nicht gerade unsere Welt untergehen!«

Cole lächelte, und dieser Ausdruck warf mich komplett aus der Bahn. »Ich steh drauf, wenn du so herrisch bist.«

»Ich dachte, du stehst drauf, wenn ich dir ergeben bin«, sagte ich und ließ mich auf sein Spiel ein.

»Falsch. Ich mag es, dich so weit zu kriegen, dass du freiwillig vor mir auf die Knie gehst«, erwiderte er, und ich vernahm den rauen Klang in seiner Stimme. Er zog mich an sich und drückte einen sanften Kuss auf meine Lippen. Es war nur ein Hauch und nicht genug, dass ich die Sucht nach ihm jemals stillen könnte. »Du bleibst hier. Keine Diskussion.«

»Lässt du wenigstens Delia auch hierherbringen? Ich muss wissen, dass sie in Sicherheit ist!«

Cole nickte. »Das habe ich schon veranlasst.«

»Und versprichst du mir, dass du nichts tust, was dich in Schwierigkeiten bringen kann?«

Cole lachte erneut. Sein Arm, den er um meine Taille geschlungen hatte, presste mich noch ein wenig dichter an seine Vorderseite. »Ich stecke schon in Schwierigkeiten«, raunte er leise, und sein Blick flog über mein Gesicht. Als müsste er sich meine Züge ganz genau einprägen.

»Komm bitte zurück. Heil«, flüsterte ich. Wie war es passiert, dass ich mich schon nach diesem Mann sehnte, obwohl er noch vor mir stand?

»Sobald es geht«, sagte er, küsste mich noch einmal, diesmal aber so intensiv, dass ich aufstöhnte und sich meine Hände wie automatisch in seine Haare krallten. Ich wollte ihn hierbehalten, obwohl ich wusste, dass das nicht ging. Ich brauchte ihn tatsächlich, um die Sache mit Dale zu regeln. Ich allein war machtlos gegen diesen Mann. Cole hatte Kontakte, um ihn ausfindig zu machen, außerdem erkannte ich in seinen dunklen Augen die Entschlossenheit. Er würde es regeln, und ich könnte nicht behaupten, dass ich geschockt war, wenn ich an die Art und Weise dachte, wie er es tat.

Cole löste sich von meinem Mund, aber hielt mich immer noch in seinen Armen gefangen. So als würde es ihm genauso schwerfallen, mich nun allein zu lassen. »Gott, Eve …«, seufzte er. »Ich …« Er atmete tief durch. »Ich bin verdammt noch mal nicht gut mit Worten, auch wenn ich dir am liebsten jetzt gerade so viel gesagt hätte.«

»Das hört sich an wie ein Abschied.«

Er zögerte, und meine Knie wurden weich.

»Vielleicht ist es das ja«, sagte er leise, und seine großen Handflächen fuhren über meinen Rücken nach oben und legten sich um meinen Nacken. Sein Griff wurde fester, und sofort wuchs erneut dieses Verlangen in mir an, das ich in seiner Nähe immer hatte. Aber diesmal war es nicht rein. Es war vermischt mit Verzweiflung, Furcht und so vielen weiteren Gefühlen, die in meinem Inneren tobten und die ich nicht zuordnen konnte.

Ich wollte Cole nicht einfach so gehen lassen! Wer wusste, was Dale geplant hatte und ob er ahnte, dass ich Hilfe durch Cole bekam?

Ich löste mich und sank auf die Knie. Cole zog die Augenbrauen fragend zusammen und sah auf mich herab. Seine Arme hingen zu seinen Seiten hinab, und er berührte mich damit nicht. Nur mit seinem intensiven Blick. Bis tief in meine schmerzende Seele.

»Benutz mich. Kontrollier mich. Nimm mich«, wisperte ich zitternd und legte meine Hände in meinen Schoß. »Einmal noch.« Meine Stimme war nur ein Flüstern, fast zu leise, um die Worte verstehen zu können. Doch Cole hatte sie vernommen. Seine gefühlvolle und fürsorgliche Miene wechselte zu diesem dominanten Ausdruck, der mich um den Verstand brachte. Er zögerte immer noch. Wahrscheinlich weil er die Sache mit Dale lieber schnell hinter sich gebracht hätte. Aber er konnte mich nun nicht allein in diesem fremden Zimmer und diesem riesigen Schloss lassen und einfach abhauen!

Ohne dass ich wusste, was mit meiner Freundin passierte! Ohne dass ich wusste, ob er zurückkam! Und ohne dass ich noch einmal spürte, wie es sich anfühlte, unter Coles Berührungen zu erwachen. Ich brauchte dieses Gefühl der Sicherheit, das er mir durch seine Kontrolle vermittelte. Jetzt. Unbedingt.

Cole hob die Hand und strich mit dem Daumen die Linien meiner Lippen nach. Mein Verlangen spiegelte sich in seinen Augen wider. Als sich mein Mund einen Spaltbreit öffnete, schob er seinen Finger leicht nach. Ich fuhr mit meiner Zungenspitze über die raue Kuppe, und Cole stöhnte leise auf. Ich liebte dieses Geräusch. Es war männlich, fast ein Knurren und animalisch. Als würde ich ihn damit ebenfalls um den Verstand bringen.

Langsam hob ich die Hände und legte sie auf den Stoff seiner Hose. Ich öffnete den Knopf, ohne dass er sich dagegen wehrte, dann zog ich sachte seinen Reißverschluss herunter. Ich sah unter seinen schwarzen Boxershorts, wie hart er bereits für mich war, und seufzte auf. Nichts wollte ich mehr, als Cole so nahe zu sein, wie es ging.

Er keuchte, als ich seinen Schwanz aus der Hose befreite und mit meiner Zunge über die heiße Länge leckte. Die Haut war weich und glatt, und unter meiner Berührung wurde er noch ein wenig härter.

Coles Hände fuhren in meine Haare und dirigierten mich auf seine Erektion. Er nahm sich, was ich ihm freiwillig gab, und noch ein Stückchen mehr, als er sich tief in meinen Mund schob. Sein Griff verkrampfte sich, und ich bemühte mich, seinen Stößen, die immer zügelloser wurden, hinterherzukommen. Ich spürte, dass er seine Beherrschung von Mal zu Mal mehr verlor. Als ich zu ihm hochschaute, sah ich das Tier in ihm, den Hunger, die Lust. Und es gehörte alles mir.

Ruckartig entzog er sich meinem Mund und hob mich an der Taille hoch. Seine Lippen trafen auf meine und seine Zunge drang ohne Zögern ein, vollführte einen wilden Tanz mit meiner eigenen und schenkte mir das Gefühl völligen Begehrens. Er drückte mich in Richtung des Bettes. Kurz davor legte ich meine Hände an die Knopfleiste seines Hemdes, und er unterbrach unseren Kuss. Wir atmeten beide schwer, und als ich zu ihm aufsah, wusste er, was ich wollte. Ich hatte ihn bisher noch nicht komplett nackt gesehen, und ich konnte mir vorstellen, wieso, auch wenn ich es nicht wollte.

»Darf ich?«, fragte ich, und er nickte knapp. Aber ich sah ihm an, dass es ihm schwerfiel, mich das tun zu lassen, was ich vorhatte. Langsam knöpfte ich sein Hemd auf und bewunderte seine trainierte Brust. Mein Zeigefinger schob weiter den Stoff zur Seite und fuhr kratzend über seine Bauchmuskeln. Ich hatte schon vorher durch seine Kleidung gesehen, dass er viel Sport machte, aber seinen Körper nun ohne Widerstand betrachten zu können, machte mich sprachlos. Er war unfassbar schön.

Ich lehnte mich vor und küsste seine Haut, küsste mit den Lippen jeden einzelnen Zentimeter, den ich zu fassen bekam. Langsam entspannte er sich und ließ mich sein Hemd von seinen breiten Schultern streifen.

Ich schnappte nach Luft, als ich die Narben spürte, die seine Flanken überzogen. Als ich in seine Augen sah, wusste ich die Antwort. Sein Dad hatte nicht nur an seinen Armen Mal hinterlassen. Was für ein krankes Schwein musste er gewesen sein! Zum ersten Mal freute ich mich über den Tod eines anderen Menschen!

Ich zögerte nicht lange und schob ihm seine Hose und Boxershorts nach unten. Er half mir, indem er hinausstieg und sich ganz auszog. Nackt und so, wie er tatsächlich war, stand dieser faszinierende, dunkle und fürsorgliche Mann ohne Maske oder Mauer vor mir. Nichts stahl mir die Sicht auf ihn, und mir wurde erneut bewusst, dass er überhaupt nicht viele Worte brauchte, um mir zu zeigen, was er war. Wunderschön. Mein. Wie ich ihm gehören wollte.

Ich tat es ihm gleich und zog mir den Bleistiftrock und die Bluse aus, meine Unterwäsche folgte nur kurz danach.

Cole legte die Hände um mein Gesicht und rahmte es ein. Als ich einen Schritt näher auf ihn zuging, spürte ich seine heiße Erektion hart gegen meinen Bauch drücken. Und obwohl mich die Gier nach ihm schier umbrachte, war es diesmal anders. Ich brauchte seine Kontrolle und

Dominanz, und trotzdem beherrschten wir beide diese Situation. Wir waren gleichgestellt. Nackt, entblößt und zeigten uns dem anderen. Die Angst, dass Cole mich tatsächlich sah, war fort, und zu keiner Zeit hatte ich ihn mehr gewollt.

Wir versanken in einem Kuss, der mich alles andere um uns herum vergessen ließ. Cole schob mich mit sanftem Druck weiter auf das Bett und folgte mir umgehend. Wir sahen uns immer noch in die Augen, als ich sein Gewicht auf meinem Körper spürte und er mich ein bisschen in die weiche Matratze drückte. Ich hatte bisher noch niemals mit einem Mann ungeschützten Sex gehabt, aber Cole wollte ich spüren. Seine Härte und seine Weichheit. Ohne Hindernisse. Haut auf Haut.

»Ich bekomme Dreimonatsspritzen und lasse mich regelmäßig untersuchen«, sagte ich leise, und Cole senkte den Blick nach unten über meinen Bauch und an die Stelle, an der seine Eichel bereits gegen meinen Eingang drückte. »Du kannst mir vertrauen, und ich vertraue dir.«

Er sah mir wieder in die Augen. »Ich habe jedes einzelne Mal verhütet.«

»Dann nimm mich«, wisperte ich, und Coles Hüften schoben sich vor. Langsam drang er in mich ein, und ich stöhnte auf, weil das Gefühl, ihn so zu spüren, mich förmlich umbrachte und gleichzeitig wiederbelebte. Ich konnte es kaum ertragen.

»Fuck«, kam über seine Lippen, gefolgt von weiteren schmutzigen Wörtern, bis er sich ganz in mir befand und stillhielt.

»Du fühlst dich unglaublich an«, sagte er, und ein schmales Lächeln trat auf seine Lippen. »Ich halte das kaum aus.«

Sanft strich ich mit den Fingerspitzen die Linien seines Gesichtes nach, und dann begann er, sich zu bewegen. Seine Stöße waren hart, präzise und vertrieben all die anderen Gedanken aus meinem Kopf. Wieder und wieder schaffte er es, mich nur ihn fühlen zu lassen. Ich genoss die Kontrolle, die sein Körper über meinen hatte. Zu spüren, wie auch Cole auf mich reagierte. Schweißperlen überzogen seinen Rücken, als ich ihn näher zu mir zog und meine Beine um seine Hüften schlang, um ihn noch tiefer in mir zu fühlen.

Seine Hand fuhr hinunter, sein Daumen legte sich auf meinen Kitzler. Er begleitete seine gleichmäßigen Stöße und nahm mich mit in Richtung eines gigantischen Höhepunktes. Immer wieder baute sich das Gefühl auf, ebbte ein bisschen ab, bis er erneut nach vorne stieß und mich noch ein Stück weiter über den Rand schob. Sein Keuchen und die Geräusche, die er ausstieß, wurden durch meine Laute unterstützt. Jeder in diesem verdammten Schloss würde meine Schreie hören, denn das, was sich anbahnte, war kaum zu ertragen. Alles in mir zog sich zusammen, und als Cole mich ansah und mich daraufhin küsste, war es um mich geschehen. Ich fühlte das Pulsieren meines Körpers, spürte meinen Orgasmus, der mich weit davontrug und Cole mitnahm. Er pumpte noch einige Male in mich und ergoss sich heiß in mir. Seine Augen wirkten verschleiert, aber sein Blick war immer noch das pure Feuer, als er mich danach ansah. Ohne Vorwarnung erwischte mich das Gefühl eines Verlustes hart, als er sich aus mir herauszog und sich neben mich legte. Aber nur so lange, bis er mich eng an sich zog.

Das erste Mal teilten wir auch ein Danach, und es fühlte sich fantastisch an. Unsere Körper waren schweißnass, und unser Atem ging immer noch hektisch. Ich war komplett ausgelaugt und trotzdem glücklich. Ein Gefühl, das ich extrem lange nicht mehr gefühlt hatte.

Ich hob den Kopf, der auf seiner Brust ruhte, und sein Blick aus dunklen Augen flog über mein Gesicht.

Worte formten sich auf meiner Zunge, aber ich konnte sie nicht aussprechen. Weil ich nicht wusste, ob das Gefühl, das mich gerade packte, echt war oder nur getrieben von diesem unglaublichen Hochgefühl unseres Sexes. Also schwieg ich und genoss seine Finger, die zarte Kreise über meinen Rücken fuhren, bis zu dem Moment, in dem er fortmusste. Um mich zu schützen.

Und das Glücksgefühl wich einer Angst, die ich kaum ertragen konnte. Ich konnte ihn nicht gehen lassen, ohne mehr über ihn zu wissen. Ohne dass er sich mir genauso anvertraute wie ich mich ihm.

Kapitel 33

Cole

Und dann kamen die Worte, die die gesamte Zeit zwischen uns standen, und ich wusste nicht, ob ich die Frage beantworten wollte.

»Wie ist dein Vater gestorben?«

Ich zog sie enger in meine Umarmung. Sie nackt so zu spüren, war unglaublich gut und gab mir Kraft, ihr Weiteres aus meinem Leben zu offenbaren. »Mein Vater ist nicht tot, zumindest nicht körperlich, obwohl er bereits schon lange für mich gestorben ist.«

Sie runzelte die Stirn.

»Er ist im Gefängnis. Die Polizei hat ihn mitgenommen, nachdem er sein Werk an meiner Mum und mir beendet hatte. Er hat sie umgebracht und sitzt bis zu seinem Lebensende ein.«

Sie schlang den Arm fester um mich. »Das ist das Mindeste, was er verdient hat.«

»Das ist nicht im Ansatz genug«, sagte ich und lachte bitter auf.

Es herrschte eine kurze Pause. »Und das Schloss, das Geschäft und das alles? Wie kamst du dazu?«

Ich war mir sicher, dass Eve diese Sachen nicht wissen wollte, um sie gegen mich zu verwenden. Also löste ich zum zweiten Mal an diesem Abend meine Deckung komplett auf. »Ich habe mit sechzehn sein Geschäft übernommen. Nicht nur weil ich den Drang nach Macht und Kontrolle hatte, sondern wahrscheinlich wollte ich mir selbst beweisen, dass ich es besser konnte als dieser Wichser von Vater. Und das kann ich definitiv. Es stellte sich heraus, dass er nicht nur ein verdammtes Arschloch war, sondern auch ein mieser Geschäftsmann. Als ich mit dreizehn im Krankenhaus war, habe ich Ian kennengelernt. Wir lagen im selben Zimmer. Er hatte ebenfalls mit den Spuren seines Vaters zu kämpfen und ihn kurz vor diesem Ereignis unserer Vergangenheit bei einem Brand im Hause seiner Großmutter verloren. Seine Grandma hat überlebt und Ian adoptiert.« Ich holte tief Luft, als mich die Erinnerungen übermannten. »Und mich ebenso. Ich war sozusagen Waise und Ians Grandma der beste und großzügigste Mensch auf dem gesamten Planeten.«

»Das hört sich wirklich nach einer tollen Frau an.«

»Das war sie.« Ich erinnerte mich an die Jahre, in denen es mir tatsächlich so etwas wie gut gegangen war. Ians Grandma Mary hatte alles dafür getan, dass unsere Narben heilen konnten, aber sie waren zu tief. Sie rissen immer wieder auf. »Irgendwann wurde aus einer dummen Jungenidee etwas Handfestes. Als ein ehemaliger Geschäftspartner meines Vaters mich wegen einiger Schulden gesucht und gefunden hatte, bin ich einen Deal mit ihm eingegangen, und so hat alles begonnen. Ian hat es mitbekommen, und auch wenn ich es gerne verhindert hätte, steckt er seitdem genauso mit drin. Sein Jurastudium hat er nur aus dem Grund gemacht, damit uns niemand etwas anhaben kann. Eve, wir haben Dinge getan, die alles andere als gut oder vertretbar sind. Es gibt keine Ausrede für all die Menschenleben, die wir auf dem

Gewissen haben.« Ihre Hand streichelte unablässig meine Seite, weil sie ihren Arm fest um mich geschlungen hatte.

»Waren Frauen, Kinder oder Unschuldige dabei?«, fragte sie leise, und ich atmete mit einem Male aus.

»Nein.«

»Dann haben die Männer das bekommen, was sie verdienten?«

»Jeder Einzelne von ihnen.«

Sie antwortete nicht, wahrscheinlich dachte sie an Dale, der vor Gericht keinerlei Konsequenzen für sein Handeln hatte befürchten müssen.

»Gut.«

Ich zog sie näher zu mir heran. »Du weißt schon, dass ich dich nach diesen Informationen nicht mehr gehen lassen kann.«

Ein Schmunzeln erschien auf ihrem hübschen Mund, und Erleichterung durchströmte mich. Sie blieb. »Was ist mit den drei Monaten?«

»Sind hiermit auf unbestimmte Zeit verlängert.«

»Sie sind äußerst inkonsequent, Mr Craft.«

»Ich habe dir schon mal gesagt, ich habe das Spiel erfunden, ich ändere die Regeln.«

Ihr Lächeln wurde breiter, bis sie fragend die Brauen zusammenzog und ich ihre Unruhe spürte.

»Und Donna?«, fragte sie vorsichtig.

»Donna war ein Gefallen an ihren Vater, der einer unserer größten Geschäftspartner war«, erklärte ich. Ich hatte ihr nun meine Geheimnisse anvertraut und sie damit in den Kreis meiner engsten Verbündeten gehoben. Nun wollte ich alles aufdecken, und es fühlte sich so an, als könnte ich endlich wieder richtig atmen.

»Du hast sie nicht geliebt?«, fragte Eve leise und zog mit ihrem Finger Kreise auf meiner Haut.

»Ich habe dir schon einmal gesagt, dass ich nicht lieben kann.«

»Du hast deine Mum geliebt.«

Und wieder wusste ich zuerst nichts darauf zu erwidern. »Meine Liebe hat rein gar nichts ausgerichtet. Mein Vater hat sich erst mich vorgenommen und danach sie. Liebe macht schwach.«

»Nicht die Liebe macht schwach, Cole, sondern die Einsamkeit. Es ist gefährlich, wenn du dich deinen größten Feinden allein stellst.«

»Aber du bist angreifbar, wenn du jemanden hast, der dir etwas bedeutet. Was, denkst du, machen diese Feinde, wenn sie herausfinden, dass es dich gibt?«, sprach ich meine größten Bedenken aus. »Ich kann nicht schon wieder dafür verantwortlich sein, dass jemand stirbt, den …« Ich wusste nicht, wie ich es ausdrücken sollte. »Der in meiner unmittelbaren Nähe ist.«

»Aber deshalb kannst du nicht bis an dein Lebensende allein bleiben.«

»Wieso nicht? Du versuchst es doch ebenso. Oder liege ich falsch? Wieso wolltest du diese Vereinbarung, bei der wir rein gar nichts vom anderen wissen? Wünschen sich andere Frauen nicht eine feste Beziehung, Hochzeit, Kinder und diesen ganzen Kram?« Nun musste sie es mir sagen. Ich hatte mich ihr so weit offenbart, dass ich mich kaum noch selbst erkannte.

»Erst einmal sind meine Eltern absolute Nieten. Mein Vater war mehr in seiner Lieblingskneipe als zu Hause, und meine Mum liebte die Liebe. Sie betrog ihn ständig und sprach nur davon, dass der Mensch für die Monogamie nicht geschaffen sei. Bisher dachte ich, dass sie recht habe.« Sie wich meinem Blick kurz aus, um mir danach erneut tief in die Augen zu sehen. »Bis dieser eine Mensch kommt, der deine dunkelsten Fantasien erfüllen möchte und dich so sieht, wie du bist. Ich hatte bisher keine Ahnung, dass es so sein könnte. Also … dass ich nicht mehr den Drang habe, nach etwas Besserem zu suchen, weil ich tief in meinem Inneren weiß, dass es nichts Besseres gibt.« Sie ließ diesen Satz bewusst im Raum stehen. Bezog sie ihn tatsächlich auf mich? »Auf jeden Fall habe ich nie darüber nachgedacht, wirklich einmal eine Beziehung einzugehen. Es war einfach nichts für mich, und ich bin damit gut gefahren.«

Ich lehnte mich über sie, und sie fuhr mir mit den Fingern über die Kopfhaut, sodass sich eine Gänsehaut auf meinem Körper aufstellte.

»Du gehörst jetzt mir.« Ich schluckte hart, als ich die Worte ausgesprochen hatte. »Und ich gehöre ab sofort ganz dir.«

Für diesen Ausdruck in ihrem wunderschönen Gesicht nach meiner Offenbarung hätte ich nicht nur einen Mord begangen. Sondern Tausende.

Kapitel 34

Eve

Der Knall, als sich die Tür schloss, dröhnte in meinen Ohren nach. Ich fühlte mich einfach nur hilflos in dieser Situation. Und ich hasste es.

Cole hatte nach unserem Gespräch den Eindruck gemacht, als wäre ihm eine Last von den Schultern genommen worden. Ein Gewicht, das ihn viel zu lange begleitet und gequält hatte, und auch ich hatte das Gefühl, einer der Steine in meinem angeknacksten Herzen hätte sich nun aufgelöst. Doch leider hing dort ein viel größerer fest, der mir die Luft zum Atmen abschnürte.

Ich musste wissen, wie es Delia ging. Also lief ich zu meiner Tasche und zog mein Handy heraus.

Ich wählte ihre Nummer, aber der Anrufversuch wurde sofort unterbrochen. Als ich auf das Display sah, erkannte ich, dass ich keinen Empfang hatte. Vielleicht waren die Wände hier in dem Schloss extra gedämmt?

Ich trug nur ein weites Shirt und Shorts, die ich nun gegen eine Jeans tauschte, und zog mir einen Wollpullover über. Mit meinem Handy in der Hand lief ich hinaus über den Flur. Vor den Türen des Zimmers sollte es auf jeden Fall Funk geben. Immer wieder hob ich mein Handy an, doch die Striche auf dem Display reichten für einen Anrufversuch nicht aus. Auf dem Weg zur Eingangshalle traf ich keine Menschenseele, und irgendwie war es gruselig, durch ein so enorm großes, leeres Schloss zu wandern. Nur dämmriges Licht drang aus schmalen Wandlampen, und ich seufzte vor Erleichterung, als ich die Eingangshalle und die Treppe nach unten erreichte. Die Halle war hell erleuchtet, und als ich auf mein Handy sah, jubelte ich beinahe, weil ich nun endlich wieder Empfang hatte. Also blieb ich am oberen Treppenabsatz stehen und wählte erneut Delias Nummer.

Es klingelte in der Leitung, aber anstatt dass sie dranging, erklang ihre Mailbox.

Wenn du möchtest, dass ich dich zurückrufe, dann erzähle deinen besten Witz nach dem Piep. Wenn er gut war, rufe ich zurück! Wenn nicht, dann versuche es noch mal!

Piiiiep.

Ich legte auf. Delia konnte während der Arbeit oft nicht telefonieren, und sie war so gut wie jeden Abend im *El Mucho.* Also war das nun ein schlechtes Zeichen oder musste ich mir überhaupt keine Sorgen machen …? Ich hatte keine Ahnung, aber die Angst wuchs trotzdem weiter an.

Wieder versuchte ich es bei ihr, aber mehr als ihre fröhliche Stimme auf der Bandansage bekam ich nicht.

Seufzend ließ ich mein Handy sinken und horchte leise in mich hinein. Was sollte ich tun? Sollte ich mir ein Taxi rufen und zu der Bar fahren? Vielleicht war einer von Coles Männern gerade sowieso auf dem Weg zu ihr, um sie abzuholen, und ich machte mir unnötige Gedanken. Er hatte schließlich versprochen, jemanden zu ihr zu schicken.

Ein Klappern im unteren Stockwerk riss mich aus meiner Starre. Cole hatte gesagt, ich solle mich an William oder Bethany wenden, wenn ich etwas brauchte, doch das Pfeifen, das nun durch das leere Haus drang, klang ganz und gar nicht nach einem von den beiden.

War das … Ian? Ich lief die breite Treppe nach unten und folgte dem Geräusch. Im Türrahmen blieb ich stehen und traute meinen Augen nicht.

»Machst du … Auflauf?«

Er hatte mir den Rücken zugewandt und zuckte zusammen, als er meine Stimme vernahm. »Verdammte Scheiße!« Er wirbelte herum und riss überrascht die Augen auf. »Snow White! Du bist hier!«

Ich trat näher und lehnte mich nach vorne, um in die Form zu sehen, die auf der Küchenanrichte stand. »Du kannst kochen?«

Ian zuckte mit den Schultern. »Ich würde ja Bescheidenheit vorspielen, aber ja, ziemlich gut sogar.« Sein jungenhaftes Grinsen war fast ansteckend, wäre diese Situation nicht so verdammt konfus. »Aber erzähl mir erst mal, was du hier tust.«

Er deutete auf einen massiven Eichentisch in der Mitte der großen Küche, an dem locker zwanzig Menschen Platz hätten. Ich bezweifelte, dass Ian oder Cole hier jemanden einluden, der mit ihnen aß. Ian stellte mir ein Glas und eine Wasserflasche vor die Nase, nachdem ich mich hingesetzt hatte, aber blieb selbst stehen.

»Cole hat mich hierhergebracht.« Ich hatte keine Ahnung, wie viel Ian wusste, aber er hatte bei unserem letzten Treffen Anspielungen gemacht. »Wegen Dale.« Deswegen verwunderte es mich auch nicht, als Ian wissend nickte.

»Und wo ist dein Lover nun? Liegt er noch erschöpft im Schlafzimmer?«

Ich biss mir auf die Unterlippe. »Nein, er … wollte das klären.«

Ian wurde blass und lehnte sich mit den Fäusten auf den Tisch. Besorgnis zeichnete sich in seinen sonst faltenfreien Zügen ab. »Er tut was? Sag mir nicht, dass er auf dem Weg zu ihm ist … allein!«

»Er hat den Eindruck gemacht, dass er es unter Kontrolle hat.«

»Das tut er immer.« Ian seufzte und zog sein Handy aus der Jeanstasche. Auch heute fiel mir auf, dass er ein graues Shirt mit einem »Marvel«-Aufdruck trug. Anscheinend hatte er doch ein Faible für nerdige Klamotten. Ich hörte, wie er nervös mit dem Fuß auf den Kachelboden tippte und dann das Telefon weglegte. Er presste die Lippen so fest aufeinander, dass sie aussahen, als wären sie ein Strich. Das war nicht gut, überhaupt nicht gut.

»Weißt du, wo deine Freundin im Moment ist?«

Die Frage überraschte mich, und ich schüttelte den Kopf. »Nein, wieso …?« Bevor ich komplett nachfragen konnte, piepste mein Handy, und ich sah auf das Display. Die Nummer der Nachricht war anonym, und ich drückte mit klopfendem Herzen auf das »Öffnen«-Symbol.

»Wer ist das?« Ian kam um den Tisch und stellte sich hinter meinen Stuhl. Ich schlug eine Hand vor den Mund, nachdem ich das Bild geöffnet hatte.

»Delia«, flüsterte ich atemlos und hatte das Gefühl, jemand presste alle Luft aus meinem Brustkorb. Nein, nein, nicht schon wieder!

Unter dem Bild, das meine beste Freundin gefesselt und bewusstlos auf einem Stuhl inmitten einer Halle zeigte, standen nur eine Adresse und ein einziger Satz.

Verrat
Substantiv, maskulin [der]
Bruch der Treue, eines Vertrauensverhältnisses durch Täuschung, Hintergehen, Betrügen o. Ä.

»Du weißt schon, dass das eine Falle ist«, vernahm ich Ians Stimme wie in Watte. Seine Hände legten sich auf meine Schultern und drückten sie tröstend.

Ich nickte. Langsam. Während mir die Situation tröpfchenweise ins Bewusstsein sickerte.

»Aber ich kann meine Freundin auch nicht einfach sterben lassen.«

Kapitel 35

Cole

Ich trat nach draußen ins Freie und wischte mir mit einem schwarzen Stofftaschentuch die Blutreste von den Knöcheln. Nichts. Dales Männer waren loyaler, als ich gedacht hatte. Obwohl ich sie direkt zu Hause überrascht hatte, hatten sie mir nicht ein Wörtchen darüber gesagt, wo sich der Wichser aufhielt.

Wahrscheinlich war es deshalb früher für ihn so leicht gewesen, ungestraft davonzukommen. Er hatte ein breites, dunkles Netz über die Stadt gespannt. Doch nun war ich involviert, und jetzt sollte er lieber anfangen, zu bereuen, was er alles getan hatte. Obwohl ihm das auch nichts mehr brachte.

Eve und ihre Freundin hatten ein Recht darauf, Rache für all die Jahre voller Angst zu bekommen, und sie sollten wissen, dass Dale ihnen nie wieder irgendetwas antun könnte.

Ich setzte mich in meinen Wagen und warf das Taschentuch in den Fußraum. Scheiße. Ich war immer noch bei null.

Frustriert drückte ich auf den Startknopf meines Autos, und bevor ich losfahren konnte, meldete die Freisprecheinrichtung einen Anruf. Es war Eve.

Ich ging sofort dran. »Was ist los?«

»Hey, hier ist Ian. Gut zu wissen, dass du noch lebst und nur bei meinen Anrufen nicht drangehst.«

»Ist was mit Eve?«, fragte ich, weil mich der Umstand irritierte, dass Ian ihr Handy hatte.

»Alles in Ordnung, ihr geht es gut.«

Ich atmete erleichtert auf. »Was ist dann?«

»Eve hat ein Bild geschickt bekommen. Darauf ist Delia zu sehen, gefesselt und in irgendeiner Halle an einem Hafen in Jersey gefangen.«

Ich trommelte mit den Fingern auf das Lenkrad. »Du weißt, dass das eine Falle ist.«

»Selbstverständlich. Aber wir sind trotzdem auf dem Weg dorthin.«

»Wir?« Ich umfasste das Leder und drückte zu, während sich mein Kiefer zusammenpresste.

»Eve wollte mitkommen.«

»Und du hast einfach getan, was sie wollte? Bist du dir im Klaren, dass das gefährlich für sie ist?! Dass Dale nur das möchte! Er hat ihr mit dem Tod gedroht, verdammte Scheiße! Ian!«

»Es geht um ihre Freundin, Cole«, sagte er nur eindringlich, und ich atmete tief ein. Laute Flüche kamen über meine Lippen, ohne dass ich es hätte verhindern können.

»Gib sie mir«, erwiderte ich unterdrückt.

Ian zögerte. »Sie ist ziemlich durcheinander, ich denke nicht, dass das eine gute Idee wäre.«

Ich schloss die Augen und unterdrückte die Wut, die alles vor mir verschwimmen ließ. Nicht er hatte das zu entscheiden. Freund hin oder her.

»Schick mir sofort die verfickte Adresse!« Mit diesen Worten legte ich auf und wartete, bis Ians Nachricht nach Minuten ewigen Wartens endlich ankam. Ich würde vor ihnen da sein. Ich musste es! Damit ich Eve davon abhalten konnte, direkt in Dales beschissene Falle zu laufen!

Ian konnte ohne Frage mit einer Waffe umgehen, aber ich sollte es sein, der sie beschützte. Weil sie mir mehr bedeutete als mein verdammtes Leben. Sie war alles, was ich noch wollte, und ich hatte nicht mal den Mut gehabt, ihr das zu sagen.

Weil ich ein riesengroßer, verdammter Feigling war.

Die Räder meines Lexus drehten durch, als ich fest auf das Gaspedal trat. Von hier aus waren es nur zwanzig Minuten bis zur Adresse. Eintausendundzweihundert Sekunden, in denen ich nun kaum noch atmen konnte.

***

Nachdem ich mehrmals versuchte, Scott, den für Delia beauftragten Mann während der Fahrt anzurufen und er nicht ans Telefon ging, festigte sich der Gedanke, dass irgendetwas passiert sein musste. Scott war absolut zuverlässig und loyal. Dale hätte ihn niemals bestechen und ihn damit überreden können, Delia zu ihm zu bringen. Ich musste herausfinden, was passiert war, aber erst nachdem ich Eve abgeholt und in Sicherheit gebracht hatte.

Ich war sogar zwei Minuten schneller gewesen, als ich gedacht hatte. Trotzdem parkte Ians Aston Martin vor einer breiten Halle, die in der Dunkelheit eines großen Hafens lag, der um diese späte Uhrzeit zumindest in diesem Teil menschenleer war. Doch ich wusste, das war nur eine Täuschung.

Dales Männer mussten sich hier überall verstecken. Wahrscheinlich bekam ich eine verdammte Kugel durch den Schädel gejagt, wenn ich jetzt mein gepanzertes Auto verließ. Aber ich musste es riskieren. Für Eve. Und ihre Freundin.

Bitterkeit verteilte sich auf meiner Zunge. Bisher hatte ich meine Fähigkeiten und Möglichkeiten noch nie für eine gute Sache genutzt. Wahrscheinlich wäre das heute eine einmalige Geschichte, wenn wir es tatsächlich schafften, beide Frauen unbeschadet da rauszuholen.

Ich stieg aus und lief auf die Halle zu. Als ich an Ians Wagen vorbeikam, erkannte ich, dass er leer war, und fluchte unterdrückt. »Verdammt, Ian, hättet ihr nicht warten können?«, murmelte ich.

Mein Herz trommelte heftig gegen meinen Brustkorb. Ich war nie aufgeregt, wenn ich mit diesem Schlag Menschen zu tun hatte, wie Dale einer war und zu denen ich in gewisser Weise selbst zählte. Aber diesmal ging es nicht um mich.

Gerade deswegen musste ich versuchen, einen kühlen Kopf zu bewahren. Ich atmete tief durch und kundschaftete mit wachsamen Blicken die Gegend aus. Bis jetzt hatte ich noch niemanden hier gesehen. Die Straßenlaternen warfen unruhiges Licht auf den Asphalt, und die Halle wirkte wie ein dunkles Ungetüm, das über mir aufragte.

Ich konnte nicht einfach durch die Vordertür hineinspazieren. Ian hatte mir mit der Adresse auch das Bild von Delia geschickt. Sie saß im Halbdunkeln, hatte den Kopf bewusstlos gesenkt, und ihre blonden Haare ergossen sich wie ein Vorhang vor ihrem Gesicht. In ihrem Schoß lag eine weiße Calla, was auch immer das zu bedeuten hatte. Doch auf dem Bild hatte man hauptsächlich sie und einen dunklen Holzstuhl gesehen. Nichts, was darauf hindeutete, dass sie wirklich hier war.

Wäre es eine andere Situation und würde diese Falle nicht meilenweit gegen den Wind stinken, wäre ich ganz bestimmt nicht hier.

Ich lief um die Halle herum und suchte eine Seitentür, während ich meine Waffe zog und entsicherte, damit ich sie jederzeit benutzen könnte. Immer heftiger trieb mein Herzschlag in die Höhe und pochte schwer in meinem Hals, in dem gleichzeitig ein fieser Klumpen entstand. Das hier war nicht gut. Gar nicht gut.

Ich entdeckte eine schmale Metalltreppe, die ein Stockwerk nach oben zu einer geöffneten Tür führte. Es war sicherlich besser, wenn ich von oben kam. Also stieg ich langsam und vorsichtig die Stufen hoch. Die Leiter wackelte und ächzte unter meinem Gewicht, doch sie hielt, bis ich den oberen Absatz erreichte. Mit der Waffe voraus spähte ich in das Innere und in Dunkelheit. Es dauerte einen Moment, bis sich meine Augen an die noch düsteren Lichtverhältnisse innerhalb der Halle gewöhnt hatten und ich einen schmalen Flur erkannte. Er war nicht sehr lang, und es gab nur eine Tür am Ende, die wahrscheinlich zu weiteren Räumlichkeiten und nach unten führte.

Eve. Immer wieder sah ich ihr Gesicht vor meinem geistigen Auge und schluckte die bittere Galle hinunter, die mich innerlich verätzte. Was, wenn sie gar nicht mehr hier waren? Wenn ich sie verpasst hatte? Wenn Dale sie schon verschleppt hatte? Wenn jemand hinter dieser Tür auf mich wartete und mich einfach erschoss, ohne dass ich Eve retten konnte?

Gedanken, Worte, Ängste kreisten in meinem Kopf und hämmerten gegen meinen Schädel, bis ich die Tür erreichte und mein Ohr vorsichtig dagegen presste. Vernahm ich Stimmen oder verhörte ich mich? Es war eher ein Murmeln, jemand, der monoton etwas erzählte. Vielleicht Dale.

Leise drückte ich die Klinke nach unten und spähte durch den Spalt. Wie erwartet stand ich in einem Raum, von dem nun mehrere Türen abgingen. Ich lauschte und machte die Stimme in einem Zimmer auf der rechten Seite aus.

Am liebsten hätte ich das Türblatt aufgetreten und den Typen zur Strecke gebracht. Aber ich wusste nicht, was dahinter lag und ob ich mit einer ziellosen Ballerei nicht Eve oder Ian traf.

Also ging ich zur Tür, öffnete sie mit einem kräftigen Tritt und hielt die Waffe in beiden Händen nach vorne gestreckt in den Raum, während ich langsam nachrückte.

Mein Blick flog über das Szenario vor mir. Ian und Eve saßen auf dem Boden in einer Ecke. Mein Partner presste seine Handfläche auf die linke Schulter, aber aus seinen Fingern quoll eine beträchtliche Menge Blut. Ich sah zu Eve, die ihre Arme um ihre angewinkelten Beine geschlungen hatte und sich nun aufrichtete. In ihrem schönen

Gesicht lagen Tränenspuren, aber sie wirkte nun hoffnungsvoller.

Bevor ich an ihrem Anblick hängen blieb, scannte ich den Raum weiter. Den Mann, der mit schaukelnden Beinen auf einem Tisch saß und eine Waffe auf mich richtete, hätte ich niemals hier vermutet.

»Ich dachte, du nimmst keine Aufträge an, wenn es sich dabei um Frauen oder Kinder handelt?«

Bane zuckte mit den Schultern und schnalzte mit der Zunge. Ich hatte Ian mehr als einmal gesagt, dass wir ihm nicht vertrauen konnten. Jemand, der diesen Job nur wegen des Geldes machte, war nur loyal, so lange nicht ein anderer mehr zahlte. Und Dale hatte Kohle. Genug davon.

Wahrscheinlich hatte er Ian sogar hierhergelockt und sich so gegeben, als wäre er auf unserer Seite, nur um diese Nummer dann abzuziehen. Mieses Stück Scheiße …

»Hm, ja«, sagte er gleichgültig und sah zu Eve. »Aber bis jetzt ist sie ja auch noch nicht tot.«

Mein Kiefer mahlte, und meine Waffe deutete genau auf seinen breiten Schädel. Er stand auf, und seine blauen Augen wirkten fast unnatürlich hell, während sein Gesicht zu einer Fratze aus Schatten und Licht verzogen war. Ich sah, was er war. Ich hatte es schon immer gesehen. Wenn man so lange nach seinen eigenen Gesetzen lebte wie er oder ich, verlor man irgendwann jede Moral oder Menschlichkeit. Der Unterschied zwischen uns war nur, dass ich nun etwas hatte, was ich verlieren konnte. Er nicht. Er war nun der einsame Wolf unter uns. Und das wusste er.

»Was willst du, Bane?« Es musste irgendeinen Grund geben, warum er Ian und Eve noch nicht umgelegt hatte.

Er wollte etwas, und ich musste nur herausfinden, was das war.

»Das, was ich immer möchte und diesmal ein kleines bisschen mehr.«

»Und wenn ich dir das gebe und dich laufen lasse, wer sagt mir, dass du in einer Woche nicht noch mehr verlangst oder uns trotzdem umlegst?«

Bane grunzte, und am liebsten hätte ich ihm das Lachen aus seiner bescheuerten Visage geschossen. Scheiß auf die Sauerei. »Du mich laufen lassen? Kann es sein, dass du diese Situation hier gerade nicht richtig deutest.« Sein Gesichtsausdruck wurde wieder härter. »Craft, ich konnte dich Arschloch noch nie leiden, aber trotzdem hatte ich immer einen kleinen Funken Respekt für dich übrig. Ich habe keine Lust, dir ständig aufzulauern und dich auszunehmen. Das Ganze wäre mir zu mühsam, und du bist nicht mein Nabel der Welt, Darling. Außerdem werden wir beide nicht jünger, aber irgendwann kommt ein Bursche, der uns das Zepter aus der Hand nehmen und unsere hübschen Schädel wegblasen wird. Bis dahin will ich mit meinen Millionen irgendwo am Strand sitzen, auf meinem Schwanz ein knackiger Frauenarsch und in meiner Hand eine kalte Margarita.«

»Das heißt, du willst nur Kohle?« Ich lachte auf. »Und das soll ich dir glauben?«

Bane zuckte mit den Schultern und deutete mit der Waffe auf Eve. Ein Knurren kam über meine Lippen, und ich machte einen Satz auf ihn zu, doch er sprang zurück und zog den Arm in meine Richtung. Wir standen nun voreinander und bedrohten uns beide mit unseren Waffen. Ich sah die Kälte in seinen Augen, und er erkannte meine.

Jeder von uns könnte ohne schlechtes Gewissen abdrücken, und ich würde es tun, wenn ich mir sicher sein könnte, dass Eve nichts passierte. Aber das konnte ich nicht, also tat ich nichts.

»Dale hat mich beauftragt, Delia umzulegen, aber das habe ich abgelehnt.«

Ich erinnerte mich an den Anruf, den Ian bekommen hatte, als Murphy bei uns gewesen war und uns mit seinen lächerlichen Forderungen belästigt hatte.

»Dann hat er mir das Dreifache geboten, wenn ich dich aus dem Verkehr schaffe.«

Ich schluckte. Das war mir irgendwie schon bewusst gewesen.

»Und na ja, ich bin eben ein geldgeiler Penner und du augenscheinlich keine Frau, also habe ich kein Problem mit meinem Gewissen.«

Mein Finger zitterte über dem Abzug, als ich Eves Schluchzen vernahm.

»Aber ich biete dir einen Deal an.« Er sah kurz hinüber und erwiderte dann meinen Blick. Nun sah ich etwas anderes in seinen Augen. Nicht nur Kälte. Der Schmerz verdrängte sie und übernahm die Kontrolle. Seine Stimme wurde ernster, und er schluckte hart. »Und du kannst auf mein Wort zählen, weil ich weiß, wie es sich anfühlt, wenn man etwas verliert, das man liebt.« Er ließ seinen Arm sinken, aber ich schaffte es noch nicht, erleichtert auszuatmen oder das Gleiche zu tun. »Dale ist ohnehin ein Flachwichser mit Mundgeruch, also hol ich die vierfache Menge morgen bei euch ab und ihr werdet nie wieder irgendetwas von mir hören. Hab sowieso die Schnauze voll von New York. Zu kalt im Winter, und die Leute sind alle Snobs.«

Wieder wanderte mein Blick zu Eve. Sie hatte eine Handfläche auf den Mund gepresst und zitterte. Ian dagegen war totenblass und sah nur noch starr in den Raum, als wäre er überhaupt nicht mehr wirklich anwesend. Ich musste schnell entscheiden, wenn ich meinen besten Freund hier lebend rausholen wollte. Andererseits wusste ich nicht, ob ich Bane tatsächlich vertrauen konnte und er uns nicht alle drei kaltmachte, wenn ich einknickte.

Ich sah ihn an. Er hatte seine Waffe auf den Tisch hinter sich gelegt und hielt mir seine freie Hand zum Einschlagen hin. Mein Puls pochte in meinen Ohren. Es war, als würde die Zeit stillstehen.

Mit einem Seufzen senkte ich die Waffe und hielt ihm dagegen meine Rechte hin. Auf Banes Lippen erschien ein Lächeln, und wir schlugen ein.

»Ich hoffe sehr, dass du morgen noch lebst, Craft, wenn nicht, hol ich mir die Kohle definitiv woanders.«

Mir war klar, was er mir mit seiner Drohung sagen wollte, deshalb nickte ich nur. »Morgen, wie vereinbart.«

»Okay, dann will ich euch mal allein lassen, denn ich glaube, ihr braucht nun unbedingt jemanden, der sich das ansieht.« Er deutete auf Ian und hob dann entschuldigend die Hand. »Und sorry, Mann, aber du hättest nicht auf mich schießen sollen.«

Ian verzog nur schmerzhaft das Gesicht, hob schwerfällig seine freie Hand und zeigte Bane den Mittelfinger. Der lachte kurz auf.

»Ach ja, außerdem tut es mir auch leid für euren Mann Scott, ich hab ihm gesagt, er soll einfach abhauen, aber er wollte für euch unbedingt sein jämmerliches Leben riskieren.« Ich presste die Zähne so fest aufeinander, dass ich dachte, mein Kiefer brach. Ich hoffte, er würde tatsächlich schnell das Land verlassen, denn würde er sich noch länger hier aufhalten, wäre er tot. »Bye, ihr Freaks.« Damit verließ er das Zimmer. Ich verdrängte meine Wut und stürzte zu Eve. Während ich sie fest an mich zog und sie sich schluchzend in mein Hemd krallte, wandte ich mich zu Ian um und zog mein Handy heraus.

»Der Doc wird sich um dich kümmern, okay? Halt durch, Ian!«

Auch Eve löste sich wieder von mir und hielt nun Ians freie Hand. Ich hasste den Geruch und das Aussehen von Blut, und mir wurde übel. Als ich das Klingeln in der Leitung vernahm und das Telefonat angenommen wurde, atmete ich erleichtert aus. Ian würde durchkommen! Jetzt galt es nur, Delia zu finden! Lebend!

Kapitel 36

Eve

Die Tränen brannten heftig in meinen Augen, aber ich ließ sie nicht zu. Viel zu wichtig war es nun, einen kühlen Kopf zu bewahren und nachzudenken! Delia war nicht an dem Ort gewesen, den Gavin mir geschickt hatte. Natürlich nicht! Stattdessen hatte er einen Auftragskiller auf uns gehetzt, der Ian anschoss und uns bedrohte. Und ich war innerlich einen zweiten Tod gestorben, als Cole aufgetaucht war und sein Leben für uns riskierte.

Fest presste ich mein Gesicht an seine Halsbeuge, während er mir beruhigend über den Rücken strich. Ich atmete seinen Duft tief ein und versuchte, meine Gedanken zu sortieren. Langsam löste ich mich von ihm und lehnte mich in dem Autositz zurück. Vor zwanzig Minuten war Ian von einem Typen abgeholt worden, der sich nur *der Doc* nannte … Ehrlich gesagt wollte ich gar nicht viele Fragen stellen, ich hoffte nur, dass es Ian bald wieder besser gehen würde. Doch unser größtes Problem blieb immer noch. Wir hatten keinen blassen Schimmer, wo Gavin mit Delia abgeblieben war.

»Wir finden sie, okay?«, sagte Cole, und ich spürte die Wut, die ihn zu übernehmen schien. Ich nickte und schloss die Augen. »Kannst du dich an irgendetwas erinnern, das uns weiterbringen könnte?«

Ich sah ihn erneut an und überlegte angestrengt. »Was meinst du?«

»Keine Ahnung, eine Yacht, ein Ferienhaus, irgendwie so was, in das er Delia mitgenommen haben könnte?«

Wieder überrannte mich die Enttäuschung heftig und ließ mich zweifeln. »Er hatte viele Häuser … überall auf der gesamten Welt …«

»Er kann sich aber nicht weit hier wegbewegen, weil ich Bane kenne und weiß, dass er direkt nach seinen Aufträgen bezahlt werden will. Persönlich. Darauf legt der Mistkerl einen riesigen Wert.«

Wieder kniff ich die Augen zu und durchwühlte meine Erinnerungen. Bis mir etwas einfiel, das einen kleinen Funken Hoffnung in mir aufglimmen ließ. »Er hatte ein Strandhaus in Long Beach. Soweit ich weiß, hat er Delia dort auch einmal mit hingenommen!«

»Okay, das ist nur eine gute dreiviertel Stunde von hier entfernt und unser einziger Ansatzpunkt«, sagte Cole, drückte ein letztes Mal mein Knie und startete ohne weiteres Zögern den Wagen. Ich schnallte mich an und nahm mein Telefon zur Hand, nur um zu sehen, dass sich keiner mit neuen Anweisungen gemeldet hatte. Mist.

Innerhalb der nächsten fünfundvierzig Minuten versuchte ich mir einzureden, dass alles gut werden würde. Dass wir den Mistkerl Gavin fanden und meine beste Freundin heil da herausbringen konnten. Ich war sogar so weit zu behaupten, dass ich Cole absolut freie Hand ließ, was Gavins Schicksal betraf. Sollte er in der Hölle schmoren!

»Hier den Weg runter, dort ist es direkt am Strand«, sagte ich und deutete zu einer dunklen Straße, die bergab führte.

Cole stellte sein Auto am Straßenrand ab und machte den Motor aus. Das Scheinwerferlicht erlosch, und wir saßen fast in völliger Dunkelheit. Nur die Armaturen beleuchteten unsere Gesichter. »Du bleibst hier.« Coles Befehl war eindeutig. Und trotzdem konnte er das so was von vergessen.

»Hast du es immer noch nicht verstanden? Es geht um Delia, und ich hole sie da raus, selbst wenn ich diesen Mistkerl eigenhändig abknallen muss.«

Auf Coles Züge trat so etwas wie Überraschung, vielleicht sogar ein Funken Bewunderung. »Was ist mit dem Gesetz, Frau Anwältin?«

»Scheiß auf das Gesetz! Keinen von uns hat es irgendwann einmal weitergebracht! Dale wurde freigesprochen, dir und deiner Mum wurde nicht früher geholfen, und ich weiß selbst, was nötig ist, um Richter und Staatsanwälte zu schmieren! Das geht einfacher, als im Supermarkt einen Kopfsalat zu kaufen! Verdammt, ich habe es so satt!«

Cole lachte kurz auf und schüttelte den Kopf. »Dann holen wir ihn uns.« Er lehnte sich über mich und umfasste fest mein Gesicht, während er mir einen langen Kuss auf die Lippen drückte, der mir Kraft und Mut gab. Danach öffnete er sein Handschuhfach und wühlte darin herum. »Nimm das, ich hoffe, du kannst damit umgehen …«, sagte er, und ich nickte.

»Selbstverständlich.«

Kapitel 37

Cole

Ich hatte Eve in noch keinem Moment zuvor so bewundert. Sie war stark und wollte das Schicksal ihrer Freundin und ihr eigenes selbst in die Hand nehmen, egal, was passieren konnte. Auch wenn ich sie immer noch am liebsten an meinem Autositz festgebunden hätte, konnte ich nicht verhindern, einen riesigen Anflug von Stolz und Respekt ihr gegenüber zu empfinden.

Trotzdem musste ich alles versuchen, um sie zu schützen. Also ging ich vor, als wir langsam die asphaltierte Straße in Richtung Strand hinunterliefen. Es war dunkel, man erkannte nur Schemen durch den abnehmenden Vollmond und hörte Scharen von Grillen in den Gebüschen am Straßenrand. Bis das Licht eines Hauses in Sicht kam und ich den Arm nach hinten ausstreckte, um Eve zu stoppen.

»Ist es das?«, fragte ich flüsternd, und mein Blick flog über die Fassade aus hellem Stein und Holz. Ganz bestimmt hatte der Penner Sicherheitskameras und sehr wahrscheinlich auch eine Alarmanlage. So leichtsinnig war er garantiert nicht, denn ich konnte mir vorstellen, dass nicht nur wir rot markiert auf seiner Feindesliste standen.

»Ich weiß es nicht …«, antwortete Eve unsicher. »Ich war nie hier, ich kenne nur Delias Erzählungen. Ich denke schon.«

Das genügte mir. Vor allem, als ich den protzigen Jaguar in der Einfahrt aus groben Steinen entdeckte. Er musste einfach hier sein.

Ich drehte mich zu Eve um und legte meine Hände auf ihre Schultern. »Du weißt, was wir besprochen haben? Wenn unser Eindringen wirklich einen Alarm auslöst, schätze ich, haben wir keine zehn Minuten, um die Sache zu erledigen. Bist du dir ganz sicher, dass du nicht lieber hier warten möchtest?«

Eve nickte, aber ich spürte, dass sie nun doch unsicher wurde, was völlig verständlich war. »Auf jeden Fall.«

Ich legte meine Hand an ihre Wange, und sie schmiegte sich in meine Berührung. »Bleib hinter mir.«

Nach einem letzten Blick auf sie schob ich den Gedanken beiseite, dass es ein Fehler war, sie mitzunehmen, und lief weiter. Eve folgte mir dicht, bis wir die steinerne Hauswand erreichten und innehielten. Kein Geräusch drang vom Inneren zu uns nach draußen. Mein Körper war von den Füßen bis zu meinem Scheitel angespannt. Das Adrenalin rauschte durch meine Venen und ließ mich meine Umgebung zu hundert Prozent wahrnehmen. Mir wurde heiß, und die Angst, dass Dale oder einer seiner Männer uns ab sofort jederzeit erwischen und umlegen könnte, brannte sich förmlich durch meine Nerven.

Dicht an die Wand gepresst, lief ich ums Haus und sah mich immer wieder nach Eve um, die mir nah folgte. Sie war genauso lautlos, wie sie sein sollte, und erneut war ich froh, dass sie für alles in meinem Leben so perfekt schien. Wenngleich ich nicht vorhatte, solche Streifzüge in naher Zukunft zu wiederholen. Ganz bestimmt nicht …

Erfahrungsgemäß waren die Terrassentüren am leichtesten zu knacken, also steuerte ich den Garten an, half Eve über einen hüfthohen Zaun und spähte um die Ecke. Der Pool war durch Strahler unter Wasser in Szene gesetzt, und Licht drang vom Innern des Hauses hinaus. Es war also auf jeden Fall irgendjemand zu Hause. Auch wenn es nicht Dale sein sollte, aber wir mussten nun einen Blick riskieren. Wir hatten nur diese eine Chance.

»Warte kurz«, flüsterte ich an Eve gewandt. Ich lehnte mich nach vorne und sah, dass die Tür tatsächlich einen Spaltbreit geöffnet war. Dale musste sich so etwas von sicher fühlen, was mich fast auflachen ließ. Diesen Fehler würde er garantiert nur einmal machen können.

Klassische Musik drang nun gedämpft nach draußen, und ich sprang einen lautlosen Satz zurück in meine Deckung, als ich einen Schatten entdeckte, der sich im Haus bewegte.

Als ich Eve einen Blick zuwarf, sah ich Angst, doch auch Entschlossenheit. Ich nahm ihre Hand und drückte ohne ein Wort ihre Finger. Nachdem ich sie losgelassen hatte, deutete ich mit dem Zeigefinger zur Terrasse, und sie nickte.

Langsam und gegen die Außenfassade gedrückt, bewegten wir uns nach vorne. Als wir an der Glastür ankamen, lehnte ich mich ein Stück vor und erkannte ein großes Wohnzimmer vor mir. Ein Kamin brannte auf der linken Seite, davor stand eine graue Stoffcouch, die zum Glück unbesetzt war. Auch im Essbereich und in der offenen Küche dahinter befand sich niemand. Ich wartete einen Moment, bis wieder ein Schatten auftauchte und jemand das Wohnzimmer betrat. Dale. Bingo!

Er trug nur eine silberne Pyjamahose und ein passendes Oberteil. Seine Füße steckten in Hausschlappen, und in seiner rechten Hand hielt er ein leeres Weinglas. Sein Blick war geradeaus gerichtet, und er lief selbstbewusst mit durchgedrücktem Rücken durch den Raum bis zu einer Bar in der Ecke. Dort füllte er sich Rotwein in das Glas, stellte die Musikanlage, die danebenstand, ein kleines Stückchen lauter und verließ das Zimmer in die entgegengesetzte Richtung auf der rechten Seite. Ich sah nur noch, wie er in einem dunklen Flur verschwand. Das war unsere Chance.

Eilig lief ich zu der Tür und zog sie zur Seite. Fast lautlos glitt sie auf, und ich betrat zuerst den Raum. Meine Waffe hatte ich auf dem Weg gezogen und hielt sie gestreckt mit beiden Händen vor mir. Wenn Dale auftauchte, würde ich keine Sekunde zögern und einfach abdrücken.

Ich hörte, wie Eve hinter mir herlief, dann ein lautes Räuspern aus dem Flur, und ich stoppte sie erneut mit meinem Arm. Drei Atemzüge lauschte ich in die Stille. Drei Atemzüge dauerte es, bis ich einen weiteren Schritt nach vorne wagte.

Langsam bewegten wir uns vorwärts an den Möbeln vorbei, und immer wieder spähte ich vorsichtig in den Flur. Mein Herz schlug mir bis zum Hals, als ich mich halb zu Eve umdrehte.

»Wie besprochen, du suchst Delia, ich kümmere mich um Dale.«

Sie nickte, aber zögerte einen Moment.

»Mir wird nichts passieren!«

Ohne ein weiteres Wort zog sie mich kurz an sich und küsste mich. Bevor ich es mir erlaubte, in unseren Kuss zu fallen, löste ich mich von ihr und umfasste ihre Schultern fest. »Los!« Und meine Anweisung funktionierte wie ein Startsignal. Zügig lief Eve in die entgegengesetzte Richtung, und ich drang weiter in den Flur und lauschte. Im hinteren Zimmer vernahm ich Stimmen und wartete einen Moment. Es hörte sich nicht so an, als wären noch andere Personen in dem Raum, sondern als schaute Dale Fernsehen, irgendeinen Actionstreifen. Also schlich ich weiter. Meine Finger waren feucht, als ich den kalten Knauf leise drehte und vorsichtig die Tür aufdrückte. Ich hielt den Atem an, sah wie vermutet einen laufenden Fernseher und ging auf den hohen Sessel davor zu. Schritt für Schritt näherte ich mich meinem Ziel. Das Weinglas stand auf einem Tisch daneben. Dale musste dort sitzen und am besten jagte ich ihm direkt eine Kugel durch den Rücken.

Doch was, wenn das ebenfalls eine geplante Falle war und Delia stattdessen auf dem Sessel saß? Nein, das konnte ich nicht riskieren.

Die Lehne kam in greifbare Nähe. Ich stellte mich leicht auf den Zehenspitzen auf und schaute über den Rand. Die Sitzfläche war leer. Fuck!

»Wie schön, dich zu sehen, Darling.« Ich fuhr herum, als ich Donnas Stimme vernahm. Ich hatte es gewusst. Dieses Kapitel war noch nicht abgeschlossen.

»Donna«, erwiderte ich nur kalt, ließ die Waffe aber auf sie gerichtet. Auch wenn sie unbewaffnet wirkte, sollte sie nicht das Gefühl haben, ich würde sie unterschätzen. Ich wusste, was für ein berechnendes Biest sie war. »Die Freude liegt wohl nur auf einer Seite.«

Sie lachte. »So charmant wie eh und je.«

»Egal, weshalb du hier bist, es war eine schlechte Entscheidung«, sagte ich nur, und ihr Gesicht gefror kurz zu einer fiesen Fratze.

»Ich hätte gehofft, dass du mich nur einmal so angesehen hättest wie diese billige Schlampe Eve.« Donna spuckte verächtlich ihren Namen aus. »Oder mich nur einmal so gefickt.« Was wusste sie? Anscheinend zu viel. »Stattdessen hast du mich kein einziges Mal angefasst.«

»Unsere Ehe war Schein, hast du wirklich gedacht, wir könnten so tun, als wäre sie echt?«, fragte ich sie, und Donna spielte mit einer Strähne ihres blond gefärbten Haares.

»Stimmt, sie war tatsächlich nicht echt. Gavin hatte mir aber eigentlich gesagt, dass ich dich um den Verstand bringen soll, damit er irgendwelche Details deines Geschäftes bekommt. Schade, dass du kein einziges Mal auf mich eingegangen bist, das hätte mir ziemlichen Ärger mit Gav erspart.«

Ich verkniff mir zu sagen, dass ich mir hätte denken können, dass nicht nur ihr schwachköpfiger Vater hinter unserer arrangierten Ehe steckte. Die Frage war nur, was sollte ich nun mit ihr tun? Im Grunde war sie harmlos, ein Mitläufer, aber durch die Verbindung zu Dale vielleicht weitaus gefährlicher, als man denken mochte. Ich richtete die Waffe immer noch auf sie. »Wo ist Dale?«

Sie lachte unecht. »Gar nicht so weit weg, wie du ahnst. Er wollte das mit dir selbst in die Hand nehmen. Natürlich wollte er das. Er ist schließlich ein ganzer Mann.« Sie war es nicht wert, dass ich auf ihre Anspielung einging. Stattdessen zitterte mein Finger am Abzug. Bis Dale im Türrahmen hinter Donna auftauchte und sie als Schild für sich nutzte. Er dachte wohl nicht, dass ich sie opfern würde, wenn es sein musste. Ich würde. Wenn ich Eve danach in Sicherheit wissen könnte, würde ich jeden verdammten Menschen auf diesem Planeten opfern. Einschließlich mich selbst.

»Hattest du gedacht, dass es so einfach werden würde?« Dale schüttelte den Kopf, und mein Blick flog über seinen halb verdeckten Körper. Mein Projektil war darauf ausgelegt, in meinem Opfer größtmöglichen Schaden anzurichten, und reichte daher nicht aus, um zwei Menschen zu durchdringen. Ich sah keine Waffe, und das Zielen auf ihn wurde mir durch Donna erschwert. Die Pute merkte nicht mal, dass er sie als Deckung missbrauchte. Sie schmiegte sich nur an ihn. »Ich sehe, meine Süße hat schon ein bisschen mit dir geplaudert.«

Ich erwiderte nichts darauf, und Dale schnalzte mit der Zunge.

»Und irgendwie war mir klar, dass Bane es nicht durchziehen würde. Weshalb auch immer, mein Angebot war wirklich großzügig! Vielleicht ist der Waschlappen in den letzten Jahren doch weich geworden.«

»Wieso?«, fragte ich nur, wobei ich es eigentlich gar nicht zu wissen brauchte. Aber irgendetwas sagte mir, dass mehr dahintersteckte als die Sache mit Delia oder Donna. Dale war kein Typ, der sich wegen einer Frau mit jemandem anlegte.

Er seufzte. »Dein Vater ist ein großartiger Mann. Eine Person, der man, ohne zu fragen, folgt, ein Macher, jemand, der einfach alles unter Kontrolle hat. Selbst im Knast würde jeder sein verficktes Leben für ihn riskieren und niemals seine Anweisungen infrage stellen. Auch nicht, wenn es heißt, seinen verräterischen Sohn umzulegen.«

Meine Finger zogen sich enger um den Griff der Waffe. Ich sparte mir meine Worte. Es brachte ja doch nichts. Mein Vater würde das bekommen, was er verdiente. Genauso wie Dale. Also scheiß auf alle beide.

»Wo ist das Mädchen?«

»Weißt du, dass es gar nicht um sie ging? Also zumindest nicht, seitdem ich wieder hier in der Stadt bin. Eigentlich wollte ich deine Kleine mitnehmen, aber ständig war irgendjemand an ihrer Seite, und ich dachte mir, dass ihr beide ihrer Schlampenfreundin sowieso nachrennt. Du würdest alles für Eves hübsche Pussy tun, oder? Ich hätte sie damals nehmen sollen und nicht ihre frigide Freundin!«

»Halt dein dreckiges …« Und bevor ich weitersprechen oder abdrücken konnte, erklang ein Schuss durch den Raum. Donnas Augen wurden kurz größer, dann sackte sie auf dem Boden zusammen. Im gleichen Moment durchzuckte mich ein scharfer Schmerz, und die Luft wurde aus meinen Lungen gepresst. Ich stolperte nach hinten, stürzte und fiel. Schwer schnappte ich nach Sauerstoff und presste meine Hände auf die Brust. Meine Waffe war bei dem Treffer aus Dales Lauf zu Boden gefallen. Er hatte Donna nicht als Schutzschild für sich genutzt, sondern als Deckung für das, was er vorgehabt hatte. Ich hätte es wissen müssen. Halb lehnte ich mit dem Rücken gegen die Wand, versuchte, mich zusammenzureißen und wieder aufzustehen. An die Waffe zu kommen. Eve zu beschützen.

Dale tauchte über mir auf, während ich immer wieder nach Luft schnappte und den immensen Schmerz in meiner Brust kaum ignorieren konnte. »Schade um Donna, sie hat im Bett wirklich alles gegeben. Aber jetzt mache ich endlich alte Fehler wieder gut und kümmere mich um deine Kleine.«

Kapitel 38

Eve

Das Klopfen meines Herzens war deutlich lauter in meinen Ohren als meine vorsichtigen Schritte auf dem Fliesenboden. Ich wusste nicht, wie groß dieses verdammte Haus überhaupt war oder wie viele Räume ich bereits hinter mir hatte, aber es waren deutlich zu viele.

Als ich einen Schuss im unteren Stockwerk vernahm, blieb ich stehen und lauschte in die darauffolgende Stille. Scheiße. Was sollte ich tun? Hatte Cole geschossen oder doch Dale? Sollte ich verschwinden, ohne Delia gefunden zu haben? Das konnte ich unter keinen Umständen tun! Also schob ich meine Angst so weit beiseite, wie es ging, und lief schneller über den hellen Teppich im ersten Stockwerk. Ich öffnete Türen, sah in dunkle, leere Zimmer, bis ich zu einem Raum kam, der abgeschlossen war. Ich drückte mein Ohr dagegen, aber vernahm kaum ein Geräusch. Leise klopfte ich gegen das Holz. »Delia? Delia, bist du da drin?« Geraschel drang zu mir, danach war es wieder still. »Sag doch etwas … bitte!« Tränen traten in meine Augen, und die Hoffnung, meine beste Freundin hier lebend zu finden, schwand. Bis ich ganz leise ein Flüstern vernahm und mein Ohr enger an das kalte Holz presste.

»Eve?«

»Ja! Ja, ich bin hier!« Ich rüttelte am Türknauf, aber er bewegte sich nicht.

»Gott, Eve!« Ich hörte lautere Schluchzer und nun auch jemanden, der sich auf der anderen Seite an die Tür schmiss. Wir rüttelten und traten abwechselnd gegen das Türblatt, aber nichts … Es war viel zu robust, um es ohne Hilfsmittel aufbrechen zu können.

Ich hielt inne, als ich Schritte auf der Treppe vernahm, und mein Blick glitt nervös über den Flur.

»Ich muss weg, ich bin gleich wieder da, okay?«, sagte ich, und Delias Schluchzer wurden nur lauter.

»Nein! Nein, bitte geh nicht! Eve!«

Ich drückte meine Handfläche gegen die Tür. »Ich schwöre es, wir holen dich da raus!«

Delias Weinen brach mein Herz, und als ich den Gang hinunterlief und sie verließ, obwohl sie dort hilflos eingeschlossen war, dachte ich, ich müsste sterben. Doch vielleicht war es nur Cole, und es war sein Schuss, der Dale endlich zur Strecke gebracht hatte.

Sicherheitshalber verschwand ich schnell in einem Zimmer gegenüber Delias Gefängnis und ließ die Tür dazu einen Spaltbreit auf. Zum Glück herrschte Dunkelheit hier drin, denn als ich Dale kommen sah, stockte mir der Atem. Scheiße. Was war mit Cole? Hatte Dale ihn tatsächlich angeschossen?

Ich drückte die Handflächen auf meinen Mund, um meine panischen Schluchzer darunter zu ersticken. Tränen liefen mir aus den Augen, und ich fühlte mich total überfordert. Dale rüttelte am Türknauf zu Delias Zimmer und testete, ob diese noch geschlossen war. Als sie sich nicht öffnete, drehte er sich ruckartig um, und ich presste mich blitzartig mit dem Rücken gegen die Wand und weg von der geöffneten Tür. Hatte er mich gesehen?

Mein Herz raste in meiner Brust, meine Knie wurden weich. Alles in mir begann sich zu drehen, und ich schloss fest die Augen. Meine Gedanken wirbelten im Kreis, ich dachte an Cole, dachte an Delia, an Ian und auch an mich selbst.

»Süße, ich weiß, dass du hier bist!«

Fester presste ich meine Hand auf den Mund, obwohl ich dabei das Gefühl hatte zu ersticken. »Ich habe deinen jämmerlichen Lover erledigt, du kannst rauskommen und mit mir ein bisschen Spaß haben!«

Am liebsten hätte ich ihm an den Kopf geknallt, was für ein Schwein er war, aber das wusste er ganz bestimmt selbst. Auf einmal wurde die Tür aufgetreten und knallte gegen die Wand. Ein Schrei entfuhr mir, und ich riss die Augen auf. Bei Dales Grinsen in seinem fiesen Gesicht gefror das Blut in meinen Adern. Mit großen Schritten kam er auf mich zu, ich rannte los, aber nicht schnell genug. Er packte mich an den Haaren und riss mich zurück. So stark, dass ich auf dem Boden aufkam und dachte, mein Kopf explodierte durch den Aufschlag. Dale thronte über mir, grinste hämisch, und ich hob die Hände.

»Nicht!«, schrie ich und wusste nicht mehr, wie ich reagieren sollte. Weg! Nur noch weg!

Ich drehte mich um und krabbelte los, doch Dale umfasste mein Bein und zog mich über den Teppich zu ihm. Dann packte er meine Schultern mit beiden Händen und hob mich hoch. Wild trat ich um mich, schrie, fluchte und versuchte, ihn zu kratzen, aber er war viel stärker. Er hatte schon einmal eine Frau krankenhausreif geprügelt und ich war mir sicher, er würde mich, ohne mit der Wimper zu zucken, umbringen. Seine Hand umfasste meine Kehle, drückte mich damit gegen die Wand. Mit seinen kalten, trüben Augen sah er mich ohne eine Regung an, während sich mein Sichtfeld verkleinerte. Ich versuchte, seine Finger zu lösen, kratzte über seine Haut und strampelte in der Luft, doch Dales Griff wurde nur noch stärker.

Ich sah ihn vor mir wie in einem Tunnel, bis auf einmal ein ohrenbetäubender Knall ertönte und ich nicht wusste, ob ich es mir eingebildet hatte oder es tatsächlich passiert war. Dale ließ mich ruckartig los, und ich fiel zu Boden. Ich hielt mir den schmerzenden Hals, schnappte nach Luft, und heiße Tränen brannten auf meiner Haut. Cole stürzte zu mir, zog mich an sich und umfasste mich fest. Er flüsterte mir immer wieder beruhigende Worte ins Ohr. Der Schwindel wurde weniger, und ich realisierte erst jetzt die Situation. Über Coles Schulter sah ich Dale, der reglos auf dem Boden hinter uns lag. Aber bevor ich nach ihm fragen konnte, durchfeuchtete etwas mein Shirt. Ich schob Cole zurück und fasste an meinen Bauch. Hatte Dale mir noch mehr angetan und ich es nicht gespürt? Doch dann sah ich den riesigen dunklen Fleck auf Coles Hemd oberhalb seiner Brust und riss erneut die Augen auf.

»Cole! Cole, er hat dich erwischt!« Erst jetzt fiel mir auf, dass er blass war und seine Umarmung immer kraftloser wurde. »Scheiße, wir müssen dich ins Krankenhaus bringen!«

Er hob die Hand, nur um sie daraufhin wieder fallen zu lassen und sich gegen die Wand zu lehnen. »Kein Krankenhaus … ruf den Doc …«, sagte er und gab mir sein Handy.

Ich wählte die Nummer des Arztes, und der ging nach zweimaligem Klingeln dran. »Cole, aufregende Nacht, oder?«

»Hier ist Eve! Cole ist angeschossen worden! Er blutet! Sie müssen sofort kommen!«, schrie ich panisch in den Hörer.

»Schick mir euren Standort!« Er legte auf, und ich öffnete umgehend die Nachrichten-App und sendete die Adresse. Dann schmiss ich das Handy weg und rutschte näher zu Cole. Seine Augen schlossen sich immer wieder, und ich umfasste sein Gesicht.

»Cole! Cole, bleib bei mir!«, schluchzte ich, wie ich es immer in Filmen gesehen hatte. Nur dass dies kein Film war, sondern die bittere Realität. Ich schüttelte ihn leicht. Er hob kraftlos den Arm, und ich nahm seine Finger in meine beiden Hände.

»Eve, ich … Scheiße, selbst wenn ich sterbe, bin ich darin mies …«, wisperte er, und meine Schluchzer wurden immer lauter.

»Sag so etwas nicht! Wo ist dieser verdammte Arzt?!«

»Unterbrich mich nicht!«, erwiderte er herrisch und rutschte ein kleines Stückchen nach oben. Wäre diese Situation nicht so beängstigend, hätte ich nun laut aufgelacht. »Ich versuche … dir mein Herz auszuschütten, und du …«

»Cole?«

Er schluckte und sah mich aufmerksam an.

»Sag es mir morgen, wenn es dir wieder besser geht. Du halluzinierst! Du hast doch gar kein Herz.«

Diesmal war er es, der lachte und sich danach stöhnend die Hände gegen die Brust drückte. Unter seinem Körper war bereits eine besorgniserregende Blutlache. Ich konnte kaum noch atmen.

»Deswegen liebe ich dich …«, sagte er, und ich konnte nicht anders, als ihn sprachlos anzusehen. Mein Kopf fühlte sich an wie in Watte gepackt. Ich erwiderte immer noch nichts, während Cole mich einfach nur ansah. Eine Sekunde. Zwei Sekunden. Drei Sekunden. Bis ein Klopfen an meine Ohren drang und ich augenblicklich zurück ins Hier und jetzt kam. Delia! Sie hatte doch eine Zeit lang Medizin studiert, und ihre Mum war Ärztin! Vielleicht genügte ihr Wissen, außerdem sollte ich sie sowieso aus ihrem Gefängnis herausholen.

»Halte durch, ich bin gleich wieder da!«, sagte ich, nahm seine Hand und drückte sie ihm auf die Wunde. Ich rannte zu Dale und stockte. Er lag auf dem Boden, unter ihm Blut, viel Blut … seine Augen waren geschlossen, aber er atmete. Leicht. Er lebte. Die Frage war nur, wie lange noch.

Ich nahm meinen Mut zusammen und steckte meine Hände in seine Hosentaschen, durchsuchte sie nach einem Schlüssel und fand tatsächlich einen schmalen Bund. Damit rannte ich zu Delias Tür und steckte jeden Schlüssel daran in das Schloss, bis es mit einem Klicken aufging. Die Zeit war knapp.

»Eve!«, rief sie und fiel mir in die Arme. Ich ignorierte in diesem Moment, wie schlecht sie aussah, und schob sie von mir.

»Cole, er … verliert unheimlich viel Blut!«, schluchzte ich, und Delia veränderte sofort ihren Gesichtsausdruck.

»Wo ist er?«

»Da drüben!« Ich deutete in das Zimmer, und wir rannten zurück. Kurz blieb Delia an Gavins Anblick hängen, bis sie sich besann und sich neben Cole kniete.

»Hallo Cole«, sagte sie zu ihm, und er nickte knapp. Sein Gesicht war schmerzverzerrt. »Ich sehe mir das jetzt mal an, aber kann nicht versprechen, dass ich etwas tun kann …« Wieder nickte er und ließ sich von ihr das Hemd öffnen. Ich half ihr, damit es schneller ging, und sie schob den mit Blut durchtränkten Stoff zur Seite. Mir wurde schwindelig, weil der eiserne Geruch überall in dem Zimmer hing und Cole immer blasser wurde. So viel Blut …

Doch bevor Delia etwas unternehmen konnte, vernahmen wir Rufe unten im Erdgeschoss. Hoffentlich nicht einer von Dales Männern! Es musste der Doc sein!

»Hier sind wir!«, schrie ich laut, sprang auf und rannte ihm entgegen. Er kam gerade die Treppe hoch und hielt in der Hand eine große Ledertasche.

»Wo ist er?«, fragte er knapp, und ich führte den Doc zu ihm.

Als der sich Cole ansah und nur stumm mit dem Kopf schüttelte, stieg bittere Galle in meinem Hals auf.

»Los, hilf mir mit ihm, wir müssen ihn hier wegbringen. Er braucht unbedingt eine Bluttransfusion!«

Wir hievten Cole hoch und schleppten ihn zur Tür. Er war unfassbar schwer, aber es ging nun nur darum, sein verdammtes Leben zu retten, das er für uns riskiert hatte!

Ich drehte den Kopf zu meiner besten Freundin, die über Dale stand und ihn stumm ansah. In ihrer rechten Hand hielt sie Coles Waffe, und ich schluckte. Sie erwiderte meinen Blick und musste nichts sagen, da ich wusste, was nun passierte. Sie schloss mit der ganzen Sache ab. Endgültig.

Als wir das untere Stockwerk erreichten, erklang der Schuss durchs gesamte Haus, und ich zuckte kurz zusammen.

Aber ich wusste, auch wenn die letzten Jahre furchtbar für uns gewesen waren und wir vieles durchmachen mussten, brachte uns das doch stärker daraus hervor und wir waren zusammengewachsen. Alle miteinander.

Epilog

Cole

Ich hasste diese Atmosphäre. Diesen Geruch nach Endgültigkeit, der in der Luft lag.

Aber ich wusste auch, dass ich niemals hier landen würde, deswegen war es einigermaßen aushaltbar.

Der kahle Aufenthaltsraum, in dem ich saß, roch nach strengen Desinfektionsmitteln und wurde nur durch künstliches Licht beleuchtet. Wenn es nach mir ginge, würde mein Vater nie wieder Sonnenlicht sehen.

Als sich die Tür öffnete und ich nach zweiundzwanzig Jahren einen Blick auf ihn warf, stockte mir kurz der Atem. Seine Haare waren lang und grau geworden. Er wirkte abgelebt, aber in seinen Augen lag immer noch das dunkle Glühen, das mir damals eine Todesangst eingejagt hatte. Doch heute war nicht früher und ich nicht mehr der kleine Junge, den er zuletzt gesehen hatte.

Auf seine Lippen trat ein wölfisches Grinsen, als der Beamte ihn zu meinem Tisch führte. Ich hatte die Finger auf der Tischplatte verschränkt und bedachte seine gefesselten Hände und Füße mit einer hochgezogenen Augenbraue.

So wirkte er ganz und gar nicht mehr furchteinflößend. Nur wie ein alter, deprimierter Mann.

»Sohn«, sagte er rau und setzte sich. Ich nickte. »Mit so einem hohen Besuch hätte ich gar nicht gerechnet. Siehst gut aus. So erwachsen.« Sein Blick flog über meinen Anzug. »Willst du vielleicht doch gemeinsame Sache mit deinem alten Herren machen?«

Ich seufzte. Ich hatte keine Lust auf Spielchen oder darauf, länger als nötig mit diesem Menschen in einem Zimmer zu verbringen. Also zog ich mein Handy aus der Tasche und legte es auf den Tisch. Er sah darauf und erwiderte fragend meinen Blick. Mit einem Klick drückte ich auf die Aufnahme.

»Dein Vater ist ein großartiger Mann. Eine Person, der man, ohne zu fragen, folgt, ein Macher, jemand, der einfach alles unter Kontrolle hat. Selbst im Knast würde jeder sein verficktes Leben für ihn riskieren und niemals seine Anweisungen infrage stellen. Auch nicht, wenn es heißt, seinen verräterischen Sohn umzulegen.«

Mein Vater leckte sich nervös über die Lippen, und sein Blick huschte kurz unruhig zu der Wache, die auf der anderen Seite des Zimmers stand. »Wo hast du das her?«

»Ach, Dale und ich sind … Pardon, waren doch gute Freunde. Und nicht nur er hat mir einiges über dich erzählt.« Ich lehnte mich über den Tisch nach vorne zu ihm. Sah ihm tief in die Augen. Mein Herz raste, und der Schmerz durchzuckte meine immer noch lädierte Schulter, die Dales Kugel abbekommen hatte. Durchschuss, keine Arterie verletzt, trotzdem eine wahnsinnige Sauerei und das vor Eves Augen. Dafür würde ich meinen Vater büßen lassen. »Hör mir zu, *Dad* …« Ich spuckte ihm das Wort entgegen, als wäre es ein Schimpfwort, was es irgendwie für mich auch war. »Wir haben nicht nur diese Aufnahme gegen dich in der Hand. Auftragsmord, Bestechung, Korruption, verdammte Scheiße, du hinterlässt ein ganz schönes Schlachtfeld, denn glaubst du, deine Leute hier würden dir auch dann noch folgen, wenn sie selbst draufgehen?« Ich holte kurz Luft, ließ die Genugtuung warm durch meine Venen rauschen. »Du bist dran, und diesmal wird dir niemand helfen. Ich persönlich werde dafür sorgen, dass du deine lebenslange Strafe in Einzelhaft und in völliger Isolierung absitzen musst. Niemand, den du benutzen kannst. Niemand, dem du schaden kannst. Nur du und deine Gedanken. Klingt das nicht schön?« Ich stand auf und steckte mein Handy zurück in die Anzugtasche. »Und ich wollte dir das persönlich überbringen und dir einen letzten Blick auf deinen Sohn zeigen und was du aus ihm gemacht hast.« Ich lehnte mich ein Stück zu ihm herunter. »Danke dafür«, sagte ich grinsend und zwinkerte ihm zu.

Seine Flüche, die er mir hinterherschrie, ignorierte ich. Er war am Arsch, und das wusste er. Denn es gab schon damals nichts Schlimmeres für ihn, als allein zu sein, und nun würde er die restlichen Jahre seines jämmerlichen Lebens so verbringen. Ian würde dafür sorgen. Eve würde dafür sorgen.

Als ich die Sicherheitsschleusen passiert hatte und über den Parkplatz auf meinen Lexus zulief, fühlte ich mich befreiter denn je. Es war, als wäre ein tonnenschwerer Stein von meinen Schultern weggenommen worden.

Ich öffnete die Fahrertür und ließ mich mit einem Seufzen auf den Sitz fallen. Kurz danach zog ich Eve, die auf dem Beifahrersitz auf mich gewartet hatte, an mich und küsste sie. Schmeckte sie. Atmete sie. Und spürte, wie sehr sie alles war, was ich in Zukunft brauchte.

»Ich nehme an, dein Besuch war erfolgreich«, wisperte sie noch an meinen Lippen, als ich mich leicht von ihr gelöst hatte. Ich nahm ihre Hand und küsste den goldenen Ring, der einst meiner Mum gehört hatte und nun Eve.

»Ich liebe dich«, sagte ich, und auf ihre schönen Lippen trat dieses eine Lächeln, das sie nur mir schenkte und für das ich alles tun würde.

»Ich dich auch!«, erwiderte sie, und wir küssten uns erneut. Ich hatte mich noch nie so gut gefühlt.

Ich atmete tief ein, startete den Wagen und wählte auf dem Weg Ians Nummer.

»Hey ihr Turteltauben!«, begrüßte er uns, und ich griff erneut nach Eves Fingern und legte sie mir in den Schoß.

»Ian, es ist alles erledigt. Du weißt, was zu tun ist. Wir sind jetzt auf dem Weg zum Flughafen.«

»Jawohl«, antwortete er. »Also hat unsere Snow White immer noch nicht genug von dir?«

Ich warf ihr einen kurzen Blick zu, und sie biss sich auf die Lippe und schüttelte grinsend den Kopf.

»Du weißt doch, dass Frauen auf Narben stehen.«

Ian lachte kurz auf. »Hey, Cole, alter Freund, du wirst noch richtig witzig auf deine alten Tage. Viel Spaß euch in den Flitterwochen und treibt es nicht zu wild!«

»Oh und wie wir das tun werden«, sagte diesmal Eve laut, und ich musste breiter grinsen.

Meine Geliebte, meine Partnerin, meine Frau. Und ich würde sie nie wieder davonkommen lassen. Sie hatte schließlich nicht auf meine Warnung gehört.

Aber eigentlich war es nicht meine Kontrolle, die uns zusammenhielt, sondern ihre über mich. Denn die größte Form der Macht war die, geliebt zu werden.

Danke

Seitdem ich den Schritt gewagt habe, 2016 meine erste Geschichte zu veröffentlichen, sind mir wahnsinnig tolle und liebe Menschen begegnet.

Lesen verbindet, das ist definitiv so und aus Facebook, Instagram und den vielen anderen Leseportalen und Blogs ist eine Gemeinschaft geworden, bei der ich keinen Einzigen von euch missen möchte!

Deswegen fällt es mir von Buch zu Buch auch zunehmend schwieriger, mein Dank in Worte zu fassen und einzelne Namen zu nennen. Denn zu jeder Geschichte haben so viele von euch ein kleines Stückchen beigetragen.

Allen voran natürlich meine Leser, ohne die ich heute wohl nicht hier sitzen würde und meinen Traum leben könnte. Vielen Dank!!!

Natürlich haben weitere Personen auch einen ziemlich großen Anteil. Sie sind Mutmacher, Unterstützer, helfende Hand oder nötiger Schubs.

Juliane. Ich weiß nicht, wie oft dein Name schon in meinen Danksagungen vorkam, aber ich hoffe, er wird es noch ganz ganz gaaaaanz häufig sein!

Ich danke dir von ganzem Herzen! Für einfach alles!

Und Natalie, seit vielen Büchern als Lektorin an meiner Seite, ohne deren Kommentare, Vorschläge und Hilfe ich wohl bereits schon aufgegeben hätte. Jedes Mal, wenn ich meinen Entwurf, den ich zu dem Zeitpunkt meistens wirklich grottig finde, zu dir schicke, halte ich die Luft an. Und jedes Mal schaffst du es mit deiner Art, dass ich nach einigen Änderungen gar nicht mehr so unzufrieden bin. Ohne deine Arbeit wäre mein Geschreibsel nur halb.

Danke!

Sandra, sister from another mister, seitdem wir uns kennen, hatten wir eine mega geniale Zeit! Und obwohl das eigentlich noch gar nicht so lange ist, kommt es mir viel länger vor.

Danke für deine Ehrlichkeit, deine gute Laune, deine Aufopferung und dass du aus Cole einen richtigen Mann gemacht hast. PUNKT. ;-)

Ich danke auch wieder dir, meiner guten Fee Dagmar, dass du es mit viel Feingefühl schaffst, die letzten Fehler herauszupicken und meinen Texten somit den finalen Schliff verleihst.

Und ich bin wirklich froh, dass du mich trotz der Art von Geschichte, die Lost in Fire geworden ist, unterstützt hast!

Und natürlich auch wieder ein großes Dank an alle meine Blogger/innen, ohne die ich heute ganz bestimmt nicht an der Stelle wäre, an der ich nun stehe. Weil ich ganz bestimmt wieder einige Namen vergesse, hiermit einfach nur:

Danke! Danke! Danke!

Bereits erschienen

Ich freue mich auf deinen Besuch auf meiner Webseite oder meinen Social Media Seiten!
Dort erfahrt ihr alle heißen News rund um meine Bücher, Neuveröffentlichungen und mehr!

Meldet euch doch auch auf meiner Internetseite zu meinem Newsletter an, um nichts zu verpassen!

www.rose-bloom.de
www.facebook.com/rosebloomautorin
www.instagram.com/rosebloom_autorin
www.youtube.com/c/rosebloomautorin

Bereits erschienen:

Eine Auflistung aller Bücher findest du auf

www.rose-bloom.de/buchuebersicht/

Leseprobe Second Chance

Kapitel 1

Vergangenheit

STAR

»Findest du das wirklich ne gute Idee?« Nervös spähte ich an meiner besten Freundin vorbei und sah aus dem Seitenfenster. Clary löste die Finger vom Lenkrad. Ihr Herz raste sicherlich genauso schnell wie meines.

»Ich hab doch nicht das Auto meines Dads geklaut, damit wir jetzt den Schwanz einziehen.« Das Klicken des Gurtes erklang im Innenraum des Volvos, als sich Clary abschnallte. Es war kalt. Selbst tagsüber hatte es Minusgrade im zweistelligen Bereich gegeben, jetzt am Abend war es sogar noch kälter. Nicht ungewöhnlich für den Osten von Pennsylvania um diese Jahreszeit. »Komm schon. Du hast gesagt, dass wir das Zeug hier kriegen, oder?«

»Ja, hab ich. Aber …« Mein Blick wanderte erneut über den Vorgarten des Einfamilienhauses, in dem sich zahlreiche Leute tummelten. Die meisten hatten rote Becher mit sicherlich irgendeinem Alkohol in der Hand, manche sogar trotz des Wetters nur ein T-Shirt an. Drinnen schien es extrem heiß zu sein, oder der Alkohol wärmte wirklich von innen. Ich hatte keine Ahnung. Bis jetzt hatte ich mit siebzehn noch keinen Vollrausch erlebt, höchstens mal heimlich am Sektglas meiner Mutter genippt, als diese bei ihrem letzten Geburtstag den Raum verlassen hatte. »Ich habs mir anders überlegt. Ich will doch nicht. Lass uns wieder nach Hause fahren.«

Der Ledersitz knarzte, als sich Clary mir zuwandte und mich mit ihren braunen Augen vorwurfsvoll ansah. »Vergiss es. Wir machen jetzt keinen Rückzieher. Marc hat gesagt, nur so schafft er es, genug für die Prüfungen zu lernen und trotzdem noch alles neben der Schule hinzukriegen. Erinner dich. Klavier, Ballett, Spanisch … Was haben unsere Eltern uns noch aufgebrummt?« Ich zuckte stumm mit den Schultern. »Wir gehen jetzt da rein, holen uns ein paar von den Dingern von diesem Trip und fahren wieder heim. Du wirst sehen, morgen lachen wir über diese Geschichte.«

»Trip … was ist das eigentlich für ein bescheuerter Name?«

Clary grinste. »Er verschafft dir den Trip deines Lebens, sagen alle.«

»Er ist bei uns auf der Schule, hätten wir ihn nicht dort danach fragen können? Wieso in diese Gegend fahren?« Meine Eltern hatten mich vor diesem Teil der Stadt gewarnt, und mir war nicht wohl bei dem Gedanken, nun mitten hineinzuspazieren.

Clary tippte sich mit dem Finger gegen die Stirn. »In der Schule? Mit Drogen dealen? So krank ist selbst dieser Typ nicht, glaub mir. Außerdem willst du dich doch nicht von der alten Miss Patty auf dem Schulhof erwischen lassen? Komm jetzt.« Meine beste Freundin stieg aus dem Auto, während ich noch zögernd darin saß. Sie klopfte gegen die Scheibe, und ich hörte dumpf ihre Stimme. »Los jetzt!«

Na gut. Eigentlich ging es mir nicht um die Leute, die auf dieser Party waren, und ich hatte auch keine Angst, in dieser Gegend ausgeraubt zu werden, wie es alle sagten. Ich hatte Sorge, danach erwischt zu werden, denn mein Vater war nicht gerade für seinen lockeren Erziehungsstil bekannt. Noch nie hatte ich mir etwas wirklich Schlimmes zuschulden kommen lassen, aber ich war mir sicher, wenn mein Dad das herausfände, könnte ich mich auf einiges gefasst machen. Wahrscheinlich würde er mich auf direktem Weg ins Internat schicken, so wie er es früher oft angedroht hatte. Meine absolute Horrorvorstellung. Weit weg von meiner Mum, weit weg von meinen Freunden. Andererseits musste ich da jetzt rein und tun, was wir vorhatten, um seinen Ansprüchen weiter gerecht zu werden. Denn wenn nicht, schickte er mich bestimmt ebenso fort.

Ich seufzte schwer, zog den Kragen meiner blauen Daunenjacke nach oben und stieg aus. Kalter Wind peitschte mir ins Gesicht. Wenigstens schneite es noch nicht, denn ich mochte Schnee nicht besonders, seit ich mit fünf Jahren von Clarys bescheuertem Bruder Spencer kopfüber hineingetaucht worden war und fast erstickt wäre.

Ich ging zu meiner besten Freundin, und wir liefen gemeinsam durch den Vorgarten auf das Haus zu. Die Musik dröhnte durch die Nacht, genauso wie das Gegröle einiger Leute, das durch die geöffneten Fenster drang. Sie schienen Spaß zu haben. Spaß. Wusste ich überhaupt, was das war? Neben meinen ganzen außerschulischen Verpflichtungen und den anstehenden Prüfungen hatte ich im Moment nicht sehr viel Zeit dafür.

Wir stiegen die Stufen der Veranda zum Eingang nach oben.

»Hey, ihr Süßen, Bock auf eine Runde tanzen?« Eine Gruppe Jungs stand vor der Tür. Ein Braunhaariger griff sich anzüglich in den Schritt und ließ sein Becken kreisen. Großartig. Jungs in unserem Alter waren wohl überall nervig und pubertär.

»Danke für das Angebot, aber wir lehnen ab«, sagte ich. Sie lachten, und ich warf Clary einen genervten Blick zu. Ich sammelte meinen gesamten Mut zusammen. »Wir suchen einen Trip. Ist er hier?«

»Wer will das wissen?«, fragte ein Schwarzhaariger, der bisher recht ruhig gewesen war.

»Mein Name ist Cassandra«, erwiderte ich. »Aber er wird mich nicht kennen.«

»Wieso suchst du ihn dann?«, fasste er misstrauisch nach, als wäre ich von der Polizei und undercover. Hatte er vergessen, dass man dort keine siebzehnjährigen Mädchen einstellte?

»Unser Freund Marc hat gesagt, er hätte etwas, das uns helfen könnte. Bei den Prüfungen und so«, rettete mich Clary aus der Situation.

Der Typ musterte uns noch einige lange Sekunden, dann nickte er und deutete hinter sich. »Er ist da drin.«

Ach nee. So schlau waren wir auch ohne ihn. Doch ich sparte mir einen Kommentar. »Danke.« Er nickte, und die anderen sahen uns mit ihrem hämischen Grinsen nach, als wir an ihnen vorbeigingen und das Innere des Hauses betraten. Die Luft war extrem stickig, und ich musste mich erst mal sammeln, um mich in dem Chaos hier zurechtzufinden. Wahnsinn, wie viele Menschen passten in so ein kleines Haus? Die harte Housemusik war so laut, dass mir die Ohren wehtaten. Mindestens neunzig Prozent der Anwesenden waren total blau, der Rest auf dem Weg dahin. Mädchen tanzten leicht bekleidet mit tätowierten oder volltrunkenen Typen. Die meisten davon waren sicherlich nicht auf unserer Schule. Wenn sie überhaupt noch zur Schule gingen. Das Alter der Leute war schwer einzuschätzen, aber älter als Anfang zwanzig war wohl keiner von ihnen.

»Komm, lass uns eine Runde drehen!«, schrie Clary, nahm mich an der Hand, und wir drückten uns durch die Menge. Es wurde immer heißer, und mir stand der Schweiß auf der Stirn, weil ich immer noch meine Winterjacke trug.

Wir gingen durch das Wohnzimmer und schauten uns um. Ich war diesem Trip schon in der Schule über den Weg gelaufen und wusste, wie er aussah. Aber würde ich mich auch trauen, ihn anzusprechen? Bisher hatte ich ihn niemals mit jemandem reden sehen …

Clary zog mich weiter, und ich war froh, dass uns die Menschen hier gar nicht wirklich beachteten. Als würden wir dazugehören und wären jedes Wochenende auf so einer Party. Ein Typ drückte uns sogar zwei große rote Plastikbecher in die Hand, grunzte einmal laut und verschwand wieder. Ich roch daran und verzog die Nase. Wow, war das stark. Clary allerdings schien Gefallen an dem Ganzen zu finden. Auch für sie war es die erste Party dieser Art. Sie grinste mich an, zuckte mit den Schultern und kippte den Inhalt hinunter. Hustend hielt sie sich die Hand vor den Mund.

»WOW!«, schrie sie und riss die Augen auf. »Trink!« Sie nickte zu meinem Becher, den ich immer noch verkrampft mit den Fingern umklammerte. Das Dumme war nicht, dass ich es nicht probieren wollte, ich würde es sogar extrem gerne trinken, aber nein … mir hallte wieder und wieder die Stimme meines Dads durch den Kopf. Ich sah förmlich sein strenges Gesicht und wie er die buschigen schwarzen Augenbrauen zusammenzog, während er mächtig und einschüchternd vor mir stand. Mein Vater strahlte schon immer eine natürliche Strenge aus, die es mir verbot, mich zu widersetzen.

»Cassandra, gute Noten sind wichtig! Du möchtest doch nicht auf der Straße enden, oder? Du willst doch irgendwann das Familiengeschäft übernehmen, das dein Großvater und ich mit harter Arbeit aufgebaut haben! Die Note Zwei ist inakzeptabel! Du musst mehr lernen und dich fokussieren! Partys und Jungs sind tabu!«

Scheiß drauf. Auf die Gefahr hin, einen dummen Fehler zu begehen, weil ich überhaupt nicht wusste, was in dem Becher war, schüttete ich mir den Inhalt in den Rachen.

»Woohoo! Genau so, Baby!«, schrie Clary und streckte die Arme in die Luft, als hätte ich etwas besonders Tolles vollbracht. Schon irgendwie erbärmlich, dass wir etwas taten, was ganz normale Jugendliche jedes Wochenende machten, und uns dabei fühlten, als führten wir eine Rebellion an. Ich stellte den Becher zur Seite. Trotzdem würde ich nicht noch einen davon trinken.

»Los, lass uns diesen Trip suchen«, sagte ich, und wir liefen weiter, bis wir in der Küche ankamen. Drei Mädchen standen am Waschbecken und füllten sich Bier in ihre Becher. Sie sahen ganz okay aus, deswegen ging ich direkt auf sie zu.

»Hi, wir suchen Trip. Wisst ihr, wo er steckt?«

Das Mädchen mit dem Nasenring fächelte sich Luft zu. Auch ich fühlte bereits einen Schweißfilm auf der Stirn. »Süße, jedes weibliche Wesen in diesem Raum sucht Trip.«

»Also ist er hier?«

»Er ist immer hier«, erwiderte eine Blonde, deren Schlangentattoo vom Handrücken bis zu ihrem Hals über den gesamten Arm verlief. Beeindruckend. Das hatte sicher wehgetan. »Meistens steht er bei der Treppe nach oben in einer Ecke oder ist mit einem Mädchen in irgendeinem Schlafzimmer.«

Sie sagte das, als wäre es das Normalste der Welt. Clary und ich warfen uns einen vielsagenden Blick zu. »Ach, da ist er ja!« Das Mädchen mit dem Nasenring deutete auf einen breiten Rücken, der sich gerade von uns weg und nach draußen bewegte. Er trug ein schlichtes schwarzes T-Shirt, aber etwas anderes hätte auch den zahlreichen Tätowierungen auf seiner Haut die Show gestohlen. Ich wusste, wie er aussah, aber jedes Mal verschlug es mir erneut den Atem. Das blonde Mädchen hatte recht. Trip sah gut aus. Und das war schon fast die Untertreibung des Jahrtausends. Er war diese Art Mann, vor dem Eltern ein Mädchen immer warnten, was nichts daran änderte, dass die Mädchen bei ihm Schlange standen und um seine Aufmerksamkeit buhlten.

»Hey, Trip!« Das Nasenring-Mädchen rief ihn. Er stoppte und drehte sich langsam zu uns um. Meine Kehle wurde trocken, und mein Herz begann zu rasen. Wahrscheinlich würde ich kein einziges Wort in seiner Nähe rausbekommen. Clary ging es genauso, denn ich spürte ihre Anspannung neben mir. Er verzog keine Miene, leckte sich nur kurz über die vollen Lippen, während er uns hart ansah. »Die beiden suchen dich.« Sie kicherte. Wahrscheinlich weil sie genau wusste, wie wenig wir hierher passten.

Es hätte sogar ein Blinder gesehen, dass wir hier völlig fehl am Platz waren und Trip uns mit Haut und Haar verspeisen könnte. Trotzdem kam er zu uns. Seine dunkelbraunen Haare waren oben etwas länger als an den Seiten und akkurat gestylt. Sein Kinn überzog ein leichter Bartschatten, und die Tattoos zogen sich nicht nur über seine Oberarme, sie schauten sogar aus seinem Shirtkragen und liefen über seinen Hals bis nach hinten zu seinem Nacken. Es hatte mich schon immer interessiert, ob sein ganzer Oberkörper tätowiert war. Ich würde es wohl nie herausfinden. Aber es waren seine Augen, die mich am meisten beeindruckten. Ein sattes Moosgrün. Strahlend. Düster. Und so tief, als würde ich direkt in seine Seele blicken.

»Bist du Trip?«, krächzte ich. Oh Mann. Total unnötig, das zu fragen. Sein Mundwinkel zuckte nach oben. Mit diesem halben Lächeln sah er noch umwerfender aus als ohnehin schon. Seine dunkle Aura zog mich augenblicklich noch tiefer in seinen Sog.

»Jap.«

Die knappe Antwort verunsicherte mich ein wenig. »Unser Freund Marc hat gesagt, dass du …« *Pillen hast, die uns die ganze Nacht wach halten, sodass wir den idiotisch hohen Anforderungen unserer Eltern gerecht werden und für alle Prüfungen lernen können.*

»Kommt mit«, sagte er wissend, ohne dass ich den Satz beenden musste, drehte sich um und lief Richtung Flur. Er war gut anderthalb Köpfe größer als ich, und dementsprechend lang waren seine Schritte. Fast war er zwischen den Menschen verschwunden.

»Immer noch eine gute Idee?«, zischte ich Clary zu, die aber nur die Schultern hob, bevor wir ihm schnell folgten. Er ging aus dem Haus, den Weg zur Straße nach unten und ein Stück über den Bordstein. Ich traute mich nicht, zu fragen, wohin er wollte. Bei einem alten mattgrauen Honda blieb er stehen und setzte sich auf den Fahrersitz.

»Sollen wir einsteigen?«, flüsterte Clary.

»Sieht wohl so aus …«

»Sitz du vorne!« Und damit war sie schon auf den Rücksitz gerutscht und hatte die Tür geschlossen. Danke auch.

Ich ließ mich auf den Beifahrersitz sinken, aber zuerst musste ich mir mit den Füßen Platz schaffen. Im Fußraum lagen Dutzende CD-Hüllen offen herum, neben braunen Papiertüten aus irgendeinem Fast-Food-Restaurant. Außerdem roch es undefinierbar süßlich nach dem grünen Lufterfrischer, der am Spiegel hing. Ich hatte zwar kein Auto, aber hätte ich eines gehabt und es würde so aussehen, bekäme ich monatelangen Hausarrest.

Trip kramte in der Mittelkonsole, bis er ein Zigarettenpäckchen hervorzog, sich eine Kippe rausnahm und sie anzündete. Der Rauch verteilte sich im Innenraum, bevor er sein Fenster öffnete und den Arm darauf ablegte. Die kalte Luft drang zu uns herein und vermischte sich mit dem Geruch im Innenraum. Unsicher drehte ich den Kopf zu ihm und bemerkte, dass er mich ansah. Mein Herz raste immer noch. Das Ende seiner Zigarette glühte im Dunkeln, als er am Filter zog. Sein Gesicht lag durch den Schein einer Straßenlaterne nur halb im Schatten.

Keiner sprach ein Wort, noch nicht mal Clary, die sonst stundenlang plappern konnte.

»Also was hat euer Freund Marc euch erzählt?«, fragte er. Seine Stimme war rau. Tief. Und überraschenderweise warm. Obwohl sein Äußeres etwas anderes ausstrahlte. Härte. Rohheit.

»Dass wir bei dir etwas kaufen können.«

»Definiere *etwas*.« Er zog ein weiteres Mal an der Kippe. Warum quälte er mich so? Musste ich es wirklich aussprechen.

Ich schloss die Augen. »Dass wir bei dir Drogen kaufen können«, sagte ich schnell. Ich öffnete erst die Lider, als ich ein leises Lachen vernahm. Empört sah ich ihn an. Machte er sich über mich lustig?

»Klar, was wollt ihr? Weed, Koks, Ecstasy, Meth …«

»Nein! Nicht so was … Pillen. Damit wir wach bleiben.«

»Ah, lässt Daddy etwas anderes als eine Eins nicht durchgehen?« Waren wir so durchschaubar? Natürlich waren wir das … Ich nickte stumm.

»Nein.«

»Nein?«, fragte ich ungläubig, und auch Clary rutschte noch ein Stück weiter nach vorne, sodass sie den Kopf zwischen den Lehnen durchstecken konnte.

»Was heißt ›Nein‹?«, stieß sie schrill hervor. »Wir haben Geld. Wir wollen etwas kaufen.«

»Ist mir schon klar, dass ihr Geld habt«, erwiderte er lässig und schnippte die Zigarette nach draußen. »Aber damit kann man eben nicht alles kaufen. Ich bin kein verfickter Tante-Emma-Laden.« Er ließ den Wagen an. »Wo wohnt ihr?«

»Wieso?«, fragte ich ängstlich, und die Nässe meiner Hände nahm bedrohliche Ausmaße an. Wie schnell konnte man wegen Flüssigkeitsverlust sterben? Hoffentlich schnell genug …

»Damit ich euch nach Hause fahren kann. Ihr zwei solltet um diese Uhrzeit nicht hier draußen rumlungern und bei einem Typen wie mir Drogen kaufen wollen.«

Okay, wenn er das so sagte, hörte es sich tatsächlich ziemlich bekloppt an. Er legte die Hände auf das Lenkrad. Selbst seine Fingerknöchel waren tätowiert.

»Vergiss es! Wir haben ein eigenes Auto!«, stieß Clary empört hervor und stieg aus dem Wagen. Wütend knallte sie die Tür zu. So war sie immer, wenn sie etwas nicht bekam, was sie sich wünschte.

Trip lehnte sich ein Stückchen näher zu mir rüber und nahm sanft eine meiner schwarzen Haarsträhnen in die Hand. Er wickelte sie um seinen Zeigefinger, und ein Schauer fuhr mir über den Nacken, sodass ich mich leicht schütteln musste. Meiner kolumbianischen Mum hatte ich meine dunklen Haare zu verdanken, meinem Dad die hellblauen Augen, in die Trip gerade so tief hineinsah, als würde er darin versinken wollen.

»Fahr nach Hause und komm nie wieder hierher, Cassie.« Es klang fast wie eine Drohung, und mir entging nicht, dass er meinen Namen kannte. Eher gesagt mich bei einem Spitznamen ansprach, den sonst nur meine engsten Freunde benutzten. Mein Dad mochte es nicht, wenn mich jemand Cassie nannte.

»Wieso?«, hauchte ich mehr, als dass ich es sagte. Seine Gesichtszüge waren schön. Es gab wenige Männer, bei denen man das behaupten konnte, und schon gar keine, die ganzkörpertätowiert waren und die Ausstrahlung eines Verbrechers hatten. Aber Trip war es. Schön.

Er löste seine Hand von mir und lehnte sich zurück. »Nein sagen hilft manchmal, weißt du?«

»Es gibt aber Menschen, die kein Nein akzeptieren.« Ich öffnete die Tür und konnte nicht verbergen, wie enttäuscht ich war, dass unser Plan nicht aufgegangen war. Ich stieg aus. Noch bevor ich die Autotür zuschlagen konnte, hörte ich Trips Stimme. Und seine Worte gingen mir nicht wieder aus dem Kopf.

»Wir sehen uns, Cassie. Bald.«

Wir sehen uns, Cassie. Wenn ich nur gewusst hätte, was er wirklich damit meinte.

Printed in Poland
by Amazon Fulfillment
Poland Sp. z o.o., Wrocław

72338438R00193